響け! ユーフォニアム

北宇治高校吹奏楽部、波乱の第二楽章 前編

武田綾乃

宝島社

目次

おもな登場人物

〈低音パート〉

黄前　久美子　二年生。ユーフォニアム。一年生の指導係を務める。

加藤　葉月　二年生。チューバ。高校から吹奏楽部に入った。

川島　緑輝　二年生。コントラバス。強豪校出身。自分のことを緑と呼ばせている。

後藤　卓也　三年生。チューバ。低音のパートリーダー。

長瀬　梨子　三年生。チューバ。低音の副パートリーダー。卓也と交際中。

中川　夏紀　三年生。ユーフォニアム。副部長を務める。

久石　奏　一年生。ユーフォニアム。久美子の直属の後輩。

鈴木　さつき　一年生。チューバ。葉月と同じ東中学出身。

鈴木　美玲　一年生。チューバ。さつきとは顔見知り。

月永　求　一年生。コントラバス。龍聖学園出身。

〈トランペットパート〉

高坂　麗奈　二年生。トランペット。久美子の親友。

吉川　優子　三年生。トランペット。部長を務める。夏紀とは犬猿の仲。

加部　友恵　三年生。トランペット。久美子とともに一年生の指導係を務める。

小日向　夢　一年生。トランペット。新入生のなかではいちばん上手い。
傘木　希美　三年生。フルート。一年生のときに先輩と揉めて一度部活を辞めた。
鎧塚　みぞれ　三年生。オーボエ。ダブルリードのパートリーダー。
塚本　秀一　二年生。トロンボーン。久美子の恋人。二年生代表。

〔その他〕

剣崎梨々花　一年生。オーボエ。みぞれの直属の後輩。奏と仲良し。
滝　昇　北宇治高校吹奏楽部のイケメン顧問。厳しくも愛がある。
松本　美知恵　吹奏楽部の副顧問。あだ名は軍曹先生。
新山　聡美　外部の指導者。専門はフルート。木管を指導する。
田中　あすか　卒業生。ユーフォニアム。元副部長。
中世古　香織　卒業生。トランペット。みんなのマドンナ。
小笠原　晴香　卒業生。バリトンサックス。元部長。

響け！ユーフォニアム
北宇治高校吹奏楽部、波乱の第二楽章
前編

プロローグ

黒髪が揺れる。半袖からのぞく彼女の二の腕は、日差しのせいかうっすらと赤くなっていた。目だけを動かし、みぞれはその背中を追う。高い位置で結われた髪は、中学時代に比べてずいぶんと伸びていた。動きに合わせ、その毛先が軽やかに跳ねる。彼女が階段を一段飛ばしで上がるたびに、すらりと引き締まった脚が紺色のスカートからさらされた。

「希美《のぞみ》、待って」

漏れた吐息が、みぞれの声帯を微《かす》かに震わせる。早朝の校舎に人の気配はなく、辺りは静寂に満ちていた。大きく息を吸い込むと、空気はどこか埃《ほこり》っぽい。頭上から聞こえてくる希美の足音は騒々しく、蚊の鳴くようなみぞれの声など簡単にかき消されてしまう。彼女には、こちらの声など届いていない。最初から、そんなことはわかっていたのに。

「みぞれ？　まだー？」

狭い廊下に、希美の声が反響する。先に音楽室に着いたのだろう。足音はもう聞こえない。みぞれは傍らの手すりをつかむと、着実に一段ずつ足を進めた。木製の手すりは年季が入っているせいか、表面がひび割れている。手すりの隙間を縫うようにして上の様子をうかがうが、ここからでは希美の姿は欠片《かけら》も見えない。上を見続ける理由がなくなり、みぞれの頭は自然と傾《かし》いだ。三年生になって新調した上履きは、いまだ染みひとつなく真っ白だ。なんだか一年生の靴みたい、とみぞれは漠然と思った。

「早く早く！」

みぞれが階段を登り切った途端、廊下の先にいた希美が勢いよく手を振った。窓から差し込む光が彼女の身体の輪郭を柔らかになぞっている。その胸元では、真っ白なリボンが揺れていた。待っていてくれたのか。緩む口元をごまかすように、みぞれはきゅっと唇を水平に引き結んだ。希美が屈託のない笑みを浮かべる。

「練習楽しみすぎて、さっさと歩きすぎちゃった。あー、めっちゃ吹きたい」

希美の人差し指の先端が、鍵穴を指差す。その意図を把握した刹那、みぞれの頬は強張《こわば》った。ほら、やっぱり。心の隅のほうで、冷静な自分が数秒前の自分をあざ笑う。

「鍵開けて。はよ一緒に練習しよ」

「……うん」

職員室で受け取った鍵には、ご丁寧に『音楽室』と書かれたキーホルダーが取りつけられている。朝に鍵を開けるのはみぞれの仕事。そんな暗黙のルールが部内に定着したのは、いったいいつからだっただろう。希美は後ろ手を組んだまま、期待に満ちあふれた顔でこちらを見つめている。みぞれは鍵穴に鍵を差し込み、そこで一度希美の顔を見やった。

「希美はさ、」

「うん？」

「希美は……」

目が合う。それだけで、なぜだか息が詰まるような感じがする。みぞれは胸元の生地を強く握り締めると、静かに首を横に振った。

「やっぱりいい。なんでもない」

鍵の開く音がする。ふうん、と希美は短く答えた。その表情は笑顔だったが、どこか作り物めいているようにみぞれには思えた。

「あー、朝から練習とかテンション上がるー」

「……希美は練習、好きだね」

「何言ってんの。みぞれのほうが好きやん」

なんのためらいもなく、希美が音楽室の扉を開ける。合奏体形に並んだ椅子の数は、去年に比べてずいぶんと増えた。フルートの楽器ケースを手に提《さ》げたまま、希美は迷いのない足取りでいちばん端の席に座った。客席にもっとも近い位置、トップ奏者の席だ。希美の指が、楽譜ファイルのページをめくる。

——リズと青い鳥。

透明なビニール越しに視界に入ったのは、今年の自由曲の題名《タイトル》だった。童話をもとに作曲された、吹奏楽のための曲。座った拍子に乱れてしまったプリーツを整えようと、みぞれは太ももの下に手を差し込む。

「なんかこの曲ってさ、うちらに似てるよね」

ファイルを手に、希美が歯を見せて笑っている。それってどういうこと。いい意味？　それとも、悪い意味？　頭のなかで渦巻く疑問を、みぞれが口に出すことはない。

「そうだね」

唇が紡いだ自分の声は、意図したよりもずっと淡白な響きとなった。だが、そのことに希美が気づく気配はない。

「やっぱり、みぞれもそう思うやんな」

そううれしそうにうなずき、希美が黒板を振り返る。深緑色の長方形の隅では、本番までのカウントダウンが始まっていた。丸みを帯びた白い数字が、この夢のようなひとときの終わりを如実に示している。

「この曲吹くの、ほんま楽しみ。早く本番にならへんかな」

「……そうだね」

希美の言葉に、みぞれは曖昧にうなずいた。本番なんて、一生来なくていいのに。胸中にぽっかりと浮かぶ本音には、気づいていないふりをした。

一　不穏なダ・カーポ

　普段より十五分早くセットしたはずの目覚まし時計は、気づけばベッドの下に転がっていた。ジリジリと鳴り続けるベルの音に、久美子《くみこ》はゆっくりと瞼《まぶた》を持ち上げる。わずかに開いたカーテンの隙間からは、さんさんとまばゆいばかりの朝日が差し込んでいた。清々《すがすが》しい朝だ、と久美子は大きく欠伸《あくび》をする。そのまま寝返りを打って布団のなかに潜り込もうとしたところで、久美子の目は大きく見開かれた。

「朝ぁ？」

　夢の余韻に浸っていた脳味噌《のうみそ》が、一瞬にして覚醒する。飛び上がるようにして身を起こすと、かけていた布団がベッドからずり落ちた。ベルはいまだ鳴り続けている。久美子は慌てて立ち上がると、転がったままの時計を拾い上げた。

「うわ、やばっ」

　時間はすでにギリギリだ。制服に手早く着替え、久美子は自身の身なりを確認する。胸元のリボン、崩れていない。スカート、膝より少し上。靴下、きちんと両ぞろい。

髪型――は、いまだぼさぼさだ。

「はー、寝癖、直さなきゃ」

外側に跳ねる髪を手のひらで押さえながら、久美子は鏡のなかの自分を見つめる。襟に白のラインが入ったシンプルな紺色のセーラー服。北宇治《きたうじ》高校の代名詞とも言える制服は、一年という時間をともにしたせいか、すっかり自身の身体に馴染《なじ》んでいた。


黄前《おうまえ》久美子。壁に張り出された名簿には、自分の名前が確かに印刷されていた。新しい学年になってから、初めての登校日。廊下にあふれた女子生徒たちは、知人と顔を合わせるたびに、歓声にも近い黄色い悲鳴を上げている。一年に一度行われるクラス替えは、生徒たちにとって重要なイベントだ。まさに学校生活のターニングポイント。誰が担任で、誰がクラスメイトなのか。張り出された薄っぺらな紙が、今後の命運を握っていると言っても過言ではない。


唾を飲み、久美子は上から順に名簿に目を通していく。二年三組。担任、松本美知恵《まつもとみちえ》。クラス名の下に書かれた名前は、去年と同じものだった。久美子の前で騒いでいた女子生徒が、げっ、と不満そうな声を上げる。

「軍曹《ぐんそう》先生のクラスかー。私、あの先生の授業受けたことないねんけど」

「大丈夫やって。結構人気ある先生やし」

「うそー？　怪しすぎる」

「ほんまやって。吹奏楽部の子らも、怖いけど優しいって言うてたもん」

「あー、そういやあの先生って吹部の副顧問なんやっけ。はー、どうせなら滝《たき》先生がよかったわ。イケメンやし」

「まあでも、滝先生は部活やとスパルタらしいけどな」

「マジ？　癒し系みたいな顔してんのに」

軽口を叩《たた》きながら、女子生徒たちは教室のなかへと入っていく。それと入れ違いに、一人の少女が弾丸のような勢いでこちらへと抱きついてきた。

「久美子ちゃん、おはよう！」

見下ろすと、ふわふわとした猫っ毛の頂点につむじが見える。頭の側面に添えられたエメラルドグリーンのリボン型の髪飾りは、彼女のトレードマークだ。

「おはよー、緑《みどり》。朝から元気だね」

そう返すと、緑輝《さふぁいあ》はがばりと勢いよく顔を上げた。小動物を思わせるくりりとした両目は、今日も生気に満ちあふれている。川島《かわしま》緑輝。緑に輝くと書いて、サファイアと読む。親から与えられた名前がコンプレックスらしく、彼女はいつも周囲に自分のことを緑と呼ぶように訴えていた。

「葉月《はづき》ちゃんも同じクラスやねんで。緑、また一緒のクラスになれてめっちゃうれしい」

　ほら、こっち。そう言って、緑輝が久美子の腕を引く。教室にはすでにほとんどの生徒が集まっており、見知った顔同士でそれとなくグループを形成していた。座席は名簿順に割り振られていて、久美子は窓際の席だった。

「久美子ー、こっちこっちこっち」

　机の上に荷物を置く間もなく、加藤《かとう》葉月がこちらに向かってぶんぶんと大きく手を振ってきた。さっぱりとしたショートヘアに、人懐っこい笑顔。うっすらと日に焼けた肌は、中学時代に所属していたテニス部のころの名残らしい。

「クラス替え、どうなってるんやろうと思ってさぁ。今日は早めに来てん」

「私も早めに来ようとは思ったんだけどね。目覚ましに気づかなくて」

「しょっぱなから寝坊？　ま、遅刻せんだけラッキーやったやん」

　バシバシと背中を叩かれ、久美子は乾いた笑みを漏らした。会話を聞いていた緑輝がうれしそうに両手を組む。

「緑もドキドキしてたんけど、今年も低音メンバーで同じクラスになれてよかった。しかも美知恵先生が担任やし」

「ほんまそれな。ま、ちょっと代わり映えしなさすぎな気もするけど」

　机に浅く腰をかけ、葉月はぶらぶらと足先を揺らした。真っ白なハイソックスには、見慣れたメーカーのロゴが刺繍《ししゅう》されている。

「いやいや、おもしろいことなんてこれからいっぱいあるよ。緑はね、どんな後輩が入ってくんのかなーっていまから楽しみやねん。去年はコントラバスって一人だけやったし、今年は可愛い後輩が入ってきたらいいなーって」

興奮しているのか、緑輝が鼻息を荒くする。久美子は肩をすくめた。

「後輩、ちゃんと入ってくるのかな？　心配になってきた」

「まーた久美子はそうやってネガティブなこと言うて。入ってくるに決まってるやん。北宇治は去年、全国行ってんからさ」

「うん、緑もそう思う！」

自信に満ちた葉月の台詞《せりふ》に、緑輝が力強くうなずいた。

京都府立北宇治高等学校。進学実績は中の上、とくに実績のある部活動はなし。そんな可もなく不可もないごくありふれた公立高校だった北宇治に、去年、一人の音楽教師がやってきた。それが、現在の吹奏楽部顧問である滝昇《のぼる》だ。突如として現れた教師の厳しい指導に、初めのころは部内でも反発の声が多く上がった。しかし、自分たちの演奏が目に見えて上達していくにつれ、部員たちも顧問のやり方を受け入れるようになっていった。そして多くの波乱はあったものの、滝は就任一年目にして北宇治高校吹奏楽部を全国大会出場へと導いたのだった。

「でもさ、よくよく考えたら今年は麗奈《れいな》みたいにスーパールーキーが入ってくる可能性も高いよな。うちより上手《うま》い子とか、絶対おるやん」

唇をとがらせる葉月に、緑輝は拳を握り締めた。

「あかんで、そんな弱気なこと言うたら。葉月ちゃんだってこの一年で上手くなってんから、今年は先輩より自分のほうが上手くなるぞ！　ぐらいの心意気でいかへんと」

「おお、さすが緑。強豪でやってただけあるね」

久美子の言葉に、緑輝は首を横に振る。

「学校なんて関係ないって。こういうのは気の持ちようやねんから」

緑輝が通っていた聖女《せいじょ》中等学園は、全国でも有数の吹奏楽の強豪校だ。彼女はそこで、弦楽器であるコントラバスを担当していた。コントラバスとは、低音域を担当する、巨大なバイオリンのような見た目をした楽器だ。

一方、葉月は高校から吹奏楽部に入部した初心者だ。高校の吹奏楽部ともなると経験者の数が多くなるが、その反面、葉月のように新しく楽器を始める生徒も存在する。中学時代テニス部に所属していた彼女は、肺活量の多さに目をつけられ、チューバを担当することとなった。金管楽器のなかで最大サイズを誇るチューバは、まさしく低音の要。音の層をどっしりと支える、縁の下の力持ちだ。十キロほどの重さがあり、座って演奏するときにはスタンドを用いることもある。

そして久美子もまた、二人と同じパートの一員だった。小学生のころに姉に憧れて金管バンドに入り、そのまま周りに流されてずるずると楽器を続けた結果、現在に至る。担当する楽器はユーフォニアム。柔らかな響きが特徴の、中低音の金管楽器だ。オーケストラで使用される機会が少ないために知名度は低いが、伴奏から主旋律までさまざまな役割をこなすことができる。

ユーフォ、チューバ、コントラバス。この三つの楽器を北宇治では低音パートとして扱っており、普段の練習などでは一緒に行動することが多かった。

「あれ、あそこにいるの吹部の子とちゃう？」

気を引くように、緑輝が久美子の脇腹をツンと指でつついた。思考にふけっていた久美子は、そこではたと我に返る。ほんまや、と葉月が座っている生徒のもとへと近づいた。

「つばめも三組やったんやな。同じクラスやん」

「あ、葉月ちゃん」

肩を叩かれた瞬間、少女の身体はびくりと揺れた。肩よりも少し短い程度の黒髪は、癖毛なのか、外に向かって跳ねている。

「同じクラスやったんやね。あぁ、川島さんも黄前さんも」

そう言って、彼女は少し困ったように眉尻を下げた。ノンフレームの眼鏡のレンズは、彼女の目のサイズに比べてやや大きすぎるように久美子には思えた。同じ吹奏楽部のメンバーではあるが、面識はあまりない。吹奏楽部は規模が大きいため、顔見知り程度の知り合いも多いのだ。

葉月がつばめのほうを指差す。

「久美子も緑もあんま接点なかったと思うけど、こっちはパーカッションの釜屋《かまや》つばめ。つばめって気軽に呼んで」

なぜそれを葉月が言うのだろう。久美子は疑問に思ったが、隣にいた緑輝はとくに気にならないようだった。

「緑は緑って呼んでね。これからよろしく！」

「私も久美子でいいよ」

「あぁ、うん。よろしくね、えっと……川島さんと、黄前さん」

不自然な沈黙は、呼び方で逡巡《しゅんじゅん》したせいだろう。つばめはぎこちない笑みを浮かべると、こちらに向かって小さく頭を下げた。葉月と対話しているときに比べ、明らかに距離を感じる。居心地が悪いのか、その黒い瞳はひっきりなしに左右に小さく揺れていた。

始業を告げるチャイムの音が鳴り、生徒たちは一斉に自分たちの席へと戻る。こうしてクラスメイトの顔ぶれを見ると、半数程度は去年と同じ三組のメンバーだった。ランダムにクラス替えが行われていると言っても、偏りは出るらしい。

「もう席に着いているのか。いい心がけだな」

教室の扉が開き、担任である松本美知恵が颯爽《さっそう》と姿を現した。彼女が声を発するだけで、緩んでいた空気が一瞬にして引き締まるのを感じる。吹奏楽部の副顧問でもある美知恵は、齢《よわい》五十を超えているベテラン教師だ。その厳しい言動から、生徒たちのあいだでは軍曹先生などというあだ名で呼ばれている。

「この二年三組の担任となった松本美知恵だ。今日から一年間、責任を持ってお前らの指導を行う」

眼光の鋭さに気圧《けお》されたのか、前方の生徒たちの背は不自然な形で固まっている。去年も見た光景だ。教卓に手をつき、美知恵がクラス中を見回した。

「入学したばかりの一年生と違い学校生活にも慣れ、受験前の三年生と違い進路に対する焦りも少ない。二年生というのはもっとも気が緩みやすい時期だ。時間は膨大にあるように思えるが、時がたつのは意外に早い。軽率な判断で将来を棒に振らぬよう、これからどう生きるのかをしっかりと自分の頭で考えろ。悔いのない一年を過ごせ。いいな」

「はい！」

いつもの癖で、自然と返事が口を衝《つ》いた。響いた声は、そのすべてが吹奏楽部員のものだった。前の席で、つばめが恥ずかしそうに頭をかいているのが見える。さすが吹部《すいぶ》、と誰かがつぶやく。感心しているというよりは、呆《あき》れているようだった。

「いい返事だ」

美知恵が満足そうにうなずく。表情を崩さないまま、彼女は教卓に置かれた名簿ファイルを手に取った。皺《しわ》の刻まれた指が、静かにページをめくる。

「それでは出席確認を行う。呼ばれた者は返事をするように」

「はい！」

反射的に出た声に、周囲からは今度こそ笑いが起こった。

始業式があったということもあり、授業は午前中のうちに終わった。午前授業の日は、いつもより多くの時間を部活動に割《さ》くことができる。ホームルームを終えて久美子たちが音楽室に着いたときには、すでに多くの部員たちが席に座って話していた。去年の三年生が卒業し、部員の数は三十人ほど減ってしまった。もともと久美子のひとつ上の代の人数が少ないこともあり、こうして部員全員で集まるとその数の変化は否が応にも目についてしまう。

「久美子、」

呼びかけられて振り返ると、高坂《こうさか》麗奈がこちらに向かって手招きしていた。空席を指差したところを見るに、隣の席を確保していてくれたらしい。

「席、ありがと」

「どういたしまして」

長い黒髪に指を滑らせ、麗奈は唇だけで笑みを作った。容姿端麗、才色兼備。そんな四字熟語が似合う彼女とは、中学からの付き合いだ。トランペット奏者の父を持つ彼女は、演奏の腕前も突出している。その才能は周囲も認めるところで、昨年は一年生ながらコンクールの舞台でソロを務めた。

「クラス替え、何組やったん？」

「三組。緑と葉月も一緒だった。麗奈はまた七組？」

「まあね。進学クラスはクラス替えないし」

「クラス替えないっていうのは、ちょっとうらやましいかも」

「そう？」

「だって、毎年友達いるかなーってドキドキするのは嫌じゃん」

「友達がいいひんくてもべつに困らんでしょ。一人で過ごせばいいんやし」

あっけらかんと言い放たれた台詞に、久美子は言葉を詰まらせた。こうした何気ない瞬間に、久美子は麗奈と自分の人格がまったく別物であることを思い知らされる。

「……いまの、なんかすごく麗奈っぽいね」

「アタシっぽいって、何?」

「なんかこう、麗奈!　って感じ」

「何それ」

ふ、と麗奈が吐息をこぼす。それに釣られたように、久美子も笑った。

「あ、そういえば、つばめちゃんとも同じクラスだったよ。パーカッションの」

「つばめちゃん?」

麗奈は考え込むように一瞬眉をひそめ、それから「あぁ」と得心したようにうなずいた。

「釜屋さんのことか、パーカッションの」

「知ってる?」

「あんまり。接点ほとんどなかったし」

「だよねぇ」

そもそも麗奈が自分たち以外の同学年の生徒と親しくしている姿というのは、どうにも想像できない。去年のコンクール前の印象が強すぎるからだろうか、彼女には孤高という二文字がよく似合った。

「はーい、注目!　ミーティング始めまーす」

ざわめく教室に、気の強そうな声が響く。新部長である吉川優子《よしかわゆうこ》が黒板の前に立っていた。それを合図に、話し込んでいた部員たちは素早く空《あ》いた席に着く。

「おはようございます」

優子の挨拶に、部員たちは声をそろえて返事する。いまでは当たり前となったこの習慣も、滝の指導によって定着したものだった。

「ようやく新学期が始まりました。一年の子らも入学してきたし、これからは勧誘や演奏会やらでいろいろと忙しくなると思います。頑張っていきましょう」

「はい」

「じゃ、今月の予定表を配ります。練習日に欠席するときには各パートリーダーに事前に連絡してください。三年生は今後、説明会や模試等の進路関連で部活に参加できないこともあると思いますが、役職持ちの場合は、部長または副部長に連絡してください。こちらから顧問に伝えます」

優子の話し方はキビキビとしていて聞き取りやすい。集団を統率するのに向いている声だ。ちらりと隣の席を見れば、麗奈は真剣な面持《おもも》ちで優子のほうを見つめていた。

三年生の吉川優子は、麗奈と同じトランペット担当だ。三月に卒業した先輩、中世《なかせ》古香織《こかおり》の熱烈な支持者であり、ソロ問題を巡って麗奈とは真っ向から衝突していた。因縁のある二人ではあるが、一年という時間を経ていまでは良好な関係を築いている。

「ほれ、久美子。何ぼさっとしてんの」

視界を覆う白に、久美子は目を瞬かせる。近すぎる物体から焦点を外すと、中川夏《なかがわなつ》紀《き》がこちらにプリントを突き出していた。副部長である彼女は、久美子と同じユーフォニアムを担当している。もともとは部活に熱心に取り組むほうではなかったが、この一年間でずいぶんと心変わりしたようだ。短かった髪もいくぶんか長くなり、半端に伸びた髪がまばらに肩へかかっている。部長である優子とは犬猿の仲で、二人が言い合いをしている光景はもはや日常茶飯事だった。

「あ、すみません。ありがとうございます」

プリントを受け取ると、夏紀はニヤリと口端を吊《つ》り上げた。その隙間からとがった犬歯がのぞいている。

「で、北《きた》中からは誰かいい子来そうなん？」

「はい？」

「中学のときの後輩、何人かは北宇治に来てるんやろ？　もし誰かいい子おったらユーフォに引っ張ってきてや」

よろしく、と夏紀は気軽な口ぶりで久美子の肩を叩くと、そのままそそくさと優子の隣の位置へと戻った。雑談禁止、などと優子から注意を受けているが、夏紀が気にする様子はない。

「そんな簡単に言われてもなあ」

ぽろりと漏れたつぶやきに、隣にいた麗奈が肩を震わせる。笑いをこらえているようだ。決まりが悪くなり、久美子は爪先で麗奈のふくらはぎを軽くつついた。真正面を向いたまま、何食わぬ顔で麗奈が同じことをやり返してくる。

「プリントみんな足りてる？　ない人は手を上げて」

前方では、優子が皆にプリントが行き届いたかを確認していた。日付の書かれた枠線のなかには、今後のスケジュールがびっしりと詰め込まれている。

「仮入部の期間は見学ＯＫにしてるので、一年が練習を見に来ることも多いと思います。何か困ってそうなときや質問がありそうな場合は、優しく声をかけてあげてください」

「はい」

「楽器の振り分け等は正式な入部日に行います。人数が全然足りひんくて困るとか、逆に楽器の数を忘れてて多めに取りすぎちゃったとか、そういうことがないように、自分のパートの許容人数はきちんと把握しといてください。それから、希望者がマイ楽器を持ってるかもちゃんと確認するようにお願いします」

マイ楽器というのは、学校ではなく生徒個人で所有している楽器のことを指す。基本的には備品の楽器を使うことが多いのだが、親に頼んで楽器を買ってもらう生徒も珍しくはない。

「何か質問がある人は……いいひんみたいやな。では、パート練習に移ります。解散」

優子の号令に従い、部員たちはぞろぞろと楽器室へ移動し始める。音楽室の一角では、何やら真剣な表情で三年生部員たちが話し込んでいた。その中心に立つ優子のたたずまいは、どこか凛々《りり》しさすら感じさせる。新体制になってかれこれ数カ月はたつが、優子の部長としての振る舞いもかなり板についてきた。

「優子先輩ってさ、二年生のときに比べてだいぶイメージ変わったよね」

久美子の言葉に、麗奈は澄ました顔でうなずいた。

「まあ、香織先輩が卒業したってのも大きいんやろうけど」

「すごかったもんね、あのときの優子先輩」

「そんだけ好きやったんやろね。憧れてるってずっと言ってはったし」

去年の話になると、自然とすべてが過去形になる。教室にも廊下にも、卒業した先輩たちの姿はない。そのことに寂しさを感じないと言えば嘘《うそ》になる。しかし、いつまでも感傷に浸ってばかりもいられない。

「アタシさ、優子先輩って結構部長に向いてると思うねんな」

麗奈はそう言って、肩にかかる黒髪を指先で払った。手入れの行き届いたロングへアは、久美子のものと違って毛先までまっすぐだ。

「よくも悪くも突っ走っちゃう人やけど、まあ、そういう強引なところが先輩のええとこなんやと思う」

「なんか、麗奈が言うと説得力があるね」

「そう?」

「うん。経験者は語る、って感じ」

「どんな感じなん、それ」

呆れをにじませた眼差《まなざ》しから逃げるように、久美子はそっと顔を逸《そ》らす。古い音楽室の壁には、防音のため古くなった毛布がかけられていた。その一角に飾られた額縁には、去年の全国大会での集合写真が収められている。全日本吹奏楽コンクール。余白に添えられた文字の上で、元部長である小笠原晴香《おがさわらはるか》が賞状を抱えて微笑《ほほえ》んでいる。銅賞。与えられた賞の色は、部員たちが望んだものとは異なっていた。

音楽室に併設された楽器室には、所狭しと備品の楽器が並んでいる。ユーフォニアムのケースは、チューバの巨大なケースに隠れるようにして置かれていた。その数は、去年に比べて一台少ない。

「……あすか先輩」

膝を折り、久美子は楽器ケースの表面を指先でなぞる。いまはもうここにはいないふたつ上の先輩は、マイ楽器を所持していた。田中《たなか》あすか。ユーフォニアムを担当していた彼女は、副部長兼パートリーダー兼ドラムメジャーという三つの重要役職を兼任しており、この部活の中心的存在だった。学力、美貌、楽器の腕前、そのすべてが常人の域を超えており、周囲からは特別な存在として見なされていた。決してひと筋縄ではいかない先輩であったが、ユーフォニアムにかける情熱は本物だったように思う。彼女の腕のなかに納まっていた銀色のユーフォニアムの存在が、無性に恋しくなる瞬間がある。そんなとき、久美子はいつも彼女の奏でていた柔らかな旋律を思い出すのだった。

楽器ケースを開き、久美子は自分の楽器を取り出す。金色に輝くユーフォニアムは、夏紀のものと同じ色をしている。この学校にあるユーフォニアムは、すべてが金のラッカー仕様だ。年季が入っているせいか、その表面はところどころ塗装が剝げてしまっている。軽くピストンを押してみると、ボコボコと跳ね返ってくる感触が楽器を通して身体に響いた。

「うおっ、」

不意に聞こえてきた声に久美子が振り返ると、見覚えのない女子生徒がチューバケースに身を隠すようにしてこちらをのぞいていた。サイドに結われた黒髪は三つ編みにされており、その前髪はちょうど目元にかかるかかからないかという長さだ。ハーフリムの眼鏡フレームのせいか、どこかおとなしそうな印象を受ける。

「あ、す、すみません」

視線に気づき、彼女は慌てたようにケースの裏へと頭を隠した。一連の流れに呆気《あっけ》に取られていた久美子だったが、そこでようやく冷静さを取り戻した。

「いやいやいや、隠れられても困るよ」

ユーフォを床に置き、久美子はケースの裏側をのぞき込んだ。身を隠しているつもりなのか、少女はその場に頭を押さえた状態でうずくまっている。

「あのー、もしもし？」

背中を叩くと、彼女は弾《はじ》かれたように立ち上がった。いちいち動作が大げさな子だ。

「わひゃーっ、勝手に入ってごめんなさい。ほんと、先輩にご迷惑をおかけするつもりは全然なかったんですけど、楽器室のなかがどうなってるのかなーって気になって、でもなんか皆さん忙しそうだったので、それで、」

相当焦っているのか、彼女はぶんぶんと両手を振り回した。先輩。聞き慣れない呼び方に、久美子はすぐにピンと来た。

「もしかして、見学に来た新入生？」

尋ねると、彼女は激しくうなずいた。

「は、はい！　そうです」

「楽器室を見に来たってことは、経験者？　なんの楽器やってたの？」

何気ない久美子の問いに、忙《せわ》しなく動き回っていた彼女の唇が硬直した。レンズの奥で、その黒い瞳が見開かれる。

「あれ、変なこと聞いちゃったかな」

慌てる久美子に、後輩は静かに首を横に振った。眉尻を下げ、彼女は困ったように自身の前髪に触れる。

「あ、いえ、変じゃないです。全然。……そうですよね、やっぱり」

「何がそうなの？」

「あ、こちらの話です。大丈夫です」

そうきっぱりと言い切り、彼女はややうつむきがちに久美子へと向き直った。

「さっきの質問ですけど、私、中学から吹奏楽部で、トランペットをやってました。それで、高校に入ったらどうしようかなって」

「楽器を何にするかで悩んでるの？」

「それもありますけど、そもそも吹奏楽部に入るかどうかも決めてなくて」

その視線が、壁にかけられた賞状へと向けられる。金賞、銀賞、銅賞。京都大会、関西大会、全国大会。ずらりと並んだ歴代の賞状は、北宇治の歴史を示していた。

「ほかの同級生とか、吹部に入るために北宇治に来たって子もいるんです。全国行きたいからって。でも、私はそういうのじゃなくて。いまからやったことのない部活に入るのも怖いし、吹部でいいかなって思ってただけで」

彼女はそう言って、決まり悪そうに頬をかいた。

「消去法だったんです、吹部に入る理由が。めっちゃ続けたい！　ってわけでもなくて、なんというか、みんなが入るなら入ろうかなって感じで。でも、周りの子らを見たら、そういうのってなんかよくないんかなって思って」

「それで見学に来たんだ？」

声に笑いが混じったのは、目の前の後輩が一年前の自分に重なったからだった。確固たる意思もなく、ただ他人に流されてばかりだった自分に。

「先輩はどうして、高校でも吹奏楽を続けようと思わはったんですか？」

「私も同じだったよ。流されて、なんとなく」

吹奏楽部に入ろうという確固たる意思など、入学時の久美子は持っていなかった。葉月と緑輝の勢いに押され、気づけば入部することになっていたのだ。

床に立てかけられたユーフォニアムを見下ろし、久美子はその曲線部分に指を滑らせる。朝顔のような形をしたベルには、細く伸びた自分の顔が映っていた。

「でも、いま部活を続けてるのはなんとなくなんかじゃないよ。本気で全国に行きたいって思って、それで毎日練習してる。だから、部活なんて初めからこうじゃなきゃ入っちゃダメってことはないんだと思う。気持ちって、どんどん変わっていくから」

話していると、なんだか自分でも照れくさくなってきた。火照《ほて》る頬を冷ますように、久美子はパタパタと手で自分の顔を扇ぐ。

「なんか、偉そうなこと言っちゃってごめんね」

「いやいや、偉そうなんてとんでもないです。むしろ、すごいありがたいです」

あの、とそこで彼女は声をうわずらせた。伏せられたままの両目は、頑《かたく》なに久美子と視線を合わせてくれない。

「吹奏楽部に入ったら、私も変われますかね」

「え？」

「先輩みたいに、私も」

視線を下げると、彼女の紺色のスカートの裾が目に入る。膝をすっぽりと覆い隠すほどのスカート丈に、刺繍のない真っ白なソックス。見える肌色の面積は少なく、そのほとんどが布の下に覆い隠されている。

「それは多分、自分次第だよ」

正直な気持ちを口にすると、なんだか突き放したような台詞となった。もしかして、いまのはもっと優しい言葉をかけるべきタイミングだっただろうか。悶々《もんもん》と後悔し始める久美子をよそに、当の本人は間の抜けた顔でぱちぱちと瞬《まばた》きを繰り返していた。
やがてその瞳が、緩やかに弧に細められる。
「先輩って、嘘が苦手なんですね」
「いやあ、まあ……確かに、得意ではないかも」
久美子ってほんま嘘つくの下手《へた》やな。そう笑いながら言っていたのは、葉月だった
だろうか。自分ではそんなつもりはないのだが、周囲の人間はこぞって久美子をそう
評価する。
目の前の後輩が、はにかみながら口を開いた。
「でも、なんだかほっとしました。黄前先輩とお話できてよかったです」
「そう言ってもらえてよかったよ。吹部、入るか決めた？」
「いえ、まだ完全には。でも、だいぶ入ろうかなーって気持ちに傾いてます」
「まだ時間はあるし、慎重に考えて決めればいいと思うよ。もちろん、入ってくれる
ならすっごくうれしいけど」
「もし入部したら、そのときはよろしくお願いします」
あれ、と久美子はそこで首をひねった。一連の会話のなかに、どこか引っかかりを
覚えたのだ。おかしな点があるということだけは明確にわかるのに、その正体がつか
めない。小骨が喉に刺さったようなもどかしさが、脳の奥を刺激している。

「今日は本当にありがとうございました」

その場でぺこりと頭を下げられ、久美子も慌ててお辞儀を返す。彼女はスカートの裾を軽く手で払うと、それからこちらへと再び会釈した。それでは、と別れの挨拶を切り出され、久美子は「またね」と手を振った。その姿が完全に楽器室から消えるのを見届けたあと、久美子はふと自分のミスに気がついた。

「しまった。名前聞くの忘れた」

急いで楽器室を出てみたが、すでに後輩の姿はそこにはなかった。本格的に部活が始まれば、再び会うことができるだろうか。振り返ると、床に立ったままのユーフォニアムが視界に入った。後輩の心配は入部日のあとにでもすればいい。それよりいまは、春の演奏会に向けての練習だ。棚から抜き出した楽譜ファイルを脇に挟み、久美子はいつものようにパート練習室を目指す。音楽室のなかからは、パーカッションの部員たちが規則正しくリズムを刻む音が聞こえていた。


練習を終えるころには、すっかり日が暮れていた。青く染まる空の向こう側で、影によって塗り潰された山間《やまあい》の輪郭がぼんやりと浮かび上がっている。吹き抜ける風は春だというのにいまだ肌寒く、垂れた柳の葉がガサガサと小刻みに震えていた。

京阪《けいはん》宇治《うじ》駅を下車するとすぐ、一本の木製の橋が視界に入る。六四六年、奈良元興《がんごう》寺《じ》の僧である道登《どうとう》によって最初に架けられたとされる、宇治橋だ。現在の姿は一九九六年に完成したもので、擬宝珠《ぎぼし》を冠した木製高欄という伝統的な形状となっている。

久美子は橋の欄干に手をかけると、そろりと水面をのぞき込んだ。激しい水流のあいだを縫うようにして、等間隔に数本の柱が並んでいる。木除《きよ》け杭《くい》と呼ばれるこの柱は、流木などから橋脚を守るために存在する。その先端に、一羽の真っ白な鳥が止まっていた。なんの鳥だろうか。よく見ようと欄干から顔を出そうとした瞬間、背後から制服を強く引っ張られた。

「何やってんねん」

振り返ると、呆れた顔の秀一《しゅういち》がこちらを見下ろしていた。苗字は塚本《つかもと》、担当楽器はトロンボーン。親同士の仲がよかったこともあり、久美子とは幼いころから家族ぐるみの付き合いだ。いちおう、いまでは久美子の恋人でもある。

「いや、鳥がいたから」

「鳥?」

「うん。ほら、あそこ」

久美子が指をさすと、秀一も隣に並んで水面をのぞき込んだ。長身の彼には欄干の高さが足りないような気がして、見ているだけで不安になってしまう。気づかれないように、久美子はこっそりと秀一のシャツの裾をつかんだ。

「思ったよりでかいな。ええもん食ってそう」

「寒いから毛がもこもこなんじゃないの？」

「あー、それもありそう」

適当な相槌《あいづち》を打ちながら、秀一が鞄《かばん》をかけ直す。久美子はそそくさと手を離すと、彼の隣へと並んだ。その身体はやたらと縦に長く、顔を見続けていると首が痛くなってしまう。

「で、クラス替え何組やったん？　俺は六組やってんけど」

「三組だよ。今年も美知恵先生のクラス」

「ええやん。俺なんて生徒指導部の大居《おおい》やぞ、最悪」

「うわー、校則のチェック厳しそう」

「まあでも瀧川《たきがわ》とは同じクラスやったし、それはラッキーやった。あ、瀧川ってわかる？　サックスの瀧川ちかお」

「いっつも一緒にいる子でしょ？」

「そうそう」

「しゃべったことはあんまりないけど、真面目そうな子だよね」

「ま、見た目だけは優等生やな。中身はただのアホやけど」

「そんなことないでしょ」

「いや、ほんまにアホやからアイツ」

平等院《びょうどういん》通りを抜け、二人はあじろぎの道を進む。生い茂る木々の隙間から、外灯の光がこぼれ落ちていた。河川敷に設置されたベンチでは、ジョギング中らしき人が休息を取っている。自然を残したまま整備されたこの道は、絶好の散策コースでもあった。

「そういやさ、今年は低音ってどれくらい人数取んの？」

秀一がこちらを見る。久美子は肩をすくめた。

「どうだろうね。楽器自体には余裕あるけど、希望者がいるかが怪しいんだよね。最低でも各楽器に一人ずつは欲しいけど」

「コンバスとか、さすがにずっと一人はきついもんな」

「ほんとそう。いまだと緑の負担が大きすぎるし、経験者の子が入ってきてくれるとうれしいんだけどね。あと、来年のことも考えると、やっぱチューバも二人は欲しいかな。トロンボーンは？」

「こっちは春に卒業した代がめっちゃ人数いたから、ほんま人材が不足してる。少なくとも三人、できれば四人は欲しい」

「いま三人しかいないんだもんね」

「ファースト、セカンド、サードで一人ずつって感じやな。まあ、一人休んだら歯抜けになるし、結構つらいねんけどさ」
そう言って、秀一は自身の髪をくしゃくしゃとかき混ぜた。
同じ楽器を吹いていても、譜面によってそれぞれの奏者が果たす役割は異なってい
る。ざっくりと区別すると、ファーストは高音域、セカンドは中音域、サードは低音
域の役割を担うことが多い。
「一年生、どれぐらい入ってくるかなあ」
「それはわからんけど、正直、人が来てくれへんときつい。今年の三年は去年に比べ
て圧倒的に人数少ないし、その分を一年でカバーせんとあかんから」
「去年の三年生、三十五人もいたんだもんね。今年は三年が十八人、二年生が二十八
人……二学年合わせても、五十人いかないのかあ。まあ、普通の学校に比べたら多い
ほうだとは思うけど」
「強豪やと百超えるとこもざらやし、これぱっかりはな。人数で上手さが決まるって
わけやないけど、多いに越したことはないやろ」
「それだったら、やっぱり勧誘頑張らないとなあ」
一年生向けの演奏会に、部活相談会。勧誘の機会は多く用意されているが、はたし
て効果はどれほどあるのだろうか。
横断歩道の信号は赤だった。なんとはなしに隣にいる秀一の顔を見上げると、ばち

りと目が合ってしまった。内心で慌てふためく久美子をよそに、秀一はその眼差しを和らげた。ドキリと、心臓が跳ねる。不覚にもときめいてしまった自分に腹が立ち、久美子は秀一の背中を軽く叩く。

「なんで叩くねん」

そう唇をとがらせる秀一の顔は、やっぱり優しい。こういう顔をされると困る。いきなり恋人みたいに扱われても、どうしていいかわからない。熱くなる頰を隠すように、久美子は自身の両手で顔を隠す。

「もう、秀一のくせに！」

「だから、さっきからなんやねん」

信号機は青へと変わり、ピヨピヨと音声信号が流れ出す。久美子は横断歩道へと足を伸ばすと、その白線を踏み越えた。後ろを見なくても、秀一は必ずついてきてくれる。そう信じているからこそ、久美子は前に進むことができるのだ。

新入生の勧誘を目論《もくろ》む部活は吹奏楽部以外にも存在し、体験入部の期間となると校舎はずいぶんと賑やかになる。いつものように音楽室で練習しているあいだにも、見学希望の生徒たちは続々と現れた。入部希望者のなかには強豪校出身の生徒も多く、吹奏楽部に入るためにこの高校を選んだ生徒も少なくないようだった。

「はい、注目」

黒板の前に立ち、優子がバシンと手を叩いた。その腕に挟まれたクリアファイルには、入部希望者のリストが挟まれている。猶予期間である十日間はあっという間に過ぎていき、音楽室の中央では、入部を決めた一年生たちがずらりと列を成して並んでいる。室内の人口密度はかなり高い。入部者が少なかったらどうしようという久美子の心配は、無事杞憂《きゆう》に終わったようだ。

一年生の周りを取り囲むように、教室の端には二年生、三年生部員が待機している。久美子の隣に立つ麗奈は、涼しい顔で自身のトランペットを抱えていた。

「皆さん、こんにちは」

「こんにちは！」

優子の挨拶に、先輩部員たちが一斉に声を発する。その勢いに呑《の》まれまいとしたのか、新入部員たちも同じ勢いで挨拶を返した。優子はぐるりと周囲を見渡し、皆が完全に沈黙するのを待った。多くの一年生たちは気圧されてしまったようで、その背中を不自然な形に強張らせている。

優子の一挙一動が、室内の空気を張り詰めさせる。身じろぎするのもためらうような、痛いほどの緊張感。険しい表情のまま、優子が一歩前に足を踏み出す。

「うちの吹奏楽部によく入部を決めてくれました。皆が入部してくれて、私はめちゃくちゃうれしいです。この部活に来てくれてありがとう！」

そこで初めて、優子は重々しい表情を崩した。白い歯を見せ、にっこりと気安い笑みを浮かべる。その瞬間、一年生部員たちがどっと脱力したのがわかった。数人の部員が、はにかみながら互いに顔を見合わせている。

優子が再び手を叩く。それを合図にして、彼らは再び正面を見つめた。その表情は先ほどまでに比べ、ずいぶんとリラックスしているようだった。

「では、まずは自己紹介から。北宇治高校吹奏楽部、部長の吉川優子です。担当楽器はトランペットで、パートリーダーも兼任しています。好きな食べ物はコロッケです。とくに、さつまいものやつが好きです」

「いやいや、アンタの好物なんてどうでもええから」

横からの夏紀の突っ込みに、先輩部員たちから笑い声が上がった。なんでよ、と頬を膨らませる優子を無視し、夏紀が一年生たちに語りかける。

「副部長の中川夏紀です。担当はユーフォニアム。吹奏楽部には高校から入りました。この部にはうちみたいなやつも多いので、初心者の子らも安心してください」

「基本的に、大まかな部活の指示は私と夏紀で行います。そのほかにもさまざまな役職があって、部員みんなで部の運営を行っています。一年生の指導を担当する先輩もいますし、何か困ったときは一人で抱え込まず、気軽に相談してください」

はい、と新入生たちが元気よく返事する。優子は満足したようにうなずくと、手元にあるリストをめくった。

「それにしても、今年は四十三人も新入部員がいるようで、めっちゃビックリしました。ほかの学年と比べても、ダントツで人数が多いです。大豊作です」

四十三。告げられた数字に、先輩部員たちがざわついた。どうりで音楽室が狭く感じるわけだ。

「では、次に楽器紹介です。初心者の子もいると思うので、ひとつずつ紹介していきます。この紹介のあと、みんなには希望楽器を決めてもらいます。最初に言っておくと、それぞれの楽器の数には限りがあります。希望者が殺到した場合はこちらの判断で別のパートに移ってもらうことがあるので、そこだけはよく覚えておいてください。それじゃ、まずはトランペットから」

その指示に従い、麗奈がトランペットを手に前に立つ。うわ、美人な先輩。めちゃくちゃ綺麗《きれい》な人やん。ざわつく新入生の言動は、去年の香織に対する部員たちの反応を思い出させた。

「二年、高坂麗奈です。いまアタシが持っているこの楽器、トランペットを担当しています。トランペットは金管楽器のなかでも最高音域を受け持っています。華やかなイメージもあると思いますが、音が高いのでミスするととても目立ってしまう楽器でもあります。でも、アタシはすべての楽器のなかで、トランペットがいちばんカッコいいと思っています。もしも吹きたいと思ってくれた方は、ぜひうちのパートに来てください」

澄ました表情のまま、麗奈がその場で頭を下げる。部員たちは拍手を送り、口々に楽器についての情報を交換し合う。

「はい。興奮するのもわかるけど、ちゃっちゃといきます。次、」

優子の指示に従い、紹介はスムーズに進行した。ホルン、トロンボーン。それらの楽器のあと、優子が久美子のほうを見やる。

「次、ユーフォな」

「は、はい」

焦ったせいで、声が裏返ってしまった。先輩部員の笑い声に、久美子はつい赤面する。夏紀が手渡してくれた楽器を受け取り、新入部員たちの前に立つ。大量の目が、一斉にこちらへと視線を注ぐ。その瞬間、久美子の頭は真っ白になった。

「あ、えっと……」

用意してきた説明文が、脳味噌から音もなく抜け落ちる。まずは楽器の紹介をして、それから——それから、なんだっけ？　固まってしまった久美子に、一年生たちがざわつき始める。とにかく、楽器の説明を。そう思ったとき、久美子の脳裏に去年のあすかの流暢《りゅうちょう》な話し声が蘇《よみがえ》った。ユーフォニアムの話をするとき、彼女はいつも生き生きとしていた。

息を吸い込み、久美子は腕のなかのユーフォニアムを抱き締める。特別なことなんて考えなくていい。ただ、ありのままを伝えればいいだけだ。

「二年生の、黄前久美子です。えっと、楽器はこのユーフォニアムです。知名度が低いのがつらいところですが、柔らかな中低音が魅力です。ソロやメロディー、裏メロ、伴奏までなんでもこなせる楽器です。低音パートはユーフォのほかに、チューバ、コントラバスがいます。どの先輩も優しくて頼りになる人ばかりです。ぜひ、ユーフォニアムをよろしくお願いします」

慌ててお辞儀をすると、ぱちぱちと拍手の音が聞こえてきた。久美子はすぐさまその場を離れ、麗奈のもとへと逃げ帰った。

「お疲れ様」

「緊張しちゃったよ」

「うん。めっちゃ伝わってきた。見てるこっちがドキドキしたわ」

「私、変なこと言ってた？」

「大丈夫。普通のことしか言ってへんから」

そう言われると、それはそれで残念な気がする。久美子と麗奈がひそひそと会話しているあいだにも紹介はどんどんと進んでいき、気づけば木管楽器の順番となった。クラリネット、サックス。その次は、フルートだ。マイ楽器を手にした希美が、手慣れた様子で人前に立つ。高い位置で結われたポニーテールに、キリリと吊り上がった眉。彼女のまとう快活なオーラは、周囲の空気を明るくする。

「フルートパート三年、傘木《かさき》希美です」

あ、希美先輩や。部長、北宇治やったんや。ひそひそと漏れた声は南中《みなみ》出身の生徒たちのものだろう。

傘木希美は、去年吹奏楽部に戻ってきた三年生だ。優子や夏紀、みぞれと同じ南中の出身で、中学時代は部長を務めていた。久美子のひとつ上の代には南中出身の生徒が多かったのだが、部活動に対する熱量の差が原因で上の世代と衝突し、十人もの部員たちが一斉に退部した。希美もその辞めた部員のうちの一人で、しばらくは社会人楽団に所属していた。しかし去年の夏、いろいろなトラブルを抱えつつも、無事吹奏楽部に復帰した。

「うちがいま手に持っている楽器がフルートです。この楽器はリードを使わない、エアリードの楽器です。音が出る原理はみんなが授業で吹いてるリコーダーと一緒です。フルートという言葉はそもそも、横向きに吹く笛と縦向きに吹く笛、その両方を指す言葉でした。なので、いまで言うリコーダーも、昔はフルートと呼ばれてました。というか、むしろ十八世紀半ばごろまではフルートという呼び名はリコーダーを指していました。それらが区別されるようになり、いまの形に落ち着いたというわけです」

繰り出されるうんちくに、新入部員のみならず先輩部員からも「へえ」と感心する声が聞こえる。

「フルートは聞いているだけでもとっても魅力が伝わってくる楽器ですが、自分で吹いてみるとその百倍ぐらい、いいところがわかってくると思います。希望者大歓迎なので、ちょっとでも興味を持った人はぜひフルートパートへ来てください」

やはりフルートは人気なのか、希美の説明に女子部員たちが盛り上がっている。メジャーな楽器は得だよな、と久美子は横目で麗奈のほうを盗み見た。花形の楽器は、特別なことをしなくても希望者が集まりやすい。

「次はオーボエやな。みぞれよろしく」

優子の指示に、みぞれが無表情のままコクンとうなずく。鎧塚《よろいづか》みぞれは、北宇治高校吹奏楽部の唯一のオーボエ奏者だ。彼女が入部して以降、オーボエの人数が二人以上になったことはない。おとなしい性格だが、演奏の腕前は折り紙つきだ。

音楽室の端のほうで、希美が「頑張れ」とこっそり親指を立てている。みぞれは黒板前に立つと、淡々とした動きでリードを口にくわえた。そのまま、彼女は軽やかに短いフレーズを吹き上げる。あ、チャルメラの曲だ、と誰かがつぶやく。実際に演奏されているのを聞いたことはなくても、なぜかその旋律だけはよく知っているという不思議な知名度を誇る曲だ。

無表情のまま、しかしどこか満足した様子で、みぞれがリードから口を離す。確かに演奏は素晴らしかった。だが、なぜこの曲をチョイスしたのだろう。疑問を抱いたのは、久美子だけではないはずだ。

「……三年の、鎧塚みぞれです。オーボエです。オーボエは、これです。よろしくお願いします」

そう言って退場しようとするみぞれを、優子が慌てて引き止めた。

「ちょ、ちょっと待って。いろいろと突っ込みたいねんけど」

「何？」

みぞれが不思議そうに首を傾げる。短い黒髪の隙間からは薄い耳殻がのぞいていた。

「いやまず、なんでその曲？」

「この曲、みんな知ってるかなって」

「いや、確かに知ってはいるけどさ。ほら、あれやろ、チャルメラやんな？」

「うん。チャルメラは、オーボエの仲間。ダブルリードで、祖先になった楽器が同じ」

みぞれの説明に、優子が目を丸くする。

「えっ、チャルメラって楽器の名前なん？」

「そう。昔は屋台のラーメン屋さんが、この音を流してお客さんを呼んでた」

「あー、それでラーメンの印象がやたら強いんか」

「うん。これ、オーボエのトリビア。そういうのあったほうがいいって、希美も言ってた。……おもしろかった？」

無表情のまま、みぞれが一年生たちに問いかける。空気を読んだのか、前列にいた新入部員たちが「はい」とまばらな返事を寄越す。優子が苦笑した。

「いやあ、今年の一年はいい子が多そうでよかった。オーボエはいま、みぞれ一人しか部員がいません。ぽやっとしてるように見えるけどやるときはやる子なんで、オーボエに興味ある子はぜひよろしく。では、次は同じダブルリードのファゴットです」

先輩部員が一台のファゴットを運んでくる。去年ファゴットを担当していた部員が二人とも卒業してしまったため、いまの北宇治にはファゴット奏者がいない。楽器のほうに手を向けながら、優子が代理で説明を行う。

「この長ーい楽器がファゴットです。高さはだいたい百三十五センチぐらいあります。長い管をふたつに折り畳んだ構造をしていて、伸ばすと二百六十センチもあるらしいです。英語に合わせて『バスーン』と呼ばれることもあります。低音域を担当していて、キイがたくさんあるのも特徴です。渋くて艶っぽい音やなと個人的には思います。

奏者がいいひんので、できれば経験者の子が来てくれるとうれしいです」

それ以降の進行は、つつがなく行われた。パーカッションに、コントラバス。すべての楽器紹介が終了し、次に行程は楽器の割り振りへと移る。待ってましたと言わんばかりに新入部員たちは盛り上がり、なんの楽器にするのか互いに相談し合っていた。

優子が指示を飛ばす。

「先輩が楽器別に分かれてスタンバッてくれるので、希望するパートのところにそれぞれ集まってください。同じ楽器に希望者が殺到した場合は、第一希望、第二希望、第三希望……という感じで、別の楽器に移ってもらいます」

楽器の希望は心理戦だ。やりたい楽器の倍率が高いか低いかで、戦略を変えなければならない。自分の希望を貫くのか、それとも楽器を変えて競争を避けるのか。経験者の場合は、同じ楽器を続けるかどうかも悩みどころだ。友人と一緒の楽器を希望するのか。中学時代に苦手だった先輩がいるパートはやめるべきか。音楽室に押し込まれた一年生たちの頭のなかでは、いまもさまざまな思惑が渦巻いているのだろう。

「もしかしたら自分の希望する楽器になれないこともあるかもしれません。でも、すべての楽器にそれぞれの魅力があると私は思います。いまは気に入らなかったとしても、続けていけばどんな楽器でも好きになっていくはずです。なので、文句は言いっこなしでお願いします。それじゃ、希望の楽器のところへ移動してください」

用意されたスペースに楽器が並び、一年生部員たちは希望のパートへと動き始める。チューバ、ユーフォ、コントラバス。低音パートの楽器はサイズが大きいために周囲の目を引いたが、冷やかしばかりで実際に入ろうとしてくれる生徒はなかなか来ない。

「低音ってほんま人気ないな。こんなにカッコいいのに、何があかんのやろ」

げんなりとした様子で葉月がつぶやく。その視線の先にあるのは、トランペットのスペースだ。そこでは集まりすぎた部員をさばくため、夏紀まで手伝いに入っている。そのほかフルート、サックス、トロンボーンなどのメジャーな楽器はどこも大盛況だ。同士を見つけたと思ったのか、バスクラリネットの部員が退屈そうな顔でこちらにひらひらと手を振っている。それに手を振り返しながら久美子は深いため息をつく。

「仕方ないよ。去年だって、低音には全然人が来てなかったし」

「あー、そういや久美子はあすか先輩に絡まれてたな」

「あれぐらいの勢いで話しかけたほうがいいのかな」

「いやいや、あれはあすか先輩やからこそなせる技やで」

「だよねぇ」

一年生部員がトランペットを吹き、麗奈がそれに対して何か助言をしている。ここからだとなんの会話をしているかは聞こえないが、後輩が笑っているところを見るに上手くやれているらしい。あー、と葉月が勢いよく上を向いた。

「罠仕掛けるか、罠！」

「そんなんで来てくれないって。だいたい、罠って何?」

「チューバに来てくれたらお菓子プレゼントキャンペーン! みたいな」

「いやいや、賄賂はダメでしょ。おとなしく第一希望からこぼれた子を待とうよ」

「いい案やと思ったのになぁ」

二人がだらだらと会話を交わしていると、先輩である後藤卓也《ごとうたくや》と長瀬梨子《ながせりこ》が音楽室の扉から現れた。二人とも、チューバを担当している三年生だ。寡黙な卓也と、温厚な梨子。この二人は、一年生のときから付き合っている。

「希望者の子、もう来た?」

「いえ、まだです」

「そっか。じゃあ待たんとあかんねぇ」

頬に手を当て、梨子はおっとりとした口調で言った。傍らで、低音のパートリーダーである卓也が考え込むように腕を組む。

「……チューバ、カッコええねんけどな」

「後藤先輩もそう思いますよね。うちもなんで人が来うへんのか不思議で」

「大きい楽器やし、重いってイメージが多いんかもしれへんね。花形の楽器に比べたら、知名度も高いほうちゃうし」

　その理屈でいくと、チューバよりもさらに知名度の低いユーフォニアムはどうなるというのか。頭を悩ましている三人組を尻目に、久美子は椅子から腰を浮かす。こうなれば、やはり勧誘に行くべきだろう。

「うそぉ、みっちゃんやん！」

　不意に近くから上がった歓声に、周囲にいた部員たちの目が一斉に声の主へと向けられた。小柄な少女が、長身の女子生徒へと勢いよく抱きついている。その身長にはずいぶんと開きがあり、二人の頭の位置はあすかと緑輝ぐらいの差があった。

　みっちゃんと呼ばれた少女が露骨に顔をしかめている一方、小柄な少女のほうは喜色満面に言葉をまくし立てている。

「みっちゃんも北宇治やったなんて知らんかった。一緒の高校とか、ほんまうれしい」

「あー、そうやな」

「みっちゃんもチューバ希望？　うちと一緒やん！　やっぱ吹奏楽でいちばんかっこええのはチューバやんな。さすがみっちゃん、わかってるぅ」

「いや、べつにかっこいいとかは思ってないけど」

「またまたー。みっちゃんもチューバ好きやからここにおるんやろ？」

　ぽんぽんと交わされる会話に、葉月が無理やり乱入した。

「ちょーっと待った！」

突如目の前に現れた先輩に、後輩二人は目をぱちくりと瞬かせた。逃がさないと言わんばかりに、葉月がじりじりとにじり寄る。端から見ていると、少し怖い。

「もしかせんでも、二人ともチューバ希望やんな？」

「あ、いえ、」

「そうです！」

長身の少女の台詞にかぶせるようにして、小柄なほうが元気よく答える。どうやら二人のあいだで意思疎通が取れていないようだが、そんなことは葉月にとって些細《ささい》なことのようだった。ビシッと、葉月が二人に向かって指をさす。

「第一希望者発見、確保！」

「確保されました！」

きゃー、とノリのいい反応を見せる小柄な女子生徒に比べ、長身なほうは明らかに白け切った顔をしている。このままではまずいと判断し、久美子は盛り上がっている二人をそれとなくなだめに入った。

「まあまあ、葉月がうれしいのはわかるけど、とりあえず落ち着こう。ほら、名前も聞いてないし」

「ハッ、確かに。テンション上がりすぎちゃって忘れてたわ」

そう言って、葉月が照れたように頭をかいた。梨子が柔らかな口調で尋ねる。

「もしよかったら、自己紹介してくれる？」

真っ先に口を開いたのは、やはり小柄な女子生徒のほうだった。緑輝よりもほんの少し高い背丈に、くるんと毛先が丸まったツインテール。髪を左右に縛るヘアゴムにはドット模様の球体、いわゆるボンボンがふたつずつついていた。高校生には到底見えない幼さの残る顔立ちをしている。

「鈴木《すずき》さつきです。東中《ひがし》で、チューバやってました」

「え、自分も東中なん？　うちも東中やで」

葉月の言葉に、さつきがその場で飛び跳ねる。

「うおー、マジっすか。光栄です！」

「同中の子が後輩って、なんかうれしいわ。英語の花村《はなむら》って知ってる？」

「もちろんですよ。うち、二年間あの人が担任やったんで。やったらことわざとか英語にしてくるんですよねー。ウォーターとオイルの関係だね、みたいな」

「まだあの変な話し方なんや。笑うわ」

打ち解けた様子で会話する二人を見ていると、これが初対面だとは思えない。どうやらよほど相性がいいようだ。

その傍らにいる女子生徒は、先ほどから憮然《ぶぜん》とした表情をしている。百七十はありそうな身長に、すらりと伸びた長い脚。アシンメトリーにセットされたショートヘアは、彼女をより大人っぽく見せている。子供っぽいさつきとは、見た目からして正反対だ。

「そっちのほうも、チューバ希望でええねんな」

「……まあ、そういうことになりますね」

卓也の問いに、彼女は観念したようにうなずいた。

「鈴木美玲《みれい》です。南中では三年間チューバを吹いていました」

「南中ってことは、夏紀先輩とか優子先輩と一緒の学校なんだね」

「中川副部長のことはよく知りませんけど、吉川部長のことなら……まあ、顔ぐらいは知っています。パートは違いますけど、いちおう部活でお世話になったんで」

「夏紀は中学のときは帰宅部やったし、同じ学校でもあんまり接点なかったんかもしれへんね」

梨子の言葉に、「そうですね」と美玲が淡々とうなずく。市内には東西南北で分けられた四つの公立中学校があるのだが、立地が関係しているのか、北宇治高校への入学者は東中出身の生徒が圧倒的に多かった。

鈴木さつきに鈴木美玲。二人のあいだにはあからさまな共通点が存在している。久美子は首を傾げた。

「苗字、二人とも同じなんだね。知り合いみたいだけど、もしかして親戚とか？」

「違いますよ。うちとみっちゃんは小学校が同じやったんです。同じ苗字やったから席が近くなることが多くて、それで友達になりました。先生とかにもWスズキって呼ばれてて……とにかくめっちゃ仲良しやってんな！」

ニカッと無邪気な笑みを浮かべるさつきとは対照的に、美玲は不愉快そうに眉をひそめた。それを気にした素振りも見せず、さつきは言葉を続ける。

「みっちゃんとは別々の中学に行くことになっちゃって、そっから全然会わんくなったんですけど。でも、こうやって同じ高校で、しかも同じ楽器をやってるなんて、ほんま運命みたいですよね！　うち、みっちゃんが吹奏楽やってるってことも知らんかったんで、今日音楽室で見っけてほんまにびっくりしました」

「まあ、驚いたのは私も同じやけど」

美玲の長い指が、頬に沿う髪を耳にかける。その爪の先端は鋭くとがっていた。

「それにしても、二人も経験者が入ってきてくれてよかったなぁ。チューバはなかなか部員が集まりにくいから、こうやって希望してくれるのはほんまにうれしいわ」

梨子がほっとしたように両手を合わせる。丸みを帯びた指と指のあいだには、わずかに隙間ができていた。

「うちも希望が通ってうれしいです。昨日の夜から絶対チューバにしようって決めてたんで。それじゃあ、うちとみっちゃんは吉川部長に楽器が決まったって報告に行ってきますね。またあとで」

「これからよろしくお願いします」

バタバタと駆けていくさつきのあとを、美玲が距離を取りつつ追いかける。自分の楽器が決まった部員たちは、優子へ報告に行く決まりとなっていた。

新入部員を確保できたことによる余裕なのか、葉月がしたり顔でこちらにピースする。

「新入部員、ゲットだぜ」

「まさかチューバに先を越されるとは」

「はっはっは。これがチューバの真の実力やで！　このままやとユーフォだけ新入部員が来うへんなんてこともありえるんちゃう？」

「いやいや、こっちにはまだコントラバスって味方が――」

「えっ、コンバス希望？　ほんまに？　緑、めっちゃうれしい！」

振り返ると、緑輝が新入部員の手をつかみ、ぶんぶんと上下に振っていた。コントラバス、お前もか。未練がましく見つめる久美子の視線など、緑輝はまったく気づいていない。身体ごと後ろを向き、久美子は緑輝の前に立つ一年生部員へと焦点を合わせた。

身体は小ぶりで、緑輝よりわずかに背が高いといったところだろうか。首筋を隠す程度の襟足に、目元まで伸びた前髪。その肌の色は異様なほどに白く、詰襟からのぞく首筋は華奢《きゃしゃ》だった。

「嘘やろ。あれ男子なん？」

そう葉月が漏らすのも無理のない話で、その中性的な顔立ちは周囲にいる女子生徒よりもよほど可愛らしかった。久美子だって、彼が学ランを着ていなければ美少女だと思い込んでいただろう。

「あ、後藤先輩。コントラバス、部員確保しました！」

びしっと緑輝がその場で敬礼する。ずいぶんと大物なのか、先輩からの注目を浴びながらも少年は呑気《のんき》に欠伸をしていた。

「経験者か？」

卓也の問いかけに、少年は眠そうな目をしたまま答える。

「はあ、いちおう。ずっとコントラバスなので」

「どこの中学？」

「龍聖《りゅうせい》学園です、私立の。まあ、中学とかどうでもいいと思いますけど」

なんとも脱力した話し方だ。葉月が首をひねる。

「龍聖学園？　龍聖学園ならラグビーの強豪やし知ってるけど、そこの中等部ってこと？」

問いかけに答えたのは、少年ではなく緑輝だった。

「大正解！　龍聖学園は、緑が通ってた聖女中等学園の系列校やねん。完全男子校で、運動部にとくに力入れてはる。中、高、大のエスカレーター式やで」

「ほー。聖女の系列ってことは、吹奏楽の強豪なん？」

「べつに、むしろ弱小です。みんな運動部に入るし」

確かに、久美子の記憶のなかでも龍聖中が強かったという印象はない。むしろ、そんな学校があったのかというレベルの認識だ。

緑輝が満面の笑みで両手を合わせる。

「緑も女子校やったから、男子校って聞いてなんか親近感湧いてきた。ほんまにコントラバスでいいん？」

「まあ、べつに……楽器とか、なんでもいいですし」

投げやりな口ぶりは、照れ隠しと呼ぶにはいささか冷めすぎている気がする。うつむきがちな眼差しからは、生気が一切感じられない。

「名前はなんて言うん？」

話を聞いていた梨子が、優しい口調で少年に尋ねる。彼は気まずそうに目線を下げると、ぼそぼそと自分の名前を告げた。

「……月永求《つきながもとむ》です。まあ、とくにおもしろい名前じゃないと思いますけど」

「月永？」

心当たりがあったのか、緑輝が即座に反応した。

「もしかしてやねんけど、求くんって親戚に吹奏楽部関係者とかいたり――」

「しません」

台詞の末尾を遮り、求は声を荒らげた。それまでの覇気のない受け答えとは明らかに違う、明確な否定だった。迫力に押されたように、緑輝がぐっと唾を飲む。すみません、と求はすぐに謝罪の言葉を口にした。

「声、大きかったですね」

「いや、こっちこそ変なこと聞いてごめんね」

動揺を覆い隠すように、緑輝はにこりと笑みを浮かべた。

「コントラバスって去年ずっと緑一人やったから、求くんが来てくれてほんまにうれしいねん。これから一緒に頑張ろな！」

「……まあ、はい」

求の反応は鈍いままだった。緑輝が寛容な性格だからいいものの、もしも直属の先輩が上下関係に厳しいタイプであれば、いまごろ音楽室に雷が落ちていたことだろう。

「じゃあ、まずは優子部長に報告しいひんとね」

「部長？　どの人です？」

「ほら、さっき前でお話してはった先輩」

「あー……女子の顔って見分けがつかなくて。誰のことですか？」

首を傾げる求に、さすがの緑輝も眉を曇らせる。ここまで緑輝を振り回すとは、恐ろしい後輩だ。

「こうなったら緑もついていくし。一緒に部長のとこに行こう」

「はあ」

「ほら、こっちこっち」

強引に求の腕を引っ張り、緑輝が優子のもとに向かって突き進んでいく。その様子を見守っていた葉月が、呆れたようにため息をついた。

「なんか、今年の一年ってキャラ濃くない？」

「っていうより、低音にだけ変わった子が集まっているような気もするけど。ほかのパートは普通そうだし」

周囲に目を向けてみるが、どの部員たちも和やかな雰囲気で新入生たちとの親交を深めている。去年あれだけ不穏な空気を醸し出していたトランペットパートでさえ、今年はずいぶんと落ち着いていた。

「ま、おもしろそうな子がいっぱい入ったって意味では豊作やな。今年も楽しくなりそうやわ」

「そうなればいいんだけどね」

　苦笑する久美子の肩を、背後にいた梨子が叩く。

「久美子ちゃん、ユーフォの希望者の子が来はったよ」

「えっ、ほんとですか」

　立ち上がった勢いで、椅子が後ろへと傾いた。あ、やばい。そう気づいた瞬間、後ろから伸びてきた手が背もたれ部分をつかみ上げた。顔を上げると、見知らぬ女子生徒が久美子の真後ろに立っていた。倒れかけた椅子をもとに戻し、彼女はまっすぐにこちらを見つめた。

「セーフでしたね」

　そう言って、彼女は笑った。思わず気を許したくなるような、人懐っこい笑みだった。輪郭に沿うようにセットされた、前下がりのショートボブ。重みのある前髪は両目の上でそろえられており、彼女の目力をより一層強調していた。

「ユーフォニアム希望の久石奏《ひさいしかなで》です。よろしくお願いします」

「あ、これはご丁寧にどうも」

　頭を下げられ、久美子も慌てて会釈を返す。さらさらの黒髪には、赤いリボン型のヘアクリップが添えられていた。

「先輩、去年の全国大会に出てらっしゃいましたよね？　赤い眼鏡の先輩と一緒に」

「あぁ、うん。そうだけど」

「やはりそうでしたか。音楽室で見かけたときに、もしかしてって思ったんです。私あの日、ちゃんと名古屋の会場まで演奏を聴きに行ったんですよ。ＤＶＤも買って、家で何度も繰り返し見て……。絶対に北宇治で先輩方と一緒にユーフォを吹きたいと思っていたので、無事入学できてよかったです」

「そこまで言ってもらえると、なんか照れちゃうね」

ストレートすぎる賞賛は、聞いているだけでなんだか背中がムズムズしてくる。込み上げてくるこそばゆさには、喜びと照れが入り混じっていた。

「そういえば、あの銀色のユーフォニアムの先輩はここにはいらっしゃいませんね」

「あぁ、あすか先輩ならもう卒業しちゃったから」

「そうですか、それは残念です。ぜひご指導していただきたかったのですが」

指を交差させるようにして両手を組み、奏は残念そうに肩を落とす。オーバーに思える所作も、彼女がすると自然に見えるから不思議だ。

「奏ちゃんは中学のころからユーフォなの？」

「はい、ずっとユーフォひと筋です。本当は今日も真っ先にユーフォのスペースに来ようと思っていたのですが、友人に付き合わされまして遅くなってしまいました。ユーフォの枠が埋まってしまうのではないかと気が気じゃなかったんですけど、希望が通りそうでほっとしました」

「こっちも奏ちゃんが来てくれてほっとしたよ。ユーフォってなかなか希望者が集まらないから」

「それはきっと、みんながユーフォの魅力に気づいていないからですよ」

でも、と奏はそこで声を落とす。瑞々《みずみず》しい唇が、ゆるりと蠱惑的《こわくてき》な笑みを形作った。

「そういうの、素敵じゃないですか？　自分だけが知ってる、特別って感じがして」

ドキリと心臓が跳ねたのは、その瞳があまりに楽しげだったからだろうか。愉快そうな彼女の表情は、なんとなく猫に似ている気がする。

「まあ、確かにそうかも。マイナーなところが好きって部分はあるし」

「ふふ、先輩ならそう言ってくれると思いました。私、先輩のもとでならこれから頑張っていけそうな気がします。ご指導、よろしくお願いします」

先ほどの求とは正反対の、惚《ほ》れ惚《ぼ》れするほどの丁寧さだ。ユーフォニアムの後輩がこの子でよかった。自分の幸運さをしみじみと久美子が噛《か》み締めているあいだに、音楽室の前方から号令がかけられた。奏が慌てた様子で振り返る。

「私、部長のところに楽器の報告に行ってきますね。それでは、またあとで」

「うん。あとでね」

手を振った久美子に、奏は軽く頭を下げた。去り際まできちんとした子だ、と久美子は感心した。

「奏ちゃん、いい子そうやな」

やり取りを見守っていた葉月が、久美子の肩に腕をかけた。梨子と卓也もうなずく。

「ユーフォのこと、ほんまに好きそうやったね。北宇治に憧れてくれてたみたいやし」

「ずいぶんしっかりしてたな」

どうやらほかの部員の目にも、彼女の振る舞いは好意的に映ったらしい。

「何はともあれ、ユーフォにもちゃんと新入部員が来てくれて安心しましたよ」

思わず漏れた本音に、周囲から笑いが漏れる。コントラバスに一人、チューバに二人、そしてユーフォニアムに一人。新しく加わった仲間たちは、全員が中学校からの吹奏楽経験者だ。頼りがいのある仲間が増えた、そう評価しても問題はないだろう。

「今年のオーディションも、なかなか大変なことになりそうやな」

葉月の口から放たれた台詞は、意味深長な響きを含んでいた。

「……そうだね」

人数が増えるということは、それだけ部内での競争も激しくなるということだ。トランペットパートでは、いまだに夏紀が忙しそうに希望者の周りを動き回っていた。

楽器の割り振りがようやく終わり、部員たちは再び音楽室内で列を成した。黒板の前に立つ夏紀の横顔には、疲労の色がにじんでいる。その一方、ハキハキと話す優子からは疲れなど微塵《みじん》も感じられない。

「楽器も無事決まりましたね。第一希望が通った子はおめでとう。そうでなかった子も、毎日演奏していればどんどん自分の楽器に愛着が湧いてくると思います。未経験者の子も経験者の子も関係なく、部員一丸となって練習に取り組んでいきましょう」

「はい！」

「では、次に今年の部の目標を決めようと思います」

そう優子が切り出したところで、タイミングよく音楽室の扉が開いた。

「遅れてすみません。職員会議が長引いてしまって」

そう困ったように微笑んだ滝に、新入部員たちからきゃーと明るい歓声が上がった。そういえば、去年も最初だけはこんな反応だった。と、周囲の先輩たちはどこか達観した眼差しを一年生たちに向けている。

「吹奏楽部の顧問をしています、滝昇です。去年からこちらの高校に赴任しました。もう一人、副顧問に松本美知恵先生がいらっしゃいます。これから皆さんの指導を行っていきますので、どうぞよろしくお願いします」

むせ返るような濃密な爽やかさ。落ち着いた声音に、端整な甘いマスク。全身から放たれる柔和なオーラは、合奏中の彼を知っている部員たちからするともはや詐欺だ。そのルックスから滝が一般の女子生徒に絶大な人気を誇っているという現実は、もちろんよく理解している。だが、一年前の合奏がいまだにトラウマなのか、吹奏楽部員たちはどうしてもミーハーな目で彼を見ることができなかった。

「おお、あれが本物の滝先生か」

「北宇治来てほんまよかった」

はしゃぐ気持ちを隠し切れないのか、一年生部員たちがひそひそと顔を寄せ合って話している。反応から察するに、今年は滝目当てに吹奏楽部に入部した生徒も少なくないのかもしれない。そこでふと、久美子は麗奈のほうを振り返った。まっすぐに滝を見つめる彼女の表情はどこか恍惚《こうこつ》としている。あの様子では、周囲の話し声など聞こえていないに違いない。

「それにしても、ずいぶんと人がいますね。今年はどのくらいになったんでしょう」

「四十三人が入ってきたので、合わせて八十九人です」

背後にいた優子が補足する。そうですか、と滝は何かを思案するように顎をさすった。今年の一年生部員の数は、二年生と三年生の部員を合わせた数とほぼ同等だ。これだけの人数が一度に増えれば、組織の空気も大きく変わってしまうかもしれない。

ただの杞憂に終わればいいが、と久美子はちらりと部長の様子をうかがう。手元のリストに目を通している彼女の表情は、うつむいているせいでよく見えなかった。

「これだけの人数がいればきっと演奏にも厚みが出るでしょう。いまから合奏が楽しみですね」

そう言って、滝は身体の向きを変えた。チョークボックスから一本の白いチョークを取り出し、コツンと黒板の表面を叩く。

「では、本題に入りましょうか。去年も同じことをお話したのですが、私は生徒の自主性を重んじることをモットーにしています。自分たちの目標は、自分たちで決める。これは、皆さんを甘やかしているわけでも、逆に見放しているわけでもありません。ただ、これが皆さんにとってもっとも合理的な方法だと私は考えています」

合理的。その言葉を、久美子は舌の上で転がしてみる。ひやりとした感触は、人によって好みが分かれそうだった。

「先ほど吉川部長が言ってくれたように、いまこの場には八十九もの人間が集まっています。部活に対する考え方も、熱量も、きっと一人ひとり違うでしょう。ですが、吹奏楽は団体で行うものです。ここにいる全員でひとつのものを作り上げなければなりません。そのときに皆の意識がバラバラであれば、きっと軋轢《あつれき》が生まれてしまう」

卒業していった先輩の姿が、久美子の脳裏にちらついた。斎藤葵《さいとうあおい》。彼女は受験勉強に専念するために、部活を辞めた。その選択をとがめるつもりは毛頭ない。誰かの決断を責める権利なんて、自分にはないと思うから。

「自分の意思で、自分の考えで、自分がこの一年間どうするかを決めてください。私は皆さんの決めた目標に従います。本気で高みを目指すというならば、もちろん練習は厳しくなります。反対に、緩く楽しくやっていこうというつもりなら、ハードな練習は必要ありません。私はそのどちらとも、正しい部活のあり方だと考えています」

滝の手が動き、深緑色の黒板に白い文字を書き込んでいく。相変わらず、滝の文字は機械で打ち出したみたいに異様なほど整っていた。

全国大会出場。

この一年のあいだに何度も目にした、もはや見慣れてしまった文言だ。

「これが昨年の北宇治高校吹奏楽部の目標でした。今年の目標をどうするかは、皆さんの判断に任せます」

連なる六文字を、笑う生徒はいなかった。整列した一年生部員は、誰もが真剣な面持ちで滝の話に耳を傾けている。あぁ、とそのときに久美子は悟った。彼らが入部したいと思ったのは、二年前の北宇治ではない。いまの、強豪である北宇治だ。

「先生、チョークをお借りしてもいいですか」

傍らに立っていた優子が、黒板のほうを指差した。その意図を察したのか、滝は穏やかにうなずいた。

「ええ、もちろん」

滝の手が、優子の手に微かに触れる。ちらりと麗奈のほうを見やると、彼女は不服そうに眉間に皺を寄せていた。相変わらずだな、と久美子は内心でつぶやく。麗奈は滝のことが好きだ。彼女の言葉を借りるならば、ライクではなくラブの意味で。

優子は粉受けから黒板消しをつかむと、勢いよく『出場』の部分を消し始めた。粉が宙に舞い、空気がうっすらと白く色づく。

「よし」

消し跡がいまだに残る黒板を見つめ、優子は満足そうにうなずいた。突然の部長の行動に、一年生部員たちは困惑を隠せない。室内に広がるざわめきなど気に留める様子もなく、優子は部員たちのほうにくるりと身体を向けた。その手のなかには、先ほど滝から受け取った白いチョークが握られている。

「今年入ってくれたみんなは、もしかするとこの一年の北宇治のイメージしか持ってないかもしれません。滝先生がやってきて、弱小だった北宇治がいきなり強豪校になった。外から見てただけやと、そんなふうな印象になるのは当たり前のことなんかもしれへん。でも、なかで必死こいてやってたうちらから言わせてもらうと、いきなりなんてことは一個もなかった。問題は山ほどあって、それにぶつかるたびにいっぱい悩むことになった。自分の力じゃどうにもできひんこともアホほどあった。悔しい思いをしたことも、不甲斐《ふがい》ない思いをしたことも、一回や二回じゃなかった」

しんと静まり返った室内に、優子の声だけが響いていた。彼女の言葉には力がある。人を惹《ひ》きつける、力が。

「一昨年も、北宇治の目標は『全国大会出場』でした。でも、それをほんまに実行しようとしてるやつなんていいひんかった。口先だけのスローガンを、唱えるだけで満足してた。けど、本気じゃない目標なんて、いくら決めたって意味なかった。うちは、やるからには本気でやりたい。みんなで決めた目標を、最後までやり抜きたい。だからこの場所で、全員で、多数決を取りたいと思います。本気で上を目指すか、緩くやっていくかの二択です」

まっすぐな声が脳を刺激し、去年の記憶を蘇らせる。あすかのあっさりとした振る舞いとは対照的な、困惑を隠せない小笠原の表情。皆が周りの空気をうかがい、息を殺して手を挙げた。あのとき手を挙げた生徒のなかに、本気で全国を目指していた者はどれくらいいたのだろう。上っ面《つら》だけのスローガンが本気の目標に変わったのは、いったいいつのころからだったか。

「では、こちらだと思うほうに手を挙げてください」

チョークをつかむ彼女の指は、ほんの少しだけ震えていた。『全国大会』。並ぶ四文字の隣に、優子が文字を書き加える。手についたチョークの粉をその場で払い落とし、優子は緩慢な動きで部員たちへと振り返った。真正面から、彼女は堂々とした口ぶりで部員たちに真意を問う。

「全国大会金賞。これを、今年の目標にする人」

一斉に、部員たちの手が挙がる。その光景は圧巻だった。入学したばかりの一年生も、去年を知る先輩部員も、ここにいるすべての部員たちが迷いのない表情でピンと腕を伸ばしている。黒板の近くで待機していた夏紀が、ニンマリと口端を吊り上げた。

「なんや、今年は書記いらんかったな」

「……ほんまやな」

うなずいた優子の表情からは、安堵《あんど》の色が見て取れた。もしかすると、どういう結果になるのかずっと不安だったのかもしれない。

「みんなの気持ちはわかりました。手を下ろしてください」

指示に従い、部員たちがぞろぞろと手を下ろす。今日初めてわかったが、九十人近い生徒が一斉に手を挙げるには、音楽室はやや狭い。久美子の手が、隣にいた緑輝の手に軽くぶつかる。「あ、ごめん」と小声で謝ると、彼女はなぜかうれしそうな顔で首を横に振った。優子が息を吸い込む。

「今年の目標は『全国大会金賞』になりました。これから一年、大変なこともいっぱいあると思います。でも、ここにいる八十九人なら、きっと全部乗り越えられるはず。そう、うちは信じてる。これからの練習、一生懸命頑張っていきましょう！」

「はい！」

そろった声音は、ずいぶんと力強かった。室内は熱気に包まれ、この場に立っているだけで皆のやる気がありありと伝わってくる。優子の傍らでは、流れを見守っていた夏紀が散乱したチョークの粉を見下ろしていた。

――来年こそは、みんなで全国出ような。

全国大会の朝。梨子が微笑みながらかけた台詞を、久美子はいまでも鮮明に覚えている。来年は、来年こそは。形のない約束を、久美子たちは去年からずっと積み上げ続けてきた。その頂《いただき》に燦然《さんぜん》と輝く、全国大会金賞という目標。それらが実現するかどうかは、自分たちの努力次第だ。緩んだ気を引き締めるように、久美子は拳を固く握り締めた。

オレンジ色のスニーカーに通された紐《ひも》を、葉月が手慣れた動きで結び直す。駅へと続く通学路は、時間帯のせいか人けが少なく、道路の片隅にしゃがみ込んだ葉月のことを気にする人間はいなかった。赤い夕陽がとっぷりと山間に溶けていくのを、久美子は手で庇《ひさし》を作って眺める。開けた空に電線が引かれたさまは、音符のない五線譜に似ていた。

「葉月ちゃん、新しいスニーカー買ったん？」

緑輝の問いに、葉月が上機嫌に応じる。

「うん、めっちゃ安かってん。いくらやと思う？」

「えー、五千円くらい？」

「ぶっぶー。正解は千五百円！　型落ちで値引きされててん」

「おおー、それはお買い得やね」

「やろ？　ええ買い物したわー」

靴紐を結び終えた葉月が、その場ですくりと立ち上がる。健康的な彼女の肌に、明るいオレンジはよく映えた。やや厚みのある白の靴底が、葉月の頭の位置をいつもよりほんの少しだけ高くしている。

盛り上がる二人のあとを、久美子と麗奈はのんびりとついていく。低音パートの三人に麗奈を加えた四人で一緒に帰ることは、もはや恒例となっていた。

「麗奈はスニーカーとか履かないの？」

久美子がそう尋ねると、麗奈は真顔で自分の足元を見下ろした。艶のある黒のローファーは、彼女が一年生のころから変わらないデザインだ。

「体育のときは履くけど、それくらい。朝から靴紐結ぶのって、ちょっと面倒やし」

「まあ、それは確かに」

「でも、可愛いなとは思う。優子先輩とかもたまに履いてはるし」

「あー、あのピンクのやつ」

そういえば去年、香織に褒められたと優子が桜色のスニーカーを見せびらかしていたことがあった。デザイン性を重視したせいか、運動には不向きだったようだが。

「今年の一年生は吹きながら行進とかしたことあんのかな」

スニーカーから連想したのだろうか、葉月がこちらへ問いかける。麗奈は指先で軽く前髪を払うと、さあ、と小さく首をひねった。

「経験者の子やったら慣れてるとは思うけど。低音にはどういう子が入ったん？」

「緑のとこには、求くんって男の子が来はったよ。龍聖学園出身って言ってた」

「へえ、龍聖」

麗奈が目を瞠《みは》る。北宇治とは縁のなさそうな学校だからかもしれない。

「あの子、最初見たときほんまびっくりしたわ。女の子かと思った」

興奮を含んだ葉月の言葉に、久美子も深く同意する。容姿だけで言えば、今年の低音パートでいちばん可愛らしいのは求かもしれない。あくまで、容姿に限った話だが。

「緑、男の子って苦手やねんけど、でも求くんは全然平気やった」

「あの見た目やったらそらな。けど性格はなかなか強烈とちゃうかった？　後藤先輩が若干引いてたけど。なんというか、暖簾《のれん》に腕押し？　みたいな。やる気なさそうな感じやったくない？」

「確かにちょっとつかみどころのない子やったけど、でも、やる気はあると思う。多数決のときにちゃんと手を挙げてたし。それに、指が違ったから」

「指？」

　聞き返した久美子に、緑輝がコクンとうなずく。

「求くんの指の皮、すごく厚かった。それって、これまで頑張ってきた証《あかし》やろ？」

「はー、さすが緑。細かいとこまでよう見てんな」

　葉月が自分の手のひらを宙にかざす。真似《まね》をするように、麗奈も同じことをした。指と指の隙間からこぼれ落ちる赤い光が、その横顔に影とのコントラストを作っている。

「チューバの二人もすごかったね。幼馴染《おさななじ》みなんだっけ」

「あー、W鈴木のことな。第一希望でチューバ来るとか最高やんな。とくにさっちゃんとはうまくやってけそう」

「確かに。葉月ってば、やけに息が合ってたもんね」

　一連の会話を思い出し、久美子は思わず笑ってしまった。二人のあいだで交わされた東中のエピソードトークは、北中出身の久美子にとってはやけに新鮮に感じられた。

「ユーフォはどうなん？　部員、ちゃんと入った？」

麗奈の問いに、久美子は心なしか胸を張った。

「もちろん。ちゃんと第一希望の子が来たよ」

「やたらと礼儀正しい子やったよなぁ、奏ちゃん。なんていうか、理想の後輩って感じ。チューバとかコンバスの子らに比べたら、インパクトはあんまなかったけど」

「いやいや、インパクトなんていらないよ。普通でいいんだよ、普通で」

手を振りながら突っ込む久美子に、麗奈が真顔で畳みかける。

「確かに、そういう子のほうがユーフォっぽい」

「ユーフォっぽいって、何？」

「久美子もいつも言ってるやんか。こう、ユーフォ！って感じ」

「何それ」

麗奈らしからぬ雑な説明に、久美子は思わず笑ってしまった。確かにユーフォっぽい、と前を歩く葉月が可笑《おか》しそうに手を叩いている。

「奏ちゃん、わざわざ全国の本番聞きに、名古屋まで来てくれてたんやろ？　DVDでも何度も演奏聞いたって言ってくれてたし、相当熱烈な北宇治のファンやねんな」

「それか、もしかすると滝先生のこと好きなんかもしれへんね。先生の指導を受けるために北宇治に来たんかも」

何気ない緑輝のひと言に、麗奈の眉間に皺が寄った。どうやらライバルが増えることを懸念しているらしい。久美子は慌てて話題を変えた。

「ト、トランペットはどうだったの？　いっぱい希望者いたんでしょう？」

「まあね」

「上手な子はいた？」

「そこそこね。さすがにアタシレベルの子はいいひんかったけど」

自分でそれを言ってしまうのが、麗奈のすごいところだ。そしてその自負が単なる傲《おご》りでないことは、これまで彼女が積み上げてきた実績によって裏打ちされている。

「そりゃ麗奈レベルの子がごろごろおったらカオスやろ」

「そうなったらめっちゃおもしろそうやけどね」

葉月が呆れ気味に、緑輝は目を輝かせてそう言った。あ、とそこで麗奈が何かを思い出したようにつぶやく。

「そういえば、ほかの子に比べて上手い子ならいた」

「へぇ。麗奈ちゃんが褒めるってことは、ほんまに上手いんやねんな。なんていう子？」

「小日向夢《こひなたゆめ》ちゃんって子。同じ中学やったから、いちおうもとから知り合いではあってんけどさ」

「同じ中学ってことは北中出身？　じゃ、久美子も知ってるん？」

投げかけられた問いに、久美子は首をひねる。小日向夢。確かに聞き覚えのある名前ではある。だが、顔を思い浮かべようとしても輪郭の中身は不明瞭のままだった。ショートカットだったような気はするが、その記憶もどこまで本当か怪しい。

「うーん、どういう子だったかなぁ。低音パートとトランペットパートって、中学のときはあんまり接点なかったし、後輩まで覚えてないかも」

「でも、向こうは久美子と会ったって言ってたで。体験入部期間に楽器室で鉢合わせて、そのときにいろいろとアドバイスもらったたって感謝してたし」

「楽器室？」

その単語を起点に、久美子は記憶をたどる。心当たりと言えば、三つ編みの少女に話しかけられたことだろうか。

「……え、まさかあれが小日向さん？　あの、眼鏡の？」

確信を持てずにいる久美子に、麗奈はあっさりとうなずいた。

「そう、その子」

「えっ、中学のときと変わりすぎじゃない？　あんな見た目だった？」

「見た目は変わったけど、中身は同じやったで」

そりゃ麗奈は中身を知ってるからわかるけど、と反論しかけ、久美子はそこで自分の失態を思い出した。というより、あのとき不可解に思えた夢の言動が、ここに来て点と点でつながったのだ。

「あー、しまった！　私、完全に初対面だと思い込んでしゃべっちゃってたよ。だから楽器経験者かって聞いたとき微妙な顔されたんだ」

「そりゃ中学のときの先輩に忘れられてたら、そんな顔もするわな」

そう呆れたように言い、葉月は肩をすくめた。緑輝までも少し困ったようにその眉尻を下げている。

「久しぶりに会った先輩に初対面みたいにされたら、傷ついちゃうかもしれへんね。緑やったら、やっぱりちょっと寂しいな」

「あー、お願いだから私の良心をえぐらないでー」

「向こうも『黄前先輩が私のことを気にも留めてないのは当然なんで』って言ってたし、大丈夫ちゃう？」

「麗奈はその台詞を聞いてどうして大丈夫だと思ったの」

とにかく事の発端が自分のミスなのは間違いない。頭を抱える久美子の背を、葉月が励ますように強く叩く。

「まあまあ、久美子がうっかりなのはみんな知ってるから大丈夫やって」

「葉月ちゃん、それフォローになってへんと思う」

悪気なくかけられる言葉たちが、久美子の心をぶすぶすと容赦なく突き刺す。思わず肩が落ちてしまうのは友人たちのせいではなく、他者を傷つけてしまった自分自身に腹立たしさを覚えているからだ。いくら見た目が変わったと言っても出身の学校名を聞いておけば、いや、せめて名前だけでも聞いておけば何かが変わったかもしれないのに。意気消沈する久美子を見兼ねてか、緑輝がゴソゴソと制服のポケットからお菓子を取り出した。レモン味のキャンディーだった。

「次に会ったときにちゃんとお話すれば大丈夫やって。夢ちゃんって子、いい子なんやろ？　じゃあ大丈夫」

その小さな手が、久美子に無理やり包装された飴《あめ》を握らせる。手のひらに触れた彼女の指先は、少しだけざらついていた。皮膚が硬くなっているのは、緑輝のこれまでの努力の証だ。

「……うん、ありがとう」

素直にうなずいた久美子に、緑輝がぱっとその表情を華やかなものにする。最初に出会ったときからずっと、久美子はこの笑顔に弱かった。

翌日の放課後練習は、まずはパート練習室の案内から始まった。三年三組。音楽室の隣に位置するこの教室は、毎年低音パートが使用する決まりとなっている。

「低音は大きい楽器が多いから、できるだけ楽器室に近いとこにしてあげようって配慮がされてるみたい」

久美子の説明に、低音パートの一年生部員たちの反応はさまざまだった。すべての説明ににこやかに相槌を打っているのが奏とさつき。真面目な顔でこちらを見つめ続けているのが美玲。そして、先ほどから退屈そうに窓の外を眺めているのが求だ。

三年生がミーティングでいないため、この場には低音の一年生、二年生部員しかいない。一年生と同じように席に座る葉月が、うーとその場で大きく伸びをした。久美子の隣に立つ緑輝は、先ほどから何度も印刷したらしき紙に目を通している。

「えー、基本的に普段のパート練習はすべてここで行います。個人練習のときは別の場所でやってもいいけど、テスト前とか模試の時期になると騒音とか言ってクレームが来るので、そこだけは気をつけてください」

奏が手を挙げて質問する。

「普段の練習時間はどのくらいなんですか？」

「平日練習は、六月からは十八時半まで。十月以降が十八時までって感じかな。チャイムが鳴ったら片づければいいよ。最終下校時刻を過ぎて以降の練習は許可が要るから、そのときは事前に先輩に声をかけてね」

「なるほど、わかりました。ご説明ありがとうございます」

あまりに丁寧な言葉遣いに、久美子はその場でたじろいでしまう。もう少しフランクでいいよ、といちおうは声をかけてみたのだが、「お気遣いありがとうございます」と会釈つきで返されてしまった。仕方なく、久美子は話を先に進める。

「休日はたいてい九時に合奏スタートなので、みんなそれよりも少し早めに学校に来て音出しを開始しています。まあ、だいたい八時半ぐらいかな。早くに来て朝練してる人も多いので、いっぱい練習したい人はそれもありかと思います。とくに低音は楽器を家に持って帰りにくいし、練習しようとするとどうしても学校に来ることになっちゃうことが多いかな」

中低音のユーフォニアムはまだ可能だとしても、ケースを含めると重量が十五キロ近くなるチューバや高さが二メートルほどあるコントラバスは、明らかに長距離を持ち運ぶのには向いていない。

「じゃあじゃあ、先輩たちはいつも朝早くに学校に来てはるんですね」

興奮したようにさつきが机を叩いている。せやで、と頭の後ろで手を組んだまま、葉月が得意げな笑みを浮かべた。

美玲が小さく手を挙げる。

「居残りや朝早くの活動時間外の練習って、義務なんですか」

「いや、もちろん義務じゃないよ。やりたい人だけって感じかな」

「そうですか。ならいいです」

そうつぶやき、美玲は静かに目を伏せた。右目にかかる長い前髪が、彼女の面差《おもざ》しに暗い影を落としている。

「久美子ちゃん、説明終わった？」

ぐいと制服の裾を引っ張られ、久美子は慌ててそちらへ目を向けた。視界に広がる、屈託のない緑輝の笑顔。その鼻の上には、赤いフレームの眼鏡がぽつんとのせられていた。緑輝が見せびらかすように、「じゃーん！」とフレームの片端を持ち上げる。

「緑、その眼鏡どうしたの」

「百均で買ってん！　伊達眼鏡！」

「そ、そう」

久美子としては購入場所ではなく購入目的を聞いたつもりだったのだけれど、どうやら緑輝には意図が伝わらなかったようだ。緑輝は意気揚々と教壇に上がると、黒板に関西の地図を書き始めた。

「みんな高校に入ったとこやし、コンクールのこととか、周りの強豪校のこととかよう知らんと思うねん。やから、緑がしっかり解説しようと思って。なんせ、あすか先輩に解説係を引き継ぐようにお願いされたし！」

「あー……だから眼鏡つけてるの？　あすか先輩リスペクト？」

「そう！」

力強くうなずき、緑輝はチョークの先端でコツコツと黒板を叩いた。求はいまだ頬《ほお》杖《づえ》をついたまま、ここではないどこか遠くを見つめている。

「みんなは経験者やし仕組み自体は知ってると思うけど、それでもちゃんと最初から説明しとくね。まず、吹奏楽部員みんなが目標にしてるのが、夏から行われる全日本吹奏楽コンクール。これは一九四〇年から続く国内最大の音楽コンクールで、中学、高校、大学、職場・一般の四部門があります。全部の参加団体の数を合わせると、なんと一万団体を超えます。めっちゃビッグなイベントです」

府県の絵の横に、緑輝はスラスラと三段のピラミッドを書き添える。

「コンクールではそれぞれの予選を勝ち抜かないと、次の大会に進めません。基本的には、地区大会、都道府県大会、支部大会、そして全国大会の順に進んでいきます。京都の場合は地区大会がないので、いきなり京都府大会からスタートします。コンクールの結果は絶対に金、銀、銅のどれかに分かれます。つまり、これらの賞は上位三校に与えられるものじゃないということです。一昨年の北宇治は京都府大会で銅賞やったけど、これは言わば参加賞みたいな感じです。次の大会に進めるのは、金賞を取ったなかでも上位三校の学校です。金だったけど次の大会に進めない、みたいなときもよくあって、そういうのをダメ金と呼んだりもします」

久美子の中学校生活最後のコンクールは、ダメ金という結果で終わった。あのときのことを思い出すと、いまでも口のなかが苦くなる。緑輝は聖女中にいるあいだ、三年連続全国大会金賞という快挙を果たしていた。超強豪校出身である彼女にとって、苦々しい経験は無縁なものだったに違いない。

「京都府大会から関西大会に進めるのは三校。そして、関西大会から全国大会に進めるのもたった三校です。関西は強豪校が多いんやけど、そのなかでも圧倒的に強いのが大阪です。全国大会への枠が大阪勢で占められるなんてことも珍しくありません」

カッ、と緑輝がチョークで地図の大阪部分を指し示す。去年もこの説明を聞いたな、と思いながらも久美子は律儀に相槌を打つ。

「明静工科《みょうじょうこうか》高校、大阪東照《おおさかとうしょう》高校、秀塔《しゅうとう》大学附属高校。この三校が、全国大会の常連校、いわゆる『三強』です。去年は秀大附属じゃなくて北宇治が全国に行ったけど、これはほんまにびっくりなことでした。明工は去年から顧問が変わったけど、全然上手いままやったし、大阪東照は相変わらずカッコいいし、秀大もいい感じやったから、お客さんもまさか北宇治が全国に行くとは予想してなかったんとちゃうかなあと思います。そういう前評判を覆して、北宇治は無事全国大会に出場しました。でも去年は結局全国やと銅賞で悔しい思いをすることになって……。それで今年は全国大会金賞を目標にしてると、そういう流れです。みんなわかった？」

はーい、と元気よく返事をしたのがさつき。無言でうなずいたのが美玲。奏は姿勢を正したまま「わかりました」と笑みを深め、求はこくりこくりと船を漕《こ》いでいる。

葉月は呆れ顔で立ち上がると、求の机をコンコンと軽くノックした。

「おーい、起きてる？」

声に反応したのか、求が音もなく瞼を上げる。ピントの合っていない瞳を守るように、長い睫毛《まつげ》がばさりと上下に揺れた。彼は静かに葉月の顔を見上げると、コトリと不思議そうに首を傾げた。

「……なんですか？」

「いや、アンタが寝てるみたいやったから」

「べつに、寝てません。目をつむってただけです」

うつむいたまま、求がぼそぼそと反論する。会話を聞いていた奏が、可笑しそうに目を細めた。

「大胆な言い訳ですね。さすがは月永君」

つきなが、という四文字を、奏はやけに強調して発音した。それまで何があろうと無気力だった求の顔が、見る間に不愉快そうにゆがめられる。

「その呼び方はやめろ。苗字で呼ばれるの、好きじゃない」

「どうしてです？　普通の呼び名じゃないですか。月永君」

「……お前、わかってて言ってる？」

「さあ。なんのことですかね」

求は忌々《いまいま》しそうに奏をにらみつけたが、彼女はただクスクスと喉を震わせただけだった。絡み合う視線からは火花が散っているように思えるが、二人のあいだには何か因縁があるのだろうか。それとも、求が突然不機嫌になったのにはもっと別の理由が存在しているのか。

緊迫をはらんだ空気に、部員たちはその場から動けないでいる。室内に満ちた異様な沈黙を破ったのは、緑輝の明るい声だった。先ほどまでかけていた赤い眼鏡は、すでに彼女の手のなかに収まっている。

「はい、喧嘩《けんか》はやめー」

二人のあいだに割って入った緑輝は、そう言ってぶんぶんと両手を振った。

「求くん、そんなツンツンした言い方はダメ。奏ちゃんも、他人のことを呼ばれたくない名前で呼ぶのはやめといてあげて。自分の名前が嫌だなって気持ちは、緑もよくわかるし」

それに、と緑輝はそこでちらりと奏のほうを見た。

「わかってても言わへんほうがいいことって、緑はあると思うなあ」

思い当たる節があったのか、奏が目を見開いた。彼女は口元を手で覆い隠すと、申し訳なさそうに肩を落とす。その仕草のどこまでが本気なのか、久美子には判断できなかった。

「川島先輩がそうおっしゃるなら、その指示に従います。私、先輩のことはとても尊敬していますので。それに、これから仲間となる相手に私が失礼な態度を取ってしまったのは事実ですから、こちらに非がありますね。今後は求君と呼べばよろしいですか？」

台詞の後半は、求に向けられていた。慇懃無礼《いんぎんぶれい》。脳内で点滅している四字熟語を、久美子は頭を振って慌てて追い出す。いやいや、奏に限ってそんなはずはない。とっさに浮かんだ否定の言葉は、推測というより願望だった。

求はふいと顔を逸らすと、投げやりな口調で言った。

「そうして。とくに、お前みたいなやつに苗字で呼ばれたら吐き気がする」

「私みたいな、とは？」

「他人の嫌なところ、わざと突くやつ」

「それは求君の考えすぎですよ」

にこり、と奏が完璧な笑顔を浮かべる。他者の反論を許さない、すごみのある笑みだった。この感じ、誰かによく似ている。突如として脳内に現れたあすかが、「えー、全然似てへんって」と底の見えない笑顔で言った。やっぱり似ている、と久美子はそこで確信した。

口論に飽き飽きしていたのか、葉月が強引に話題を変える。

「もう、喧嘩はあかんって言ってるやん。それより、早く自分の楽器決めに行こう。W鈴木が首を長くして待ってんで」

ほれ、と葉月が後ろを指差す。慌てて振り返ると、さつきと美玲が居心地の悪そうな顔でその場にたたずんでいた。

「こんなところにいつまでもおらんと、さっさと楽器室行こ。そもそも、今日のメインイベントはそっちやろ」

ニカッと歯を見せて笑う葉月に、さつきが「やったー」とうれしそうに立ち上がる。美玲が肩をすくめてそれに続き、三年三組の教室をあとにした。求は警戒心を隠さずに奏のことをにらみつけていたが、その腕を無理やりに緑輝が引っ張っていった。まるでよそのペットに吠《ほ》える犬と、その飼い主のようだ。視線を受けた当の本人はまったく意に介した様子もなく、ゆるりと久美子に微笑みかけた。

「低音パートの先輩には、素晴らしい方が多いですね」

「そ、そうかな」

「えぇ。とくに川島先輩は。どこまでわかっているのか、油断ならない方ですね」

「それ、どういう意味？」

「意味なんてありませんよ。私の、個人的な感想ですから」

頬に沿うように伸びた髪を、奏は自身の指先に巻きつける。挑戦的に持ち上がった口端は、彼女の攻撃的な性格を表わしているようだった。理想の後輩。出会った初日に久美子のなかでできあがっていた奏のイメージは、一日とたたずして呆気なく崩壊していった。


整頓された楽器室は、七人の部員が集結するには少し狭い。葉月は並べられたチューバケースをひとつずつ指差し、どれが誰の楽器かを説明している。チューバはピストン式とロータリー式に分かれており、その形の違いは息の流れを切り替えるバルブシステムの差に起因している。北宇治のチューバがすべて同じタイプで統一されているのは、ベルの向きなどの差異によって生じるトラブルを防ぐためだ。

「こっちが後藤先輩の。これが梨子先輩で、これがうち。チューバはあと三台あるから、ここから好きなやつ選んだらいいよ。かなり古いし傷もあるけど、吹くのには問題ないから」

豊富にある備品の楽器は、北宇治がかつて強豪校であったころの名残だ。さつきと美玲は真剣な面持ちでケースの中身をひとつずつ確認していたが、やがて満足したように顔を上げた。

「私、これにしていいですか」

「うちはこっちにします。なんか、どどーんって感じでかっこいいんで」

二人の希望はかぶらなかったらしく、チューバの楽器決めは問題なく行われた。さつきはポケットから猫のキーホルダーを取り出すと、さっそくケースの取っ手にくくりつけた。楽器室に並ぶケースは同じデザインのものが多いため、他人の楽器と区別がつくようにケースに目印をつける人間も少なくない。夏紀の楽器ケースの取っ手にも、かなり年季の入った黄色の熊が取りつけられている。

「それ、ええ感じやな」

葉月がさつきのケースを指差す。だらんとぶら下がったフェルト生地の猫は、どうやら手作りのようだった。目玉代わりにつけられたボタンは、左右で色が違っている。

「可愛いですよね？　中学のころ、同じパートの友達が作ってくれたんです」

「へえ、えらい器用やな」

「ほかにもいっぱい作ってくれたんですよ。コンクール前のお守りとか。うちの大事な宝物なんです。その子は立華《りっか》に進学したんで、いまは別々の学校なんですけど」

「立華高校？　じゃ、梓《あずさ》やったら知ってるかもな」

葉月が久美子へと視線を寄越す。立華高校は、全国でも有数のマーチング強豪校だ。北宇治とは府内で行われるイベントで何度も共演している。久美子の友人である佐々《さ さ》

木梓《き》は、吹奏楽部に入るために立華高校に進学した。

「でも、立華って人数多いからなあ。梓も入ったばっかりの子までは把握できてないんじゃないかな」

「確かになあ」

「まあでも、さつきちゃんの友達が立華に行ったんだったら、演奏会とかで会う機会があるかもね」

「あ、あの、さつきじゃなくていいです」

久美子の言葉に、さつきが恥ずかしそうにひらひらと手を振った。そのまま彼女は隣にいた美玲の腕をつかみ、強引に引き寄せた。突然のさつきの行動に、美玲が怪訝《けげん》な顔をする。

「さっちゃんって呼んでください。昔から、そう呼ばれてたんで。同じ鈴木でややこしいと思うんで、うちがさっちゃん、こっちがみっちゃんで大丈夫です」

「さっちゃんみっちゃん？　お笑いコンビみたいで覚えやすいな」

「やめてください」

笑う葉月に、美玲が強い口調で言い放った。自身の身体からさつきを引き剥がし、彼女は苛立《いらだ》たしげにため息をつく。

「区別するなら、さつきだけでいいですよね。私のことをあだ名で呼ぶのはやめてください」

美玲の変化に気づかないのか、さつきが無邪気に首を傾げた。

「なんでー？　みっちゃんって呼び方可愛いやん？」

それは明らかに火に油を注ぐ台詞だったが、本人にその自覚はないようだ。美玲は大きく舌打ちすると、逃げるように顔を背けた。

「楽器も決まったし、私がここにいる必要ってないですよね。先にパート練習室に戻らせてもらいます」

「えっ、みっちゃん待ってよ」

楽器室を去る美玲のあとを、さつきが慌てて追いかける。葉月は困惑した様子で眉根を寄せると、「様子見てくるわ」と駆けていった。どうやら、チューバパートの未来はなかなかに前途多難なようだ。痛くなったこめかみを久美子が押さえていると、奏が上目遣いにこちらを見上げた。その瞳が猫のように細められる。

「チューバの二人は大変ですね。高校生にもなってくだらないことで揉《も》めるだなんて」

「くだらないってわけじゃないんじゃない？　本人たちにとっては、いろいろと思うところがあるのかもしれないし」

「ふふ、黄前先輩は優しいんですね。出会ったばかりの後輩のことをきちんと気にかけてくださって」

「いやいや、そういうわけじゃないけど」

賞賛を素直に受け止め切れず、久美子はそっと目線を外した。ほかの低音パートの後輩と比較すると、奏は模範的な後輩だった。振る舞いはいつも折り目正しく、先輩への態度もきちんとしている。なのに、彼女が紡ぐ言葉の一つひとつには空々しい響きがまとわりついていた。

「先輩、私はどれを使えばいいですか?」

膝を折り、奏が余っている楽器ケースを指でなでる。長いあいだ放置されていた楽器ケースは、その表面にうっすらと埃をかぶっていた。

「こっちにあるやつは全部使われてない楽器だからどれでも大丈夫だよ。ケースは汚れてるけど、いちおうメンテナンスはしてもらってるから」

「先輩は四番ピストンの楽器を使われてましたよね? このなかに四番ピストンのものはありますか?」

「あぁ、これなんかそうだよ」

久美子はいちばん端の楽器ケースを指差した。その取っ手部分は埃にまみれている。奏はポケットからレース付きのハンカチを取り出すと、汚れた箇所を軽く拭った。上質そうな白のハンカチが見る間に黒く染まっていく。

「じゃあ、これにします。家に持って帰って手入れしても大丈夫ですよね？」

「それは大丈夫だけど、中身、確認しなくていいの？　ボロボロかもしれないよ？」

「いえ、音が出るなら問題ないです。それに、私は黄前先輩のことを信頼していますので」

きっぱりとそう言い切り、奏が楽器ケースを手に提げる。ケースが揺れるたびに、彼女のまっさらなスカートが汚れてしまうのではないかとハラハラした。奏の楽器も決まり、残るはコントラバスだけだ。

「緑、終わった？」

呼びかけに返事はない。コントラバスはほかの楽器と比べてかなりスペースを取るため、楽器室のなかでも少し奥まったところに置かれている。備品のコントラバスは二台しかないため、求の楽器決めにそう大した時間はかからないはずだが。棚に遮られたせいで死角となっているスペースに、久美子は躊躇《ちゅうちょ》なく足を踏み入れる。

「あれ、ユーフォもチューバももう終わったん？」

こちらの存在に気づくなり、緑輝がコテンと首を傾げた。その場に、求の姿はない。視線の意味に気づいたのか、緑輝は小さく苦笑を漏らした。

「求くんなら先に戻ったよ。楽器はどれでもいいですって」

「先輩を置いてですか？　それってすごく失礼だと思うんですけど」

不服そうに、奏が唇をとがらせる。それは先輩をおもんぱかっての台詞なのか、あるいは求を攻撃しようと発せられたものなのか。奏の真意がつかめず、久美子はその場で押し黙る。コントラバスをもとの位置へと片づけ、緑輝は首を横に振った。

「求くんには求くんなりの考えがあるんやろうし、奏ちゃんもあんま責めんといてあげて。これから少しずつ仲良くなっていけばいいんやから」

なるほどー、と奏が大仰にうなずく。両手を重ね合わせ、彼女は含みのある声で言った。

「川島先輩って、後輩にすっごく甘いんですね。それとも、求君限定ですか？」

「うーん、自分では全然甘いつもりはないねんけどなあ。でも、求くんってずぶ濡《ぬ》れになった捨て猫みたいなオーラがあるから、ついつい心配になっちゃって。ほら、わからへん？　血統書付きの猫やったけど捨てられちゃった、みたいな」

「……緑、そんなふうに求君のこと思ってたの？」

「え？　久美子ちゃんは思わへんかった？」

そんなふうに目を丸くされると、こちらがおかしいような気分になる。クツリと喉を鳴らした奏が、自身の顔を指差した。

「川島先輩には、私はどんなふうに見えているんですか？」

「奏ちゃんは、そうやなあ……甘え方をよく知ってる飼い猫って感じ」

「私も猫なんですか。では、黄前先輩は？」

「久美子ちゃんはタヌキ！　これはもう、ずっと前から思ってた」

「え、なんで」

予想外の返事に、久美子は思わず聞き返す。てっきりウサギや犬のようなペット系の動物だと思っていたのに。緑輝が平然とした顔で答える。

「なんでって、そっくりやんか」

「それは顔が？　私の顔がタヌキ顔ってこと？」

「そうじゃなくて、全部が！」

全部がタヌキとはいったいどういうことだ。憮然とする久美子をよそに、奏がさらに問いかける。

「ほかの低音パートのメンバーについてはどう思っているんですか？」

「ほか？　えっとね、さっちゃんは絶対に犬やと思う。人懐っこい小型犬ね。で、美玲ちゃんは警戒心の強いハリネズミ」

それからね、と緑輝は指を折りながら言葉を続けた。

「葉月ちゃんはイノシシで、後藤先輩はゾウ。梨子先輩は……うーん、なんかクジラっぽいかなあ。あと、夏紀先輩はキツネに似てる」

そのラインナップでいくと、タヌキはましな部類に思える。隣を見ると、「イノシシって」と奏が肩を震わせていた。どうやらツボに入ったらしい。

「緑自身はなんの動物なの？」

「緑？　緑はやっぱりイグアナかなあ。目とか似てるやろ？」

そう言って、緑輝が自分の目の縁《ふち》をぐいと引っ張る。似ていると感じる要素は欠片もないが、本人がそう思っているならそうなのかもしれない。生理的に浮かんだ涙を拭い、奏は「はー」と満足げな息を漏らした。どうやら笑い疲れたらしい。

「血統書付きの捨て猫に、甘え上手の飼い猫。距離感の近い小型犬と、威嚇《いかく》してばかりのハリネズミですか」

楽器ケースを持ち上げ、奏は久美子に微笑みかける。ゆがめられた瞳は、こちらを揶揄《やゆ》するような色をしていた。

「これはこれは、今後がとても楽しみになるメンバーですね」

どこがだよ、と久美子は心のなかだけで突っ込んだ。

二　孤独にマルカート

柔らかな春の日差しが、真っ白なカーテンに包《くる》まっている。薄く伸びる朝日に手を伸ばすと、ほんの少しだけ温かい。窓の外をのぞき込めば、透明な空気はうっすらと青みを帯びていた。眠気をこらえることができず、久美子は大きく欠伸をする。そのまま上半身を斜めに反《そ》らすと、筋肉が伸びる感覚がした。

「あら、おはよう」

ダイニングに移るなり、母親の朗らかな声が聞こえた。「おはよー」と間延びした挨拶を返しながら、久美子は自分の席へと向かう。キッチンから漂うパンの焼ける匂いに、久美子の胃は急速に活動し始めた。

「お父さん、おはよう」

テーブルに並べられた椅子は四つ。そのいちばん奥の席で、身支度を終えた父親が優雅に新聞を広げていた。マグカップに注がれたコーヒーには少量のミルクが混じっている。久美子が幼いころには、ブラック以外のコーヒーは頑なに拒否していたのに。

「今日は寝坊しなかったんだな」

「いつもそんなに寝坊しないよ。始業式の日はたまたま」

「そうか」

会話はそこで終わった。しかし、気まずさはとくに感じない。父親が寡黙な性格であることは、いまに始まったことではないからだ。

「久美子は何がいいの？　コーンスープ？　それともオニオンスープ？」

「コーンがいい。あと、卵は半熟で」

「はいはい」

母親がマグカップにスープの素となる粉末を入れる。そこにお湯を注げば、簡単にインスタントスープは完成する。皿に並べられたハムエッグにトースト。父親はいつも目玉焼きに醤油《しょうゆ》をかけるが、久美子は塩こしょう派だった。

「いただきます」

両手を合わせてから、久美子は箸の先端で目玉焼きに穴を開ける。薄い膜の隙間から黄身があふれ出し、白身の上に広がっていく。それを見て固焼き派の父親が眉をひそめたが、そんなことはお構いなしだ。久美子にだって、譲れないことはある。

「あら、ここって小泉《こいずみ》さんの息子さんが通ってる学校じゃない？　前に写真を見せてもらったんだけど」

カップをテーブルに運んできた母親が、テレビに映る校舎に反応した。画面に映っているのは、関西ローカルの情報番組だった。流れるVTR内では、地元局の女性アナウンサーが校舎のなかをうろうろとさまよっていた。

『こちら龍聖学園高等部はラグビーの強豪として非常に有名で、ほかにも水泳や剣道など多くの運動部が実績を残しているそうです』

「龍聖学園？」

聞き覚えのある学校名に、久美子の箸を動かす手が止まる。龍聖学園は中・高・大のエスカレーター式となっている。もしも求が北宇治を選ばず内部進学していれば、おそらくはいまごろ、校舎にあふれる生徒たちの一員となっていたことだろう。

『さらに、昨年から文科系の部活にも力を入れているようですよ。今日はそのなかでも吹奏楽部の皆さんにお話を聞かせていただきたいと思います』

まばらに鳴っていた楽器の音は、アナウンサーが音楽室の扉を開いたことで止まった。男子校のため、室内にいるのは全員男子だ。彼らは女子アナを見るなり、うおーと野太い歓声を上げた。並べられた椅子の数からして、部員数は五十人程度だろう。

「龍聖って上手なの？」

トーストに苺《いちご》ジャムを塗っていた母親が、なんの気なしに尋ねてくる。五枚切りの食パンの表面では、バターの黄色とジャムの赤がほどよく入り混じっていた。

「うーん、普通。上の大会に絡んでくる学校じゃないし、そもそもあんまりよく知らない」

「これだけ男の子だらけだと、合宿なんてしたら食事の量がすごいことになりそうよね。ご飯もたくさん食べるだろうし。どうしてるのかしらね」

「それ、お母さんが心配することじゃないから」

二人がやいやいと会話しているあいだに、VTRは終盤に差しかかっていた。アナウンサーから意気込みを聞かれた部長の首には、ストラップがかかったままだった。

『昨年度から新しい先生が二人も加わり、龍聖のサウンドは大きく変わりました。応援してくださる保護者の方々に報いるためにも、そして毎日一生懸命僕たちを指導してくださる特別顧問の源《げん》ちゃん先生のためにも、今年の龍聖がひと味違うってことを演奏で示したいと思います。どうぞ期待してください！』

部長の宣言に応えるように、後ろにいた部員たちが力強く拍手する。そこに漂う和気あいあいとした雰囲気に、久美子は思わずため息をついた。うらやましいなあ。そうつぶやくと、母親が不思議そうに首を傾げた。

「どうしたの。久美子のパートの子らは仲いいんでしょ？」

「新しく入った一年生同士が、あんまり上手くいってなくて」

「そんなの、どこも最初はそうよ。知らない子がいきなり集まって上手くやってるほうが気持ち悪いわよ」

「そういうものかな」

「そういうものよ。そんなことより、牛乳のおかわりいる？」

久美子が深刻に悩んでいる問題も、母親の手にかかればそんなこと扱いだ。腹が立つこともあるが、その一方で彼女の乱雑さに救われることは少なくない。

「うん、おかわり」

残っていた牛乳をすべて飲み干し、久美子は母親へとカップを突き出す。先ほどまでカップが置かれていた位置には、小さな水たまりができていた。光を受けてきらめく水滴を、久美子は指の腹で押し潰した。

「黄前ちゃんってさ、クソ真面目ってよう言われん？」

「はい？」

放課後になって早々、久美子は先輩部員に廊下へと呼び出されていた。音楽室にはすでに一年生部員が集まり始めており、楽しげに談笑する声が廊下にまで漏れている。目の前に立つ三年生部員は、トランペットパートの加部友恵《かべともえ》だ。ヘアクリップで前髪の両サイドを留めた特徴的な髪型がトレードマークで、部長である優子と仲がいい。

友恵と久美子は昨年度に行われた会議で、一年生指導係という役職に就くこととなった。といっても、二人のあいだにはこれまでにほとんど接点がなく、実質的に言葉を交わしたのはこれが初めてだ。まずは今後の予定を、と印刷したプリントを久美子がファイルから取り出した際にかけられたのが、冒頭の台詞だった。

「いやさ、今日は二人の初めてのお仕事記念日なわけやん？　そしたらまずはさ、こう、他愛もない雑談から入っていくべきやと思わへん？」

「でも、会議までもう時間がないですし、」

「そんなん、遅れたとしても待たせておけばええねんて。遅刻したら死ぬってわけちゃうねんで？　かたーく考えすぎ」

キリリと吊り上がった彼女の眉が、先ほどから抑揚に合わせて上下している。そのいい加減な言動に、久美子は毒気が抜かれるのを感じた。

「でも、他愛もない話ってなんです？」

「いや、それは知らんけど。そうやなあ、黄前ちゃんが普段何してるかとか！　あ、そういえばウチの高坂ちゃんと仲良かったよな？」

ウチの、という言葉に久美子は一瞬だけ引っかかりを感じた。おそらく、『ウチのパートの』と言うところを大胆に省略したのだろう。裏表のなさそうな友恵の笑顔を見るに、きっと深い意味はないはずだ。

「麗奈とは中学でも一緒だったので、それをきっかけにしゃべるようになって。いまは自分でも仲良しだと思うんですけど、入学してすぐとかは結構距離があって」

「あー、そういう流れな、はいはい。ま、黄前ちゃんがいたおかげでいろいろと助かった部分はあると思うわ。去年の夏ごろとかさ、ウチのパートの空気やばかったもん。うちはBやったからそこまで巻き込まれんで済んだけど」

「先輩は優子先輩と仲いいんですよね？　正直なところ、去年の件に関してどう思ってたんですか？」

追及する意図はなかったのだが、「ええっ」と友恵は目を剥いた。パタパタと手を揺らし、彼女は困ったように眉を垂らす。

「それ聞いちゃう？　黄前ちゃん、顔に似合わず物怖《ものお》じしいひんタイプやねんな」

「あ、答えたくなければべつに、全然大丈夫なんですけど」

他愛もない雑談にしては、ずいぶんと切り込みすぎたようだ。慌てる久美子に、友恵はケラケラと愉快そうな笑い声を上げた。

「いや、そこまで遠慮されたら逆にこっちも困るって。べつに聞かれてまずいことなわけやないし」

「そ、そうですよね」

友恵のフォローに、久美子は思わず安堵の息を漏らす。これから長い付き合いとなる先輩と、こんなところで仲違いしたくはない。

「高坂ちゃんと香織先輩の件なー。ま、なかなかに強烈な事件やったから、うちもおっかないわーとは思ってたけど」

「私はあのとき、ソロは麗奈が吹くべきだったと思ってました。その気持ちはいまも変わってません。でも夏合宿で優子先輩と話す機会があって、それからいろんな先輩たちの話を聞いて……なんというか、みんなが正しいことってあるんだなって思って」

「ははっ、黄前ちゃんってほんま真面目やなあ」

「べつに、そういうつもりじゃないですけど」

からかわれたような気がして、久美子は手元に視線を落とす。

「正直なこと言うて、うちはそこまで真剣に考えてなかったよ。正しいとか正しくないとか、そういうのはようわからへんし。ただき、ソロを吹いてほしいって思ったのは、断然香織先輩やった。だって、うちらは香織先輩が昔からずっと頑張ってたって知ってたから」

「そう、ですよね」

「あ、もちろん高坂ちゃんが悪いって思ってたわけちゃうで。ただざ、やっぱり身近な人を贔屓目《ひいきめ》に見ちゃうのが人間の性《さが》ってやつやんか。だからこう、単純にさ、香織先輩のほうを応援したいなーって気持ちになっちゃったってわけ。自分でこういうのもなんやけど、うち、結構その場の感情というかノリで動いちゃうから。やからさ、黄前ちゃんが相棒でほんまよかったわ」

友恵は軽い口調でそう言った。思いがけない会話の着地点に、久美子は目を丸くする。気分が乗ってきたのか、友恵が身を乗り出した。

「だってさ、相性よさそうなコンビちゃう？　大真面目な黄前ちゃんと、なんでもノリで動くうち。もう間違いないわ。絶対これから上手くいくって」

「そうですかね。加部先輩がそう言ってくれるのはうれしいですけど」

「ちょっと待って」

手のひらを向け、友恵が久美子の言葉を制す。明るかった表情がいきなり険しいものとなり、その変わりっぷりに久美子は面食らう。

「なんや加部先輩って、他人行儀すぎちゃう？」

「え？」

予想外の指摘に、久美子はぽかんと口を開けた。注意すべきはそこなのか。思考が顔に出ていたのか、むっと友恵は唇をとがらせる。

「距離感じるわー。もう、深い深い断絶を感じる。このままやとあかんわ。もっと特別感のある呼び方にしてもらわんと」

「と、特別感ですか？」

「そらそうやん。せっかく相棒になったわけやしさ。ってことで、これからよろしくな、黄前ちゃん」

「あ、はい。よろしくお願いします。その、」

友恵は期待に満ちた目でこちらを見つめている。その圧に負け、久美子は脳味噌をフル回転させた。目の前の先輩にふさわしい呼び名。そう考えたとき、脳裏にちらついたのはなぜだか今朝見た情報番組のワンシーンだった。源ちゃん先生。親しみを込めたニックネームに、久美子は便乗することにした。

「か、加部ちゃん先輩」

ひねり出した呼び名に、友恵が満足そうにうなずく。

「なんかアホっぽくて可愛いな」

「え、べつにアホっぽくはないと思いますけど」

「せやな。黄前ちゃんの愛がひしひしと伝わってくるような呼び名やわ。じゃ、これからはそれでよろしく」

バシン、と勢いよく背中を叩かれ、久美子は思わず背筋を伸ばす。友恵は腕時計に視線を落とすと、「そろそろ行こか」と音楽室を指差した。そういえば、会議のための打ち合わせはまったくできていない。心配する久美子をよそに、友恵は意気揚々と室内に乗り込んでいく。勝手な人だと思った。しかしそういう強引さが、久美子は嫌いではなかった。

今年入ってきた新入部員は四十三人。そのなかで、未経験者は七人だった。授業形態のままの音楽室に、一年生全員分の机はない。その場合、備品のパイプ椅子を壁際に並べるのが通例だった。奏やさつきが要領よく前列の席を確保している一方、求は奥に設置されたパイプ椅子に押し込められるような形で座っている。

「こんにちは」

友恵がかけた声に、部員たちは同じ言葉を返す。経験者が多いせいか、今年の新入部員は意欲的な生徒が多かった。去年の部の空気とは明らかに違う。

「三年生の加部友恵です。部長と同じくトランペットパートです。これから初心者の指導はおもに私が受け持っていきますので、わからないこととかあればじゃんじゃん聞いてください。で、次に二年生の黄前ちゃん」

ほい、と手を向けられ、久美子は慌てて前に出る。大勢の人間の前で話すのは苦手だが、隣に友恵がいるというだけで緊張は幾分か和らいだ。

「楽器紹介のときにもお話させてもらいましたが、二年生、ユーフォニアムパートの黄前久美子です。これから一年、皆さんの補佐をさせてもらいます。よろしくお願いします」

友恵が初心者、久美子が経験者を担当するという役割分担は、部長である優子の指示により決定されたものだった。初心者の部員は右も左もわからないため、先輩によ る細やかなフォローが必要となってくる。そうした役職にふさわしいと優子が判断したのが、友恵だった。久美子にはただの大ざっぱな先輩としか思えないが、長年一緒にいる人間にはわかるものもあるのだろう。

「これから皆さんにプリントが配布されます。部内ルール、今後の日程などについてです。基礎練習の楽譜はパートの先輩からあとで渡されると思いますので、きちんと保管しておいてください」

「はい」

「それと、衣装や練習着の申し込み書も配ります。衣装に関しては再来週に採寸があるので忘れないようにしてください。これから配るプリントは九枚です。数が足りない人はその場で挙手してください」

夏紀が用意してくれたプリントはかなりの量があった。久美子と友恵は手分けして、前の席から順にプリントを流していく。部員の手にすべてのプリントが行き届いたのを確認し、久美子は一枚ずつ丁寧にその内容を説明し始める。

細かい規則まで一つひとつ確認していたせいか、説明が終わるまでにはずいぶんと時間がかかってしまった。会議が始まったばかりのときには元気のあった部員たちも、いまではどこかぐったりとしている。

「えっと、次に予定についてですね。一年生が最初に参加するイベントは、五月のサンフェスです」

正式名称は、サンライズフェスティバル。今年で二十四回目の開催となる、吹奏楽の祭典だ。会場が太陽《たいよう》公園であることからその名がついた。京都府内の各高校の吹奏楽部が一堂に会し、敷地内をパレードする。参加校のなかにはマーチングの強豪である立華高校も含まれている。

「サンフェスはパレードなので、日程が近づいてくるとグラウンド等で行進の練習をすることになります。初心者の子はステップで参加することになるので、その時期になったら加部ちゃん先輩にお世話になると思います」

「うちが手取り足取り教えてあげるな」

真面目に説明する久美子の横で、友恵がひらひらと手を振っている。彼女の軽口に応える余裕のある後輩部員はこの場におらず、なんだか微妙な空気になった。

コホン、と久美子は仕切り直すように咳払《せきばら》いする。

「それ以降の大まかな流れを説明すると、吹奏楽コンクールの京都大会が八月の頭にあります。関西大会は八月末。全国大会は、十月の後半です。ほかにも演奏会やイベントなどがあると思いますが、それはその都度説明します」

話し続けたせいで口のなかが渇いている。強張った舌を湿らせるように、久美子は唾を飲み込んだ。異様に暑さを感じるのは、人前に出るのが苦手なせいかもしれない。

「ではあと一点。今後についての重要なお話です。初心者の方もいるので、ちょっと詳しく説明させてもらいます。コンクール前に行われるオーディションについてです」

オーディション。その単語が久美子の口から発せられた刹那、部員たちの顔にピリリと緊張が走った。強い視線を受け、久美子は軽く顎を引く。

「吹奏楽コンクールには、複数の部門が存在します。京都の場合は、A、B、小編成の三つです。そして、私たち北宇治高校が参加するのはA部門とB部門になります」

A部門、すなわち大編成部門は、参加団体がもっとも多い部門だ。上限数は、高校の部の場合五十五人。参加団体は十二分以内に課題曲、自由曲の二曲を演奏しなければならない。全国大会出場を目指す団体は、この部門に参加する。

それ以外の部門は、各都道府県によって名称やルールが異なる。京都の場合、B部門では自由曲だけを演奏することとなっている。実施されるのは府大会までで、それより先の大会に進むことはできない。ひとつの高校からA部門、B部門に出場することが可能なため、A部門に参加できないメンバーで編成を組み、B部門に出場することも珍しくはない。

小編成部門は、人数の少ない団体が対象だ。府大会で結果を残せば関西大会へと進むことができる。小編成部門には全国大会がないので、関西大会がゴールとなる。

「A部門の規定人数は五十五人。今年の北宇治の部員数は八十九人なので、単純に考えて定員をオーバーしています。なので、A部門に参加できなかった部員は必然的にB部門に回ってもらうことになります。その際に行われるのがオーディションです。面接みたいな感じで、顧問の前で一人ずつ演奏します。ソロ奏者もそのときに決定します」

去年、先輩である夏紀を差し置いて、久美子はA部門に出場した。完全実力制とは、そういうことだ。後輩が先輩の枠を奪うことはとくに珍しいことではない。ここにいる部員たちは全員が仲間であり、そして全員がライバルだ。

「では、何か質問がある人」

室内の後方で、ピンと腕が伸びているのが見える。美玲だった。

「どうぞ」

久美子がそう促すと、美玲はその場で立ち上がった。真剣な面持ちで、彼女が口を開く。

「メンバーを決める際、実力以外のものが考慮される可能性はありますか」

「それは、どういう意味ですか」

予想外の質問に、久美子の表情は強張った。さらに言葉を重ねようとした美玲を遮り、奏が「はい」とその場で挙手する。

「つまり、学年や人間関係によってAに入るメンバーが決まってしまう可能性はあるかという質問だと思います。もっと具体的に言うならば、上の学年のほうが優先される可能性はありますか、ということです」

「……です」

勝手に自分の質問をまとめられ、美玲は不服そうな顔で腰を下ろした。それでも小さくうなずいたのは、奏の補足が的を射ていたからだろう。久美子はちらりと友恵を一瞥《いちべつ》する。彼女は肩をすくめると、「しゃあないな」と久美子の前に歩み出た。

「質問にはうちが答えます。そういう質問……っていうか、疑念をみんなが持つのは、まあ自然の摂理かなーって思います。声に出すか出さないかの違いで、みんな一度はそういう気持ちを持っちゃうもんやと思うし。去年もそれ関連でいろいろあったしな」

久美子の脳裏に、会議前に交わした友恵との会話が蘇る。麗奈と香織。一年前に起きた二人のソロ争いは、水面下で部をふたつに分断するほどの大騒動となった。あのときはまだ、部員全員が滝のことを信じているとは言い難かった。突然現れた若い教師が、自分たちのこれまでのやり方を変えようとしている。そんな状況であったのだから、先輩部員たちが滝に抵抗を覚えるというのは当たり前の話だった。だが、この一年で北宇治は変わった。

「いまならその質問に胸を張って答えられます。コンクールメンバーは、実力によって選ばれます。なので、皆さんは安心して自分の演奏技術を磨いてください。もし皆さんが先輩より上手ければ、Aメンバーになれないなんてことは絶対にありえません」

それは、断言だった。力強い友恵の言葉に、奏がふと頬を緩める。蛍光灯の光に照らされ、艶やかな黒髪には天使の輪ができていた。

「ありがとうございます。それを聞いて安心しました」

見渡すと、ほかの一年生部員たちもどこかほっとした様子で互いに顔を突き合わせている。まったく、と久美子は呆れを隠さず奏を見やった。対応したのが友恵だったからよかったものの、もしも相手が詮索に敏感なタイプの先輩であれば、いまごろ奏は目の敵にされていたことだろう。そこまで考え、ふと久美子は先ほどの彼女の言動を思い返した。美玲の質問を強引に遮ったのは、敵意の矛先を自分に向けるためだったという可能性はないだろうか。奏はあのとき美玲の邪魔をしたのではなく、美玲をかばったのではないか。

「……いや、考えすぎかな」

ぼそりとつぶやいた久美子に、友恵がいぶかしげにこちらを見る。思考が声に出ていたことを知り、久美子は慌てて自身の口元を手で押さえた。

「これが、いちばん大事なやつ」

卓也が低音パートの部員たちに手渡したのは、去年滝が配った基礎練習用の楽譜だった。短いフレーズにはそれぞれ数字が割り振られており、基礎合奏の際には代表者が練習する箇所を番号で指定することになっている。

「やっぱり土台があっての演奏やからね。退屈に思えるかもしれへんけど、こういう基礎をコツコツやっていくほうが、結果的に演奏技術は上がりやすいと思う」

梨子の言葉に、さつきと美玲がうなずいている。奏は楽譜を受け取って早々、教卓に置かれたメトロノームを目安にロングトーンを繰り返していた。

パート練習の一日目は、久美子が予想していたよりもずっと穏やかな雰囲気で進められた。一人ひとりの放つ音が空気中に響き、雑多に絡まり合う。経験者である一年生に余計な説明は必要なく、彼らは文句ひとつ言わず基礎練習のメニューを一から順にこなしていた。

「いまから十分休憩」

壁にかかった時計を指差し、卓也が指示を出す。チューバを床に立てかけ、葉月は大きく伸びをした。その肩を、さつきが叩く。

「あの、葉月先輩。聞きたいことがあるんですけど」

「ん？　何？」

「ホルンの友達が謎ステップがどうとか言ってたんですけど、なんのことかわかります？　うち、めっちゃ気になっちゃって」

「あぁ、それはさ、」

二人は顔を近づけ、何やら楽しそうに雑談している。その光景を一瞥し、美玲はハンカチを手にしたまま足早に教室を出ていった。梨子が心配そうに、美玲の後ろ姿を目で追っている。

「さっきのミーティングが初仕事やったんやろ。友恵とはどうやった？」

先ほどまでタンギングの練習をしていた夏紀が、くるりとこちらに顔を向ける。久美子はマウスピースから口を離すと、楽器を膝の上へと置いた。

「自信はないですけど。でも、上手くやれてたとは思います」

「私もそう思います。黄前先輩の説明、すごくわかりやすかったですから」

二人の会話に、まるでそうすることが当然とでもいう態度で奏が参加してくる。うっ、と身構えてしまったのは、久美子のなかに奏への苦手意識が芽生えつつあるからかもしれない。奏はとてもいい後輩だった。少なくとも、表面的には。

「加部先輩、去年の全国の本番には出ていらっしゃいませんでしたよね。ＤＶＤに映っていませんでしたし」

「あぁ、友恵はうちと同じで去年はＢやったから」

「なるほど。Ａメンバーの選出に先輩後輩が関係ないというのは、どうやら本当のようですね。黄前先輩も川島先輩も、一年生でＡメンバーだったわけですし」

その件に関して、夏紀の前で蒸し返したいとは思わない。久美子はすぐさま別の話題を奏に振った。

「奏ちゃんは中学のときどうだったの？　コンクールとか」

「西中《にし》はとくに強豪でもありませんでしたし、ほどほどに頑張るという空気でしたね。自分たちが吹奏楽部を変えると意気込んでいた部員もいましたが、結局大きな変化はありませんでした。府大会で金賞を取るのが目標でしたが、三年間銀賞でしたし」

「まあ、普通はそんなもんよな」

夏紀が訳知り顔でうなずく。落とされた声は、どこか苦々しい響きを含んでいた。押し黙った久美子に、奏が首を傾げる。自分のせいで気まずい空気になったとでも思ったのか、何かをごまかすように、夏紀がへらりと気の抜けた笑みを浮かべた。

「そういやさ、奏ってなんで敬語なん？　まあ、うちらは先輩やし敬語なんはわかるけど、求にまで敬語でしゃべってたのはなんでかなって」

「た、確かに」

二人分の視線を受け、奏はわざとらしく瞠目《どうもく》した。

「何か問題があるでしょうか」

「いや、問題はないけどさ。なんかちょっと、とっつきにくい感じするやん。一年同士で仲良くやってほしいとは思ってるし、遠慮ばっかかせんともうちょっと砕けてもええんちゃうかって思って」

「あぁ、先輩は勘違いなさってるんですね」

夏紀の台詞に、奏は得心したように手を打った。かんちがい、と久美子は告げられた言葉を繰り返す。奏は獲物をいたぶる猫のように、その瞳を和らに細めた。

「私もすべての人間に敬語で話しているわけではありませんよ。ただ、親しくない相手にため口で話しかけて平気なほど、鈍感ではないだけです」

「あー……つまり、仲良くならないと敬語以外で話せへんってワケ?」

「そういうことです。もちろん、先輩方に敬語なのはそうした理由からではないですよ? 年上の方には敬意を払えと幼いころから教わってきましたから」

にこりと、奏は完璧な営業スマイルを浮かべる。あすかの他者を寄せつけない軽薄な笑みとは違う、愛らしさを極限まで膨らませた笑みだ。きっと奏は、自分がもっとも魅力的に見える顔を知っている。計算し尽くされた言動は、彼女が自分と他者とのあいだに引いた境界線の表れのように久美子には思えた。

あすかなら、あの人心掌握に長《た》けた先輩なら、こういうときにどんなふうに振る舞ったのだろう。目の前で笑う後輩になんと声をかけていいかわからず、久美子は軽く唇を噛む。根拠のない不穏な予感が、自身の腕にまとわりついていた。

「す、すごい！」

唐突に、後方から大声が上がった。思わず見返る久美子の視界に映ったのは、ふるふると肩を震わす求の姿だった。先ほどから緑輝と何やら会話していたようだが、その頬は紅潮し、瞳は興奮で見開かれている。

「あの、先輩。こっちの曲もお願いしていいですか」

「それは全然いいけど」

緑輝の手に握られた弓が、しなやかに弦をこする。奏でられた低音は、しっとりと甘かった。長く伸びた音に深い余韻を感じるのは、緑輝がもう片方の手でビブラートをかけているからだろう。弦を押さえる左腕が、細かく上下に振れている。

彼女が演奏している曲、『愛の挨拶』は、イギリス人のエドワード・エルガーによって作曲された。のちに妻となるキャロラインに贈られたこの曲は、日本でも高い人気を誇る。

ゆったりとした楽曲は、奏者の実力が露骨に表れる。シンプルな旋律はともすれば貧相になりがちだが、緑輝の奏でる音色には豊かな響きがあった。優雅な旋律のなかに、胸が躍るようなきらびやかさが混じる。耳を傾けているだけで、意識がとろけていきそうだ。

「うっまあ」

さつきが唖然《あぜん》とした顔で感想を漏らした。奏も舌を巻いている。一年生が圧倒されるのも当然で、入学時点で飛び抜けていた緑輝の演奏の腕前は、この一年間でさらに磨きがかかっていた。

緑輝は弓を下ろすと、たしなめるように求を見た。

「いまの演奏、求くんと同じやった？」

「い、いいえ、僕のなんかと比べるなんて。音の響きが全然違ってて、」

「ちゃんとわかったならいい。これからは、コントラバスなんて誰が弾いても同じなんて、絶対に言っちゃダメ。それは自分を卑下する台詞じゃなくて、周りに対する侮辱やと緑は思うな」

緑輝にしては珍しく、強い口調だった。うっすらとはらむ怒気に、求がとっさに頭を下げる。これまでの求からは考えられない、俊敏な動きだった。

「ほんとにすみませんでした。僕が間違ってました」

「ほんまに反省してる？」

「してます！」

「なら全然ええよ。これから頑張ってくれたら、それで」

緑輝はふにゃりと相好を崩すと、頭を下げたままの求の肩を軽く叩いた。はい、と求が噛み締めるようにつぶやく。その従順さに、周りの部員たちは驚きを隠せないでいた。奏が耳元に顔を寄せ、「急展開ですね」と揶揄するようにささやく。

「あ、あの！」

求が勢いよく面《おもて》を上げる。その顔は耳まで赤く、彼の精神状態が平常とかけ離れていることは明らかだった。緑輝がきょとんとした顔で小首を傾げる。

「まさか、告白か？」

聞こえてきた卓也の声は、皆の心を代弁していた。

「あの、緑先輩に、僕、お願いがあるんですけど、」

「お願いって？」

「僕を……その、」

ゴクン、と求の喉が上下する。彼は手のひらを強く握り込むと、それから意を決したように叫んだ。

「僕を、緑先輩の弟子にしてください！」

予想外の展開に、二人を見守っていた部員たちは胸中で盛大にずっこけた。しかし当の本人は、至って真面目な顔をしている。緑輝が目を丸くし、それからうれしそうに破顔した。

「緑、弟子を取るのは初めて！　ほんまに緑でいいの？」

「緑先輩がいいんです」

「わーい。緑、師匠になっちゃった！」

どうやら今年のコントラバスパートは、ずいぶんとマイペースな人間がそろってしまったらしい。気の抜けた会話に、夏紀が脱力した様子で天を見上げる。

「あーあ。なんやったんや、いまの」

「まあまあ、求君がやる気になってよかったやんか」

口元に手を添え、梨子はふくふくと菩薩《ぼさつ》のような笑みをこぼした。心優しい彼女のことだ、部に馴染もうとしない求のことで相当気を揉んでいたに違いない。

廊下から、休憩を終えた美玲が戻ってくる。状況がつかめていない彼女は室内に漂う異様な空気に一瞬眉をひそめたが、すぐに無表情を繕い楽器の置かれた席に着いた。その強張った横顔を一瞥し、奏はうっそりとささやく。

「私もわかりますよ。上手い先輩に憧れる気持ち」

その声音に含まれた感情は、いったいなんなのか。聞き返そうとした久美子が口を開く前に、寡黙なパートリーダーは休憩時間の終わりを告げた。

翌日の練習から、求の豹変《ひょうへん》ぶりはすさまじいものだった。

「緑先輩、ご指導お願いしてもいいですか？」

「どこを直せばいいでしょう？」

「ほかに注意すべき点はありますか？」

「どうしたらそんな音が出るんでしょうか」

矢継ぎ早に飛び出る質問に、緑輝は一つひとつ丁寧に答えている。心酔する態度を隠そうともしないその姿は、猫というより犬に近い。愛らしい容姿をした二人が密着している光景は、周囲の目に少女同士の微笑ましい戯れのように映っていた。性別を考えればその距離感はまずいのではと久美子も思わないではないが、二人の醸し出す空気があまりに同性間のそれに近いため、意識するほうがおかしいという気にさせられる。

「そもそもやけど、求くんは指の力が足りてへんねん。とくに、薬指と小指。まずはバランスよくそれぞれの指に力が入るようにしいひんと、スムーズに演奏できひんよ。緑が中学のときにやってた練習メニューあげるから、それやってみよ」

緑輝の指導内容は久美子には理解できないものだったが、求の演奏が短期間で上達しているのを見るにかなり的確なようだ。よくよく考えると、これまで久美子たちは緑輝がすごいという事実は認識していたものの、具体的にどこがすごいのかまではよくわかっていなかった。管楽器と弦楽器はそもそもの仕組みが違うため、コントラバスはほかの楽器に比べて放置され気味だったのだ。

「求くん、中学のときってもしかして完全に独学やった？」

「はい。先輩もあまり詳しくなくて。教本を読んでなんとか」

「だから変な癖がついちゃったんやね。楽器って正しい練習法があるから、がむしゃらにやればいいってもんでもないねんな。いーっぱい頑張っても、練習方法がおかしかったら上達しいひんし」

告げる声は可愛らしいが、その内容は手厳しい。求は頭をかくと、どこか思い詰めた表情で口を開いた。

「すみません、緑先輩の足を引っ張ってしまって」

「べつに謝ることちゃうって。これから直していけばいいんやし。正しいやり方がわからへんのやったら、わかる人に聞けばいい。求くんは一人じゃないんやから、遠慮せんと緑を頼ってくれていいねんで」

「あ、ありがたいお言葉です！」

感激したのか、求はその場で打ち震えている。全身からあふれ出す歓喜のオーラに久美子は思わず苦笑した。忠犬よろしく、ぶんぶんと左右に振れるしっぽがいまにも見えそうだ。

緑輝はよしよしと求の頭をなでると、それから壁にかかった時計を見上げた。

「いまの時間やったら滝先生も職員室にいるやろうし、緑、コントラバスの先生の指導が受けれへんか聞いてくるな。求くんは基礎練習をやっといて」

そう言い残し、緑輝は軽やかな足取りで教室を出ていった。求は椅子にかけていたコントラバスを構えると、先ほどの緑輝の指示どおりに黙々と練習を始めた。そこに近づいたのは、意外なことに卓也だった。

「……調子はどう？」

その途端、先ほどまで喜びをほとばしらせていた求の両目から、するすると感情が抜けていった。彼はガラス細工のような瞳を薄く開くと、力なくうなずいた。

「まあ、頑張ってます」

「そうか。川島だけじゃなく、ほかにも先輩はいるから。まあ、困ったら言って」

「はあ。どうも」

求が軽く頭を下げる。どうやら緑輝以外を相手するとなると、途端に無気力になるらしい。おそらく緑輝がそばにいるときが例外なだけで、こちらが彼の本性なのだろう。

「変わりっぷりがスゴないですか？　緑先輩にはあんなきらっきらしてんのに、うちらには全然しゃべってくれへんし」

一連の流れを見ていたさつきが、すねたように唇をとがらせた。まあまあ、と梨子がなだめるように言う。

「多分やけど、求君にとってはそのくらい緑ちゃんが特別なんちゃうかなぁ」

「緑はスゴイ子ですからね。同じ楽器やったら、それがもっとわかるんかも」

葉月の言葉にもさつきは納得できない様子で、不服そうに頰を膨らませている。

「うち、ほんまはもっと低音の一年同士で仲良くなりたいんですけどね。みっちゃんだけじゃなくて、求君とも奏ちゃんとも」

「それはかなり高いハードルなんとちゃう？」

「高いハードルだからこそ、飛び越えてみたくなるんです」

「はえー、さすがさっちゃん。いいこと言う」

盛り上がる会話を、卓也が咳払いで中断させた。葉月とさつきは慌てたように楽器を構えると、基礎練習を再開した。そこから少し離れた席では、美玲が休憩も挟まずに黙々と練習に打ち込んでいた。半音ずつ上げていくロングトーンは、すでに高音の域まで達している。葉月はまだここまでのハイトーンを出すことはできないだろう。美玲の演奏の腕前は、どうやら相当のものらしい。

「黄前先輩、教えてほしい箇所があるんですけど」

くいと袖を引っ張られ、久美子はそこで我に返る。基礎練習中だというのに、ずいぶんと集中に欠けていた。煩雑《はんざつ》な思考を追い出すように頭を振った久美子に、奏は怪訝な顔をした。

「あの、タイミングが悪かったでしょうか？」

「いや、大丈夫。それより、教えてほしいところってどこかな」

「四十一番の譜面なんですけど、ここのスラーがどうしても滑らかにならなくて」

「あぁ、それは——」

久美子のアドバイスを、奏は真剣な面持ちで譜面の余白に書き留めている。奏は他者を頼るのが上手く、わからないことがあればすぐに久美子に相談してきた。二人のやり取りはすべて、すぐ前の席に座っていた夏紀には筒抜けだったことだろう。そしてこのときには、夏紀はすでに気づいていたに違いない。

入部して以降、奏は一度として夏紀に助言を請うたことがなかった。

合奏体形となった音楽室に、ずらりと部員たちの顔が並ぶ。八十九人もの人数を収めるには、音楽室の広さはやや物足りなかった。金色のユーフォニアムを抱きかかえ、久美子は静かに辺りを見渡す。去年の三年生が卒業して以降、どことなくがらんとしていた音楽室も、一年生部員たちが入ったことで活気が出てきた。欠けていたパズルのピースが見つかったような、そんな感じがする。

「では次に、スケールに移ります」

「はい」

滝の指示に従い、部員たちは楽譜をめくる。休日練習の合奏は、ほとんどが基礎練習に充てられた。普段は基礎合奏の指揮を生徒に任せている滝だが、合奏に慣れていない一年生部員がいるということもあり、今日は最初から指導に当たっている。経験者の一年生が早々に合奏に加わっている一方、初心者の部員たちは先輩のあいだに挟まれるようにして座らされていた。合奏の流れを理解できるようにという配慮だが、やや手持ち無沙汰なようにも見える。

「三、四」

パーカッションの規則正しい音に合わせ、久美子は楽器に息を吹き込む。スケールとは音を高低の順番に並べたもの、つまりは音階を指す。スケール練習では、階段を一段ずつ上っていくように、奏でる音を次の音へと移していく。さまざまな調《ちょう》のスケール練習を繰り返し行うことで、体感的に音の感覚をつかめるようになるのだ。

「基礎練習は、ただ漫然と吹いているだけでは身につきません。息使い、音の形、周囲の空気。それらを感じ、ひとつのフレーズとして音楽を作ることを意識しましょう」

「はい」

「ハーモニー練習も同じです。いま自分がなんの役割を担っているのか、それを意識してください。例えばここ、和音になっていますね」

滝がコツコツと譜面を指で叩く。葉月がびくりと肩を震わせたのは、こうした理論が苦手だからだ。さつきが同意するようにうなずき、二人は顔を見合わせて笑う。梨子の隣に座る美玲はそちらに目もくれず、無表情のまま滝の横顔を凝視している。

「まず根音《こんおん》。これが音の積み重ねの基礎、土台となるところです。そしてこの音と完全に響くように意識しながら、第五音を奏でます。第三音は、根音、第五音の響きに馴染むように注意して入らなければなりません。同じ音を出すパート以外の音もよく聞いて、まずは、しっくりくる、どこかおかしい、そう感覚的につかめる耳を目指しましょう」

滝の指導は基本的に理論に基づいて行われる。配布された基礎練習のメニューにも、その方針は色濃く表れていた。

床に着いた爪先を反らし、久美子は背もたれに背中を預ける。滝は能力のある、優れた指導者だ。ここにいる一年生部員だってすぐに即戦力となるだろう——去年の久美子たちがそうであったように。四十三。その数字を意識するたびに、久美子の背筋は薄く粟立《あわだ》つ。結果を残したいなら、部員の層は厚いほうがいい。得体の知れない不安を正論で呑み込み、久美子はまっすぐに指揮者へと向き直った。

練習が終わり、久美子は手洗い場でマウスピースを洗っていた。青空にぽっかりと浮かぶ太陽はまだ高い位置にあり、グラウンドではサッカー部の部員たちが練習試合を行っている。地面を駆ける鮮やかな紫色のユニフォームは、久美子の見慣れないデザインだ。他校のサッカー部との交流試合なのかもしれない。

「あれ、龍聖やな」

かけられた声に顔を向けると、麗奈が久美子と同じようにマウスピースを持っていた。白魚のような手が蛇口をひねると、勢いよく水が流れ出る。

「麗奈、高校サッカーに興味あるの？」

「全然。でも、この前テレビで映ってたから」

「あぁ、もしかして朝のやつ？　私も見たよ」

麗奈と同じ番組を見ていたというだけで、心が少しだけ弾む。彼女は蛇口を止めると、その口元をわずかに緩めた。

「最近、塚本とはどう？」

「えー、何いきなり」

「べつに。ただ、上手くいってんのかなと思って」

薄桃色のタオルのなかに、麗奈がそっとマウスピースを包む。まるで宝石を扱うような繊細な仕草に、久美子は目を奪われた。銀色のマウスピースの表面に玉のような水滴が張りついている。麗奈がひとなでると、柔らかな生地が水を吸って変色した。

「まあ、普通。最近はあんま一緒にいないけど」

「向こうも忙しいみたいやしな。学年代表やろ？　優子先輩が褒めてた。一年の男子部員の面倒をよう見てるって」

「あー、確かに昔から面倒見はいいタイプではあるけど」

「じゃなかったら、久美子のそばになんていられへんやろうしな」

茶化すように笑われ、頬がじわりと熱を持つのを感じた。気恥ずかしさをごまかすように、久美子は一歩足を踏み込む。睫毛に縁取られた麗奈の瞳は、黒曜石に似た艶やかな質感を持っていた。

「えっ、」

突如として響いた声に、麗奈の瞳が廊下側へと向けられた。耳がすくい上げた声は、久美子のものでも麗奈のものでもなかった。床を踏みつける上履き。すらりと伸びた長い脚。膝を覆い隠すスカートに、生地越しにもわかる痩身。たどるように視線を上げると、困惑した様子で立ち尽くす美玲と目が合った。いままさに帰るところだったのか、その肩にはスクールバッグがかけられている。

「美玲ちゃん」

久美子が呼びかけると、美玲は小さく眉をひそめた。彼女は何か言いたげにもごもごと唇を動かすと、遠慮がちな動作でこちらを指差した。

「あの、近くないですか？」

「何が？」

麗奈が不思議そうに首を傾げる。長い髪が揺れた拍子に、微かに甘い匂いがした。美玲は顔を赤らめると、いえ、と気まずそうに目を伏せる。

「お二人の距離が近いなあって思いまして」

「そうかな」

「普通ちゃう？」

確かに普段話す距離に比べて近いかもしれないが、同性同士であればこのくらい普通だろう。顔を見合わせる先輩二人に、美玲は諦めたように頭を振った。

「お二人がいいなら、それで。お邪魔してすみません」

「全然お邪魔じゃないよ。美玲ちゃんはもう帰るの？」

練習が終わったとは言え、外はまだ明るい。残って練習する一年生部員も多く、音楽室は賑わっていた。

「はい。練習はもう終わったので」

肩に鞄をかけ直し、美玲は久美子たちへと向き直った。彼女が長い前髪をかき上げると、そこから涼やかな両目が現れた。クールな印象を与える顔立ちに、可愛らしいという形容は不似合いだった。

「では、お疲れ様でした」

「うん、お疲れ。また明日ね」

ぺこりとその場で頭を下げ、美玲は廊下を突き進んでいく。奥へと消えていくその華奢な後ろ姿は、わずかな力で簡単に折れてしまいそうだった。心臓が無性にざわつく。口内に広がる苦々しさをごまかすように、久美子は大きく息を吐き出した。

「美玲ちゃん、いつも早く帰るんだよね」

「平日も？」

「うん。まあ去年まではみんなそうだったし、だからどうってこともないんだけど」

吹奏楽部では部活に参加しなければならない時間はきちんと決まっており、それ以外の時間をどう過ごすかは本人の自由だ。朝早くから自主的に練習する者もいれば、ミーティング開始時刻ギリギリに音楽室に駆け込んでくる者もいる。学校生活は部活のためだけに存在しているわけではない。そんなこと、誰だって理解している。

「でも、気になってるんやろ？」

うつむいた久美子の顔を、麗奈が下からのぞき込む。目が合い、思わず久美子は苦笑した。麗奈に隠しごとはできない。窓枠に手をかけ、久美子は脚を交差させる。握ったままのマウスピースは、体温のせいで生ぬるかった。

「さっちゃんがね、残って練習するタイプなの。もともと人懐っこい性格だし、初めて会ったときから葉月と仲良くて、それに残って練習するもんだからほかの部員ともどんどん仲良くなっちゃって……まあ、それ自体はいいことなんだけど、でも、」

「そうなるとあの子が孤立しちゃう。そういうこと？」

事情は察したとばかりに、言葉の続きを麗奈が引き取る。彼女の口から孤立という単語が出ると、なんだか落ち着かない気持ちになった。

「葉月もさっちゃんも、もちろん、梨子先輩も卓也先輩も、みんなそんなことは望んでないよ。でも、美玲ちゃんが勝手に一人で追い詰められてるような気がして、なんか心配になっちゃって……。低音に居場所があればいいなって思うんだけど、美玲ちゃんって先輩を警戒してる感じするし、私じゃなかなか近づけないんだよね」

「じゃあ、ほかの子に頼んだら？　チューバ以外にも低音の一年はいるんやろ？」

あっさりと告げられた提案に、久美子は思わず膝を打った。確かに、チューバ同士の人間関係に固執する必要なんてない。さつきがダメなら、奏にフォローを頼めばいいのだ。

「麗奈、ありがとう。なんとかなりそう」

素直に礼を言うと、麗奈は穏やかに微笑した。

「べつに、大したことは言ってへんから」

その響きの柔らかさに、久美子はなんだかこそばゆい気持ちになった。まさか、麗奈から人間関係の助言をもらう日が来るなんて。感慨にふける久美子の腕を、麗奈が強く引っ張った。窓から吹き込む春風が、長い黒髪を翻す。

「ほら、早く練習しよ」

見慣れた紺色のスカートが揺れる。胸元に留まる純白のリボンは、羽ばたく直前の蝶《ちょう》に似ていた。


新入部員たちを受け入れてから、かれこれ十日が経過した。一年生たちは徐々に新しい生活に馴染み始め、初対面だった部員たちとも関係を深めるようになった。人間関係は複雑さを増し、信憑性《しんぴょうせい》の怪しい噂話《うわさ》もちらほらと耳にするようになってきた。例えば、トロンボーンの一年生が塚本秀一に恋をしている、なんて噂を。

「先輩、顔が怖いですよ」

からかいの混じった声が、久美子の耳をくすぐる。はたと気づいたときには、すぐ間近に奏の顔が迫っていた。とっさに身をのけ反らした久美子に、奏は落ち着き払った口調で尋ねた。

「先輩が呼び出したのに、どうしてそんなに驚いているんです？」

「いや、気配を感じなかったから」

「それぐらい物思いにふけっていらしたんですね。あまりに反応がないので、寝ているのかと思いましたよ」

「ごめんね。ちょっと考えごとしてて」

久美子が奏を呼び出したのは、音楽室から離れた位置にある階段の踊り場だった。屋上へつながる扉は封鎖されているため、滅多に人はやってこない。人に聞かれたくない話をするには打ってつけの場所だ。階下にはクラリネットパートの練習室があるが、聞こえてくるのは合唱部のような歌声ばかりだった。おそらく、読譜の訓練のためにソルフェージュを行っているのだろう。

「それで、私に頼みたいこととはなんです？　わざわざパート練習の時間に呼び出したということは、何か重要なお話なのだと思いましたが」

「あぁ、それなんだけどね。じつは――」

「もしかして、塚本先輩の件ですか？」

予想外の話題に切り込まれ、久美子は言葉を失った。開きかけの口が、餌を求める鯉《こい》のようにパクパクと意味もなく上下する。その間、奏は笑顔を崩さないまま、楽しそうにこちらの様子をうかがっていた。

「な、」

「な？」

「なんで奏ちゃんがそれを？」

やっとのことで発した問いかけに、奏は平然と答える。

「廊下を通ったときに、塚本先輩がサックスの瀧川先輩にからかわれていたのを聞いたからですよ。黄前に言いつけるぞ、と。そこでお二人はそういう関係なのかとピーンと来まして」

「いや、ピーンとか言われても」

慌てる久美子を、奏は笑顔でなだめる。

「安心してください。口は堅いほうなので。あと、一年生の葉加瀬《はかせ》みちるが塚本先輩を好きという噂は、真っ赤な嘘ですよ」

「え、嘘なの？」

「ええ、嘘です」

はっきりとうけがわれ、久美子はその場で脱力した。なんだよー、と階段に座り込む久美子の隣で、奏がレースのハンカチを敷いている。階段へ直接座ることに抵抗を覚えるらしい。

「確かに彼女は奏者としては塚本先輩に憧れてるみたいですが、恋愛対象ではないそうです。そういうのじゃない、ときっぱり断言していました」

そこまで完全に否定されると、それはそれで少し嫌だ。湧き上がる感情は複雑すぎて、自分のなかで処理するまでにはいくらかの時間が必要だった。

気分を切り替えるように背筋を伸ばし、久美子は奏と向き合う。

「貴重な情報をありがとう。今日の夜はもやもやせずに済みそうだよ」

「いえいえ、先輩のお役に立てたなら幸いです」

「でも、その葉加瀬さんの情報はどっから聞いたの？　友達？」

「いえ、本人から。こう見えて、友人は多いほうですので」

澄ました顔でこうした発言ができるのが、この後輩の食えないところだ。十日間の交流を通じて、彼女がひと筋縄ではいかない性格をしていることは久美子も痛いほど理解していた。

「それで、黄前先輩が私にお願いしたかったこととは、なんなんです？　まさか、本当に塚本先輩の件で呼び出したわけではないですよね？」

わずかに疑いの混じった眼差しを向けられ、久美子はすぐさま否定する。

「いやいや、違うって。そもそも、秀一の話とかいまはどうでもいいんだよ」

「そうですか。先輩が私情で後輩を振り回すような人ではないとわかってほっとしました。では、いったいどんな頼みです？」

「美玲ちゃんの件」

その言葉だけで、聡《さと》い彼女には粗方の予想がついたようだ。膝の上で両手を重ね、奏は「なるほど」とその口端を吊り上げた。

「せっかく部活に入ったのに、美玲ちゃんってまだ低音に馴染めてない感じでしょ？　さっちゃんは美玲ちゃんのことを慕ってるけど、当の本人はそれをうれしく思ってないみたいだし。奏ちゃんがそれとなーくフォローしてあげることってできないかな。相談できる友達がいるだけでも、美玲ちゃんの気持ちは楽になるだろうし」

「……要するに、私に美玲さんと友達になれということですね？」

「まあ、ざっくり言うとそういうこと」

階段の下から、クラリネットの音が聞こえる。この荘厳で神々しい旋律は、バッハの『主よ、人の望みの喜びよ』だ。滝の配布した基礎練習曲のなかには、こうした讃美歌、いわゆるコラールが多く混じっている。コラールの練習はハーモニーやフレーズのつながりを強く感じさせるため、音楽の質を高めるのに非常に効果的だった。

高窓から差し込む光が、奏の輪郭を優しくなぞる。可憐《かれん》に微笑むその横顔は、慈悲深い天使のようにも、あるいは企みを隠す悪魔のようにも見えた。

「わかりました。そのお願いを引き受けましょう。もともと、私も美玲さんとは親しくなりたいと思っていました。それで先輩のお役に立てるなら一石二鳥です」

「本当？　よかった」

安堵に頬を緩めた久美子の目の前で、奏がピンと人差し指を立てる。ただし、と彼女はしっかりとした口調で言った。

「こちらからもひとつ条件があります」

「条件？」

身構える久美子に、奏は鷹揚《おうよう》にうなずいた。階下からはいまだに讃美歌の音が聞こえている。奏は身を乗り出し、真意を問うかのように久美子の両目をのぞき込んだ。間近に見る奏の瞳は、朝焼けに光る湖畔のように、どこまでも澄み渡っている。知らず知らずのうちに、久美子の頬の筋肉がひくりと引きつった。

「条件って、何？」

喉を震わす久美子に、奏はその双眸《そうぼう》を弓なりに細める。瑞々しい唇が、吐息混じりの声を紡いだ。

「それは――」

「今日はこうしてわざわざ時間を作ってもらって、とってもうれしいです。ありがとうございまーす！」

銀色に光るスプーンが、ぐつぐつと匂い立つミートソースのなかに沈む。伸びるチーズが糸を引き、その断面からはターメリックで色づけられた黄色の米がのぞいている。目の前の後輩はスプーンにかぶりつくと、ドリアの味を堪能するように幸福そうに瞼を閉じた。

「いやあ、まあ、それはいいんだけどね」

オムライスを口に運びながら、久美子は曖昧な笑みを浮かべる。

オーボエパートの一年、剣崎梨々花《けんざきりりか》。胸まで伸びた髪は緩やかに螺旋《らせん》を描き、その前髪は無造作に後ろへとまとめられている。ブラウンに近い色味のせいか、一見するとパーマを当てたようにしか見えない髪は、生まれつきのものらしい。目、鼻、口。それぞれのパーツは際立って整っているとは言えないが、全体的な配置の絶妙なバランスが彼女を美少女に仕立て上げていた。

「剣崎さんは、奏ちゃんと仲いいの？」

「えー、剣崎さんなんて、気を遣わないでくださいよー。私のことは、梨々花でいいですよ。それか、リリリンでもＯＫでーす」

「あ、うん。……じゃあ、梨々花ちゃんって呼ばせてもらうね」

「わー、なんか仲良くなったって感じでうれしー」

顔の横で両手を広げる梨々花に、久美子はどっと疲労感を覚えた。ファミレスに足を踏み入れてからというもの、ずっと彼女のペースに翻弄されっぱなしだ。

「で、先輩さっきなんて言いましたっけ？」

「奏ちゃんと仲いいのかな？　って」

「あぁ、そうでしたそうでした。めっちゃ仲いいですよー。同じクラスだし。奏ってすっごい顔広いから、吹部の一年の子についてはほとんど網羅してるんですよ。最初に話しかけてきたのも向こうからだったし」

　奏の意外な交友関係に、久美子は内心で感嘆の声を漏らす。友人は多いという本人の談は、どうやら本当のようだ。

「それにしても、奏が本当に久美子先輩を連れてくるとは思ってなかったです。確かに私、久美子先輩に相談したいって愚痴ったことはあったんですけどー……奏のやつ、いったいどんな荒業を使ったんです？」

「荒業なんてそんな。後輩の相談に乗るのは先輩の役目だから。それに、私は一年生指導係だし」

　もっともらしいことを口では言っているが、久美子がこの場にやってきたのはまさしく奏が理由だった。オムライスを咀嚼《そしゃく》しながら、久美子は先ほどの奏とのやり取りを思い返す。美玲のフォローをしてくれ。そう頼んだ久美子に交換条件として奏から提示されたのが、一年生部員である梨々花の相談に乗ることだった。こうして半ば強引に相談の場を設けられたわけだが、肝心の梨々花に深刻に思い悩んでいるような雰囲気はない。ドリアに続きハンバーグを頬張る彼女を見ていると、その細身のどこに食べ物が収納されていくのか不思議に思う。

「それで、梨々花ちゃんは私になんの相談がしたかったの？」

「それなんですけどー、鎧塚先輩についてなんです」

「みぞれ先輩？　先輩がどうかした？」

現在、みぞれはオーボエ・ファゴットというダブルリード楽器のパートリーダーを引き受けている。去年の三年生が卒業して以降、奏者がいなかったファゴットには新しく一年生部員が一人入った。オーボエのみぞれと梨々花を含めた、三年生一人、一年生二人の合計三人で普段はパート練習を行っている。

梨々花はハンバーグを切る手を止めると、ぎゅっと眉に力を込めた。ソースに濡れた唇を舌で舐《な》め、彼女は大仰にため息をつく。

「鎧塚先輩と、仲良くなれないんです」

「……はあ、そう」

愛想のない返事になったのは、勝手に身構えすぎていたせいだろう。こちらの反応に納得いかない様子で、梨々花が頰を膨らませる。

「こっちは真剣なんですよー。めちゃくちゃに深刻な問題なんです。私らにとって、鎧塚先輩は唯一の先輩なんです。オーボエ上手い！　練習熱心！　欠点は何ひとつないんですよ。でも、私らに優しくしてくれなーい！」

激しい身振り手振りで訴えられた内容のいじらしさに、久美子は口元を手で押さえた。油断すると、噴き出してしまいそうだった。

「冷たく扱われるの？」

「そういうわけじゃないですけど、なんか素っ気ないんです。話しかけてもあんまり答えてくれないし、もしかして私のこと迷惑なんかなーって思って。練習時間もどんどん気まずくなるし。でも、向こうはあんまりこっちのこと気にしてる様子はないんですよね。……私、先輩に嫌われてるんですかね」

起こった出来事を思い返しているのか、梨々花の声がどんどんとか細くなっていく。いまにも泣き出しそうな顔でしゅんとうなだれた後輩に、久美子は慌てて口を開いた。

「いやいや、そんなことないよ。嫌われてなんかないって」

「でも、」

「みぞれ先輩は、もともとちょっと変わってるから」

「そうなんですか？」

梨々花の表情が、わずかに明るさを取り戻す。そのことにほっとし、久美子はグラスに浮いていた氷を口に含んだ。ゴクンとその塊を飲み込むと、体内の管を冷ややかな感覚が走り抜ける。

「先輩はね、かなりの人見知りなの。警戒心が強いというか、誰かに好意を持たれることに慣れてないんだ。でも、梨々花ちゃんがそうやって話しかけていけば、きっと少しずつ心を許してくれると思う。みぞれ先輩と仲良くなるのに必要なのは、根気だよ、多分」

「それ、久美子先輩の経験談ですか？」

尋ねる声音には、なんの含みもなかった。好奇心に基づくシンプルな問い。久美子は一度頬をかき、意味もなくオムライスの残りを皿の端にかき集めた。なんだか照れくさかった。

「まあ、そういうことになるね」

「なーるほど！　じゃあ、私も頑張れば希望はあるということですね！」

よかったー、と梨々花はソファーの背もたれへと倒れ込む。安心するのはまだ早いような気がするが、上機嫌な後輩に水を差すのもなんなので、久美子は黙ってオムライスを頬張った。バターの風味が効いたふわふわの卵とコクのあるデミグラスソースが絡み合い、とてもおいしい。お値段以上の味がする。

「久美子先輩のおかげで勇気が出てきました。やっぱり先輩に相談して正解でしたね」

上機嫌で鼻歌まで歌い出す梨々花に、久美子は気になっていた疑問を口にした。

「あのね、どうして私だったの？」

「何がです？」

「いや、相談する相手が。私以外にも、ほかの先輩たちもいるでしょう？　わざわざ私に相談したいって言ってくれたの、なんでなのかなって思って」

一年生指導係というならば、三年生の友恵のほうが頼りがいはあるだろう。それに、木管と金管には普段あまり接点がない。わざわざ金管の、それもユーフォニアムの自分に梨々花が相談を持ちかけようとした経緯が、久美子には想像できなかった。

空になった皿をテーブルの端に寄せ、梨々花はあっけらかんと答える。

「あぁ、それは吉川部長が言ってたからです」

「えっ、優子先輩が？」

予想外の名前が登場し、久美子は目を瞬かせる。あどけない笑顔を浮かべたまま、梨々花は元気よくうなずいた。

「鎧塚先輩についての相談なら久美子先輩にしなーってオススメされて。中川副部長もうなずいてはりましたよ。先輩、いろんな人に頼りにされてるんですね」

「いやあ、頼ってるというより便利屋扱いされてるだけのような気が……」

「そんなことないですって。二人からの信頼の表れですよー」

「そうかなあ」

釈然としない久美子をよそに、梨々花は残っていたピザを平らげた。膨らんだ腹を満足そうにさすりながら、彼女は久美子に甘えるような視線を寄越す。

「あの、」

「ん?」

「困ったことがあったら、また相談してもいいですか?」

梨々花が小首を傾げる。その瞳に映る光は、ろうそくの炎みたいにチロチロと不安に揺れていた。久美子はまなじりを下げると、笑み混じりに言葉を紡ぐ。

「もちろん、いつでも相談して」

「わっ、やったー。先輩、ありがとうございます」

先輩。当たり前に使われる呼び名に、久美子はなんだかくすぐったい気分になる。自分はもう、二年生なのだ。そんな当たり前の事実を、久美子はいまさらながらに実感した。


騒々しい毎日を繰り返すうちに、気づけば四月は去っていた。ゴールデンウィークという名の祝日ラッシュも、活動の多い吹奏楽部員にとっては休日練習が増えたという認識でしかない。

四分音符、三連符、八分音符、十六分音符、全音符。久美子の指揮に合わせ、音の形は四拍ごとに変化した。それをワンセットとし、一音ずつ上げていく。一年生部員だけで合奏をする場合、久美子は必ずこの練習を取り入れさせるようにしていた。

「次、十七番です」

「はい」

音楽室に集められた一年生部員たちは、全員が吹奏楽経験者だ。未経験者の部員たちは別室で友恵から楽譜の読み方についての指導を受けている。去年まではそれぞれのパートで未経験者の面倒を見ていたが、今年からは音楽の基礎知識に関してはまとめて友恵が指導を行うこととなった。そうすればパートごとに知識の偏りが出ることもなくなるし、何より効率がいい。

「……三、四、」

久美子の手の動きに合わせ、パーカッション部員がスネアドラムにスティックを落とす。小型の太鼓の底面には、細い金属線が膜に接するように張られており、上面に刺激が加えられるたびにビリビリと振動する。リズムの刻む音に合わせ、音色は半音ずつ変化していく。上昇、下降。八分音符で奏でられる音の階段は、そのすべてがスタッカートだった。

「音の形を意識してください。出したいと思ったタイミングで自分の音が出ているのか、音の粒がきっちりとそろっているか。なあなあで吹くのではなく、練習メニュー一つひとつの目的をしっかりと考えましょう」

「はい」

久美子の指示に従い、一年生部員たちは素直に指定された番号の楽譜を演奏する。最初のころは人前で話すたびに緊張していた久美子だったが、何度も指揮を振っているうちに視線を浴びることにも慣れてきた。低音パートの座席をちらりと見やると、奏が真面目な表情で楽譜と向き合っている。視線を手前へと動かすと、フルートパートの一年生部員が何やら楽しげに顔を寄せ合っていた。注意の意図を込めてじっとそちらに眼差しを注ぐと、彼女たちは慌てたようにその場で居住まいを正した。

皆の注目が自分に集まったことを確認し、久美子は指導用の楽譜ファイルをめくった。

「次、『ふるさと』やります」

「はい」

部員たちが一斉に楽譜ファイルをめくる。ほかの場所よりも一段高い指揮者台の上からは、いろいろなものがよく見える。これが、滝の普段見ている風景。ちらりとトランペットパートに目を向けると、小日向夢が落ち着きのない様子で眼鏡のフレームをいじっていた。

久美子はパーカッション部員を一瞥すると、下ろしていた手を頭上に掲げた。す、と皆が音もなく楽器を構える。緩慢に宙を眺めていた双眸たちが、一点に集中する。

流れる緊張感に、久美子は力の抜けていた口元を無理やりに引き締めた。

「はい、じゃあこっち金管ね。測定前にパート名と名前を申告して」

キビキビと発せられる友恵の指示に、一年生たちが続々と動き出す。第二視聴覚室を貸し切って行われたのは、一年生部員のための衣装合わせだ。サンライズフェスティバルで使用されるパレード衣装は、毎年三年生部員たちが決めることになっている。今年は北宇治のトレードマークである青いジャケットはそのままに、女子部員は白のスカート、男子部員はズボンを着用し、そのうえでライン入りの白のウエストポイント帽をかぶることになった。衣装は採寸後に配られるため、久美子もまだその実物は見ていない。

「ステップ担当の人はこっちでーす」

ひらひらと手を振る久美子のもとへ、初心者の部員たちが集まってくる。一人ひとりの服のサイズ、足のサイズを確認し、ついでに頭のサイズも測る。帽子のサイズ確認というのは意外と重要で、大きすぎるとずり落ちて楽器を吹くのに邪魔になるし、小さすぎると頭が入らない。見栄えのよさだけでなく、実用的な観点でも一人ひとりの身体に合わせた衣装を用意するのが望ましい。

男子部員の採寸は、第三視聴覚室で行われている。責任者は秀一となっていたが、はたして上手くいっただろうか。

「いやあ、黄前ちゃんお疲れー」

採寸を終えた生徒は、順番にパート練習室に戻ることとなっている。すっかり閑散とした教室を久美子がぼんやりと眺めていると、計測した数字をリストにまとめた友恵がバインダーごと手を振った。

「いえ、私は全然。加部ちゃん先輩のほうが大変だったんじゃないですか？」

「あはは、余裕余裕。こういうの、むしろ好きやから。それにしても、今年はほんまに一年の数多いなあ。予想よりも時間かかったし」

「やっぱりこの人数だと採寸もひと苦労ですね。来年も部員が増えたらどうします？」

「そのころにはうちおらんし、べつにどうもしいひんわ」

冗談混じりの言葉に、久美子はハッとする。その気さくな性格のためか、友恵が三年生であるという意識がどうにも薄れがちになっていた。

「先輩、来年には卒業なんですね」

しみじみとした久美子のつぶやきを、友恵の笑い声が弾き飛ばす。

「いやいや、さすがにしんみりするのは早すぎひん？　まだ五月やで」

「それはそうなんですけど。なんか、先輩たちのいない吹奏楽部って想像できなくて」

「そんなん、うちも想像できひんかったよ。だって、うちらが入学してからずっと、トランペットパートに香織先輩たちがいるのは当たり前やったし。その状態が普通やと思ってたから。だから、自分より上の先輩がおらんのって、なんか変な感じ」

自嘲染みた笑みを口端にのせ、友恵が肩をすくめる。寂寥《せきりょう》のにじむその横顔に、久美子は黙したままでいる。皮膚にまとわりつく静寂のヴェールは、決して不愉快なものではなかった。

室内に満ちた静けさを打ち破ったのは、友恵が吐いた大息だった。彼女はバインダーを脇に抱え直すと、いつもどおりの溌剌《はつらつ》とした笑顔をこちらに向けた。

「ま、最高学年って楽しいことも多いけど。先輩に気ぃ遣わんでいいし？　衣装だってこっちで決めれちゃうもんねー」

「でも、その分大変なことも多いんじゃないですか？　初心者のサポートとかも、ほとんど先輩に頼りっ切りになっちゃってますし」

一年生指導係の仕事といっても、経験者担当の久美子にそこまでの負担はない。この前のように一年生部員だけを集めて行う基礎合奏の指示を任されることはあるが、それもせいぜい一週間に一度程度だ。一方で、友恵は各パートリーダーとの打ち合わせやら、一年生部員に関するこまごまとした資料作りやらで、いろいろと裏で働いているらしい。久美子に協力要請が来ることもあるのだが、基本的には友恵が一人でその大半の仕事を片づけてしまっている。

「黄前ちゃんはさ、マジで余計な心配しすぎ。うちはほんまに大丈夫やから。むしろ、こういう皆をフォローする立ち回りのほうが好きやし、向いてるなーって感じる」

「ならいいんですけど……もし手が回らなかったら遠慮なく頼ってくださいね」

告げた台詞に、友恵は瞠目した。ぽかんと開いた口が、徐々に笑みの形へと変化していく。彼女の手が、久美子の背中をバシンと叩いた。手加減されているとは言え、少し痛い。

「なーに言ってんの。最初から黄前ちゃんのことは頼りにしまくりやって！」

へへっ、と照れたように笑うその姿に、可愛い人だなあと思う。一緒に仕事をするのが、この先輩でよかった。そう思うぐらいには、久美子は友恵を慕っていた。

サンフェス用の譜面が配られたのは、それから三日後のことだった。印刷した楽譜を夏紀が各パートリーダーに配布する。低音パートの面々がその楽譜を受け取ったのは、休日のパート練習の時間だった。

「ほうほう、今年は『アイ・ウォント・ユー・バック』かあ。緑、いまからわくわくしてきた」

題名に真っ先に反応したのは緑輝だった。求が首を傾げる。

「僕、聞いたことないです。なんの曲ですか？」

「ジャクソン5《ファイブ》っていうグループ名、聞いたことあるやろ？　この曲は一九六九年にシングルとして発表されて、その後グラミーの殿堂入りまではたした大ヒット曲やねん。邦題は『帰ってほしいの』っていうんだけど、一度聴いたら絶対にわかると思う」

緑輝の言葉に応じるように、夏紀がその場で英語の歌詞を口ずさむ。流暢な発音に加え、その歌声はかなりパワフルだ。梨子がぱちぱちと手を叩いた。

「夏紀は相変わらず英語の歌が上手いねぇ」

「発音いいの、歌のときだけやけどな」

卓也の指摘に、夏紀はフンと鼻を鳴らす。

「ええやんべつに。洋楽好きでずっと聞いてたら、こうなったってだけやし」

「英語のリスニングで役に立ちそうですね」

「いや、聞き取りとかは全然無理。歌えるだけ」

久美子の言葉にも、夏紀の反応は素っ気ない。脚を組み直し、彼女はいつものように頬杖をつく。ふう、と吐き出されたため息は、アンニュイな響きを帯びていた。

楽譜をしげしげと眺めていたさつきが、ひらめいたように手を打った。

「さっきの夏紀先輩の歌でなんの曲かわかりました。よくＣＭで流れてる曲ですよね？　お母さんがたまに車のなかでかけてます」

「さっちゃんとこも？　うちもお父さんがよう聞いとるわ。マイケル・ジャクソン好きやったらしくて」

「じゃあ、葉月先輩も洋楽とか聞かはるんですか？」

「いや、全然。何言うてるかわからんもん」

「ですよね。うちも全然聞き取れないです。でも曲の雰囲気とかは好きです」

「それめっちゃわかるわー」

盛り上がるさつきと葉月を、美玲が遠巻きに眺めている。応援を求めてちらりと奏のほうを見やると、彼女は呑気に譜面に目を通していた。

「そういえば、求くんってパレードのときはどうしてたん？　緑は毎回ガードとして参加してるけど」

緑輝が思い出したように顔を上げた。コントラバスは移動しながらの演奏ができないため、パレードやマーチングの場合はたいてい別の役割を振られることが多い。緑輝の場合は、もっぱらカラーガード担当となる。カラーガード、通称ガードは、フラッグなどの手具を用いて視覚表現を行うパートのことだ。

「僕もガードやってましたよ。旗もやらされましたし、それ以外もいろいろと……」

昔を思い出しているのか、求の視線の先は遠い。それ以外とはいったいなんだろう。

好奇心を刺激されたが、求のどんよりとしたオーラが追及することを許さなかった。

緑輝がうれしそうに両手を合わせる。

「じゃあ、今回のサンフェスでは緑と一緒にガードやね！　緑、仲間ができてうれしい！　これから一緒に頑張ろうな！」

ありがたい先輩のお言葉に、求は顔を赤らめた。先ほどまで死んだ魚のようだった両目は、いつの間にか煌々《こうこう》と輝いている。

「はい！　緑先輩の足を引っ張らないよう頑張ります」

二人のやり取りを生ぬるい目で見守っていた葉月が、ふう、と息を吐き出す。昂ぶる気持ちを抑えようとしているのか、彼女はぎゅっと手のひらで胸を押さえつけた。

「北宇治やと毎年、初心者の子らはポンポン持って歩く謎ステップってのをやらされんねんけどさあ。うちも去年、その担当やってん。でも今年はみんなと一緒に吹きながら歩けるから、それがうれしいわ」

「ほんまやね。葉月ちゃん、去年は吹かんかったし」

「ステップ練習、こけてたしな」

「後藤先輩はなんでそんな恥ずかしいことまで言っちゃうんですか！　一年にかっこ悪いとこ知られたくないのにー」

じたばたとあがく葉月に、さつきが満面の笑みで言い切る。

「大丈夫ですよ。うち、どんな葉月先輩も大好きですから」

「おお、なんてうれしいことを言ってくれるんや」

葉月は感激したように声を震わすと、勢いよく両腕を広げた。

「さっちゃん！」

「葉月先輩！」

ひしっと強く抱き締め合う二人に、卓也がなんとも言えない顔をしている。仲良しさんやなぁ、と微笑む梨子は、そのまま身体ごと美玲のほうを向いた。いきなり注目を浴び、美玲の肩がびくりと震える。

「美玲ちゃんはパレード経験者？」

「はい。中学のときにもこうした機会はあったので」

「じゃあ、今年はチューバの子ら全員で吹けるんやね。うち、美玲ちゃんと一緒にパレードできるのうれしいな」

「梨子先輩……」

強張っていた美玲の頬が、ほんの少し緩んだ。一文字に結ばれていた唇が、うっすらと開く。と、そのとき、さつきが屈託のない声音で言った。

「うちも、みっちゃんと演奏できるのうれしい！」

開きかけていた心の扉が、一瞬にして閉じていく。その切れ長な目から、すとんと感情が抜け落ちた。無表情のまま、美玲はさつきから顔を逸らす。あからさまな拒絶に、さつきは眉を曇らせた。

「美玲、」

なだめるように響いた声の主は、奏だった。譜面から視線を外し、奏は頬に触れる黒髪を指先で払う。緩慢なその仕草は、世間的には優雅と評される類いのものだった。美玲がわずかに顎を引く。

「ごめん」

美玲が口にした謝罪が、どういう意味を持つのかはわからない。困惑を隠せない面々のなかで、唯一、奏だけがその口元を綻ばせた。

「謝らんでいいって。それより、今日は一緒に帰ろ。行きたいところあるんやけど」

普段から丁寧すぎる敬語を崩そうとしない彼女にしては、ずいぶんと砕けた口調だった。敬語のイメージが強すぎるせいで、奏が普通に話しているだけで違和感を覚えてしまう。心の距離。同学年の部員に対して敬語で話すのはそれが理由だと、以前奏は言っていた。だとすると、いまの奏は美玲に心を許しているのか。それともこの状況は、久美子が奏にフォローを頼んだことにより発生したものなのか。

「べつに、付き合うけど。……奏の頼みなら」

美玲がうなずく。その頬がうっすらと赤らんでいるのは、彼女が奏を満更でもないと思っている証だろう。

「えー、二人ともいつの間にそんな仲良くなったん？」

唇をとがらせるさつきに、奏が澄ました顔で答える。

「前々からこんなものですよ」

「絶対うそやん。奏ちゃん、うちにもため口で話してよ。同じ一年やねんし、のけ者にされるのは嫌やな」

「べつに構いませんが」

「その言い方がだめ。ため口って言ってるやん」

むっと上目遣いに、さつきが奏の顔を見上げる。奏は観念したように額を押さえると、笑顔を崩さないまま深く息を吐き出した。

「わかった。さつきとも敬語じゃない言葉で話すことにする」

「ほんまに？　約束やで？」

「ええ、もちろん」

念を押すように、さつきは何度も約束という言葉を口にした。その瞳が、おもむろに美玲の姿を捉えた。

「うち、みっちゃんとも仲良くしたいよ。小学生のときみたいに」

その声は、どこまでもまっすぐだった。悪意のない、彼女の素直な心根を反映したような言葉たち。向けられた感情から逃れるように、美玲が目を伏せる。さつきの物言いは、よくも悪くもストレートすぎる。好意を露骨ににじませた彼女の声は、美玲にとってはわずらわしいものなのかもしれない。

「……知ってる。でも、その必要があると私は思わない」

吐き捨てられた言葉に込められたものは、決して拒絶だけではなかった。旧懐、嫌悪、恐怖、嫉妬……そして、ほんの少し混じる自責の念。にじむ感情は複雑に入り混じり、美玲の真意を覆い隠す。

流れる剣呑《けんのん》な空気に耐え兼ねてか、葉月がおどけたような声を出した。

「まあまあ、美玲ちゃんもそんな言い方せんでもさ。せっかく二人は幼馴染みなわけやし——」

「葉月先輩には関係ないですよね」

苛立ちをむき出しにした声に、葉月が言葉を詰まらせる。美玲はぐしゃりと自分の前髪を握り潰すと、仰々しく息を吐き出した。

「すみません、失礼な言い方でした。私、マウスピース洗ってきます」

立ち上がり、美玲がその場をあとにする。奏は「監視しておきますね」と久美子に耳打ちすると、まるで影のように美玲の背中を追いかけた。

「まあまあ、さっちゃん。元気出しなよ」

その場でうなだれる後輩を、葉月が懸命に励ましている。一年生が入部してかれこれ一カ月近くたつが、さつきと美玲の確執は、改善されるどころか、ますます悪化しているようだった。


夜の公園に、ほかに人影はなかった。外灯の下にぽつんと置かれたベンチに、久美子と秀一は並んで座る。付き合い始めてからというもの、二人が部内で顔を突き合わせる回数は格段に減った。交際のせいで周囲に気を遣わせるのは申し訳ないので、部活中の接触は控えようと話し合って決めたのだ。

「今日さ、久美子の母さんにエレベーターのとこで会った」

「うそ。なんか言ってた？」

「いや、世間話しただけやけど。でも、どう考えても勘づかれてるよな」

「あー……」

秀一が缶ジュースのプルタブを引く。プシュッと炭酸の抜ける音が、二人の足元を転がっていく。久美子が秀一と付き合い始めたことは、もちろん家族には言っていない。理由は至極単純で、報告するのが恥ずかしいからだ。

「そういえば秀一、トロンボーンの後輩と噂になってたよね」

ふと思い出したことを口に出すと、秀一は勢いよくジュースを吹き出した。やめてよ、と顔をしかめながら、久美子はティッシュを差し出す。秀一は素直にそれを受け取り、濡れた箇所を拭き始めた。

「そこで動揺するの？　怪しい」

「いやいや、お前がいきなり変なこと言うから」

「だって、噂になってたのは事実じゃん」

「ガセに決まってるやろ」

「それはもう知ってる。優秀な後輩が教えてくれたから」

澄ました顔で答えると、秀一の肩の力が抜けた。ジャージのズボンにジュースがかかってしまったようだが、目立たないから問題ないだろう。

「こえー。罠に引っかかった」

「勝手に引っかかるほうが悪いでしょ」

「これだから怖いねんて」

ぼそりとつぶやかれた台詞に、久美子は秀一の太ももを叩いた。いてっ、と彼が大仰に身をのけ反らせる。本当は痛くないくせに。

「低音の優秀な後輩ってさ、コントラバス？」

「いや、ユーフォの子だよ」

「なんや。求じゃないんか」

「秀一、求君のこと知ってるの」

「そりゃ知ってるやろ。同じ男子部員やねんから」

そういえば、以前に麗奈が話していた。二年生の学年代表である秀一が、男子部員をまとめていると。衣装の採寸は男子部員だけで行われていたし、秀一と求が顔見知りでもなんらおかしくはない。

「ってか、名前呼び？」

「だってアイツ、苗字で呼ぶなオーラがすごいねんもん」

「秀一でもダメか。求君、どういうわけか苗字で呼ばれるのが嫌みたいで」

「川島みたいなもんか？」

「いや、緑とはまた違うケースだと思うけど」

自分の名前に対する感情は、きっと人それぞれだ。本人が嫌だと言うのならば、それを無理強《じ》いするつもりはない。

秀一はジュースを持った手を膝に置くと、あー、とうなりながら空を見上げた。

「求って、いろいろ難易度高いよな。ぼけーっとしてるし。まあ、顔はいいけど」

「すごく綺麗な顔してるよね。本当に女の子みたい」

「本人はそう言われるの嫌みたいやけどな」

「そうなの？」

聞き返した久美子に、秀一は困ったように頭をかいた。

「男らしくなりたいらしい。背が低いのもコンプレックスらしくてさ、身長の話になったらやたらと食いついてきた」

「あー、求君って奏ちゃんと同じぐらいの身長だもんね」

「これから伸びるとは言っといたけど、あんま納得はしてなかったな」

そのときの会話を思い出したのか、秀一がくすりと笑みをこぼす。久美子は手のなかにあるペットボトルを弄びながら、二人が話している光景を想像した。緑輝以外の前では生気を感じさせない求のことだ。おそらく秀一に対してもあの脱力し切った対応を見せたのだろう。

「……秀一、よく求君と意思疎通できたね」

「いや、そりゃできるやろ。人間相手やねんからさ」

しみじみとつぶやく久美子に、秀一は呆れたような顔をした。こうした何気ない瞬間に、自分との精神構造の違いを実感する。彼の他者に対する寛容さは、久美子には到底真似できないものだった。

サンフェスの本番が近づき、グラウンドでの練習が始まった。学校指定のジャージの上に、久美子は黒のTシャツを着ている。この時期になると屋外での練習が続くため、毎日体操服を着用していては洗濯が間に合わない。そのため、Tシャツやスポーツブランドのジャージなどで練習に励んでいる部員も多かった。

「五メートル八歩。歩幅をきちんと意識してください。前の人、横の人、列の流れをちゃんと見て」

「はい!」

ホイッスルを首から提げた優子が、険しい顔で叫んだ。部員たちは楽器を持たない状態で、延々とグラウンドの外周を歩かされている。三列ずつに並んだ部員たちは、まるで軍隊のように乱れなく足を動かす。行進の練習でもっとも重要なのは、歩幅の統一だ。五メートル八歩。マーチングの基本ルールを、部員たちはいままさに身体に叩き込まれている最中だった。

「一、二、三、四、五、六、七、八、」

口の前で両手を組んだまま、ホイッスルの音に合わせてカウントを繰り返す。腕から肘にかけて、三角形の形を意識する。顔は正面を向いたまま、口の位置がぶれないように腕は絶対に動かさない。踏み出す足は踵《かかと》から。隣の部員の肩と自分の肩が直線になるよう、つねに周囲を視界に捉えておく。

ピーッ、とホイッスルが鋭い音を鳴らし、そこで歩行練習はひとまず終わりとなった。疲労の色を隠せない部員が多いなか、物足りなさそうな顔をした一年生部員もちらほらと見受けられる。おそらく、強豪校出身の生徒たちだろう。

「じゃあ、いまから十分休憩を取ります。その後、楽器を持って集合してください」

「はい！」

優子の指示を受け、列を成していた部員たちは一斉に散っていった。痛くなった背中をほぐすように、久美子はその場で伸びをする。頭上に広がる空は、膜を張ったようなぼんやりとした青色に満たされている。流れる雲は頼りなく、息を吹きかければたちまちに消え去ってしまいそうだ。

「次、楽器持ちながらやって。腕つりそう」

気だるげに目を細めたまま、夏紀がひらひらと腕を揺らす。学校指定のジャージは肘までめくられ、押し込められた袖口からは滑らかな肌がのぞいていた。陽の光を存分にまぶした皮膚は、微かに赤くなっている。

「地味にユーフォって重いですよね。いっそ肩に担げればいいのに」

「マーチングタイプ？　あれかっこええよな。バズーカみたいで」

「北宇治にはあのタイプはないんですよね。私が小学生のころはありましたけど」

「基本は座奏しかせんからなあ」

ユーフォニアムのなかには、マウスパイプを入れ替えることで座奏とマーチングの両方に対応できる楽器もある。普通の持ち方の場合だと腕の力だけで楽器を支えなければならないのに比べ、左肩で担ぐタイプは負担を分散できるというメリットがある。

「あっつい。死にそう」

地面に座り込み、風を取り込むように夏紀がシャツをパタパタと動かす。開きすぎた襟ぐりからは、下着の紐が見えていた。滴る汗が額を伝い、彼女の睫毛に吸い込まれる。久美子はその隣に腰を下ろすと、太ももを引き寄せ、その場で三角座りをした。

「あっちで練習してるの、優子先輩ですよね」

久美子がピロティー側を指差すと、夏紀は露骨に顔をしかめた。透明な空気を裂くように、白いバトンがくるくると回転しながら落下する。練習用のバトンは、ドラムメジャーのために用意されたものだった。

「アイツ、また練習してんのか。休憩時間は休めって言ってんのに」

「優子先輩、部長とドラムメジャーを兼任してるんですよね。……去年のあすか先輩みたいに」

発した声は、自然ととがめるような響きとなった。ドラムメジャーとは、マーチングバンドの指揮者の呼称だ。行進の際には先頭を歩き、バトンによって隊列に指示を出す。

「無理すんなって言ってんねんけどな。本人が譲らんくて」

嘆息を漏らし、夏紀が乱暴に自分の髪をかき混ぜる。かき集めるようにしてひとつに束ねられた彼女の頭髪は、あっという間にぐしゃぐしゃに乱れた。あー、と不明瞭なうめき声を上げ、夏紀はそのまま天を仰ぐ。久美子は地面に直接手をつくと、同じように空を見上げた。乾いた砂の粒が手のひらに食い込み、皮膚の表面にチクリとした痛みが走る。

「頼り方を知らないというか、よくも悪くも突っ走るタイプやから。ま、限界来そうになったら、ぶん殴ってでも無理に休ませるわ」

冗談めかした口調とは裏腹に、夏紀の目は笑っていなかった。優子と夏紀がひと昔前の青春ドラマのように殴り合う光景を想像し、久美子の口角は引きつった。この二人ならやり兼ねない。

「そ、そういえば、麗奈も似たようなこと言ってましたよ。優子先輩が突っ走るタイプだって」

「ふうん、高坂さんが」

グラウンドの隅では、休憩時間だというのにトランペットパートの面々が集結していた。そのなかには麗奈の姿も、そして北中出身の小日向夢の姿もあった。こちらの視線に気づいたのか、夢が小さく頭を下げる。久美子がひらひらと手を振ると、その隣にいた麗奈まで反応した。楽器室で会った際に初対面だと思って接してしまったことを、久美子はいまだ夢に謝れていなかった。

「そういや、久美子って友恵とよろしくやってんねんな?」

　にやっと夏紀の口端が吊り上がる。初心者のステップ指導を担当している友恵は、トランペットパートの集団からは離れたところにいた。ステップの習得に苦戦する一年生を、彼女は身振り手振りを交えて楽しそうに指導している。ここからは距離があるため、その内容までは聞き取れない。

「その言い方はともかく、加部ちゃん先輩にはいつもお世話になってますけど」

「あの子さ、最近どっか変ちゃう?」

「へ?」

　久美子と接するとき、友恵はいつも気さくで明るい先輩だ。端に行くにつれて上を向く眉は、彼女の内面とリンクするかのように大きく動く。砕けた口調に、気取らない態度。久美子の目に映る友恵は、四月からずっと変わっていない。

「とくにおかしいと思うところはないですけど……何かあったんですか?」

「いや、なんにも。久美子がそう言うなら、多分うちの気のせいやわ」

　ジャージに付着した砂を払い、夏紀が立ち上がる。ふくらはぎ辺りまでめくられたズボンは、有名なスポーツブランドのものだった。つるりとしたナイロン製の生地は、夏紀が膝を伸ばしたと同時に、先ほどまであった皺をあっという間に消し去った。

「加藤、足遅れてる」

「すみません！」

　卓也の指摘に、葉月が楽器ごと頭を下げる。パートごとに分かれた練習が始まって以降、すでに何度目かの指摘だった。久美子はユーフォニアムを下ろすと、地面にこすれないようベルを靴の上へとのせる。丸いベルの縁が靴越しに足に食い込むが、構えているよりはそのつらさはずいぶんとマシだった。

「鈴木さつきも、ベルが下向いてる。意識して」

「はい！」

「……もう一回。スーザだけで」

　卓也が手を叩くのに合わせ、四人はその場で足踏みする。その身体に巻きつけられた巨大な白い楽器は、スーザフォンだ。動きながらの演奏に向かないチューバのために考案されたもので、野外演奏などでしばしば使用される。真鍮《しんちゅう》製《せい》のものもあるが、重量を考慮して繊維強化プラスチック製のものを使用する団体が多い。前者はだいたい十二キロ、後者でも九キロほどの重さがある。

　スーザという楽器そのものに慣れていないのか、葉月の動きはぎこちない。太ももは高く上がっているのだが、演奏するリズムに引っ張られ、足を上げ下げするタイミングにぶれがある。さつきは演奏が長引くにつれて顔がどんどんと下を向き、それに釣られるようにベルも落ちてしまっている。スーザは正面を向く楽器だ。ベル位置の変化は些細なものでも目立ちやすい。

苦戦する葉月とさつきに比べ、美玲は楽々と課題をこなしている。演奏は安定しており、足の動きにも乱れはない。マウスピースを震わすその横顔は、あまりにいつもどおりだった。

「できてへんやつだけ抜けてやろう。加藤と鈴木さつきだけ、こっちで。ほかはユーフォと一緒に」

ため息混じりに出された指示に、葉月とさつきがすごすごと卓也のもとに寄る。二人が個人レッスンを受けているあいだ、梨子と美玲の加わった五人で歩行練習を行うことになった。久美子はユーフォニアムを構えると、ベルに空気を通すようにしっかりと息を吹き込んだ。楽器置き場にスーザを置いた梨子が、のほほんとした口調で指示を出す。

「じゃあ、うちが手ぇ叩くから、みんなで頑張ろな」

「はい」

梨子の手拍子は、破裂音に近い。見るからに柔らかそうな右の手のひらをわずかに丸め、彼女は空気を叩きつけるように左手へと打ちつけた。

「五、六、七、八、」

『八』のカウントに合わせ、久美子たちは左の太ももを大きく上げる。次に来る『二』のタイミングで、踵が地面にぴたりとくっついている状態にならなければならない。左、右、左、右。目線を一定の位置に保ったまま、久美子たちは交互に足を振り上げる。梨子がやめの合図を出し、部員たちの動きはまばらに止まった。

「夏紀、ミスが多すぎるんとちゃう？　ちゃんと暗譜した？」

梨子の問いに、夏紀はばつが悪そうな顔で舌を出した。もう、と梨子が腰に手を当てる。

「忙しいのはわかるけど、後輩に迷惑かけたらあかんよ。奏ちゃんも久美子ちゃんも、ちゃんとできてるんやから」

「ごめんごめん。覚えたつもりやってんけど、なんかポロポロと抜けちゃって」

「明日にはちゃんと覚えてきてや？」

「ほんまごめん。完璧に覚えとく。約束する」

三年生二人のやり取りを、一年生部員たちが見守っている。奏は普段どおりの人当たりのいい笑顔で、そして美玲は無表情のまま。彼女たちが内心で夏紀にどんな印象を抱いているかはわからない。だが、それがあまり芳しいものでないことだけは、はたから見ている久美子にも容易に察せられた。

「夏紀は問題ないとこだけ吹いてな。それじゃあ、もう一回」

再び梨子が手を叩き始め、久美子たちは繰り返し練習を行う。足踏みが完璧になれば、次は動きながらの演奏。難度は徐々に高くなっていくが、美玲と奏は難なく課題をこなしている。呼吸を荒くした夏紀は、汗がにじむ額を自身の二の腕へこすりつけた。その姿を、久美子は横目で観察する。

放課後練習の際に、夏紀は今回の曲の暗譜を終えていた。楽譜ファイルを閉じたまま曲の通し練習をしていたのを、久美子は何度か目撃している。にもかかわらずミスを多発しているのは、ただ単に動きながら演奏する能力が夏紀に不足しているからだ。

「中川先輩、焦らなくて構いませんのでもう少し落ち着いてくださいね。音がたまに走ってますから」

マウスピースから唇を離し、奏がにこりと笑う。その声に悪意はない。ただ、先輩に対する敬意もない。

夏紀が決まり悪そうに頬をかく。楽器を抱き締めたまま、彼女は素直にうなずいた。

「わかった」

「ならいいんですが」

二人のあいだで交わされた会話は、それだけだった。

「はい、じゃあ今日の練習は終わります。お疲れ様でした」

「お疲れ様でした」

最後の通しを終えたタイミングで、グラウンドにチャイムの音が鳴り響いた。ほかの部活動を終えた生徒たちが、昇降口からぞろぞろと姿を現す。明るかった屋外もずいぶんと暗くなり、藍色の空には薄い三日月が浮き出ている。

サンフェス前の一週間、吹奏楽部は特別に延長届けを出していた。これにより、最終下校時刻を過ぎてからも練習が可能となる。参加義務のある練習はここまでだが、本番に向けて居残り練習をする部員も少なくはなかった。

「あれ、帰っちゃうの？」

スーザをその場で下ろしていた美玲の背中に、楽器を装着したままの葉月が声をかける。美玲は目を細め、冷ややかな表情でうなずいた。

「ええ。練習はもう終わったので」

「そっか、お疲れ」

手を振った葉月に、美玲は軽く頭を下げる。お疲れーという声が、低音パートのあちこちから飛んだ。去っていく美玲を背に、葉月がさつきへと顔を向けた。

「さっちゃんは？」

「うちは残ってやります。まだ全然できてへんので！」

「お、じゃあうちも残ってやろう。一緒に特訓やな」

「おー！」

キャッキャと盛り上がる二人に、卓也と梨子が顔を見合わせる。

「うちらも残って練習しようか。二人だけやと心配やし」

「……いろいろできてへんしな」

「じゃ、うちも残ろうかな。練習足りてへんし」

仲睦《むつ》まじく並ぶ二人の横で、夏紀が肩をすくめた。「みんなでやりましょー」とさつきが朗らかに言い放つ。さつきを中心として集まる低音パートの部員たちを尻目に、久美子は離れていく美玲へと視線を移した。薄暗い視界に、彼女の華奢な背中が映る。定時に帰る彼女は、いつだって独りぼっちだ。

「黄前先輩、あっちに行かないんですか？」

いつの間に近くに来ていたのだろう。奏がすぐそばで久美子の顔を見上げていた。伸びた人差し指は、さつきたちの集団を捉えている。

「うん、まあね」

なんと応えていいかわからず、久美子は曖昧な言葉を返した。夜の空気が光を呑み込み、影色に染まった地面が皆の足元に垂れている。靴底で軽く砂をこすると、ざりざりと乾いた音がした。腕のなかにあるユーフォニアムは、なぜだか普段よりずしりと重い。

「じゃあ、私もここにいますね」

そう言って、奏は腕と腕を密着させるように久美子のそばにすり寄った。近すぎる距離に、久美子はとっさに身を引こうとした。が、それを拒否するかのように、奏の手が久美子の指先を軽くつかむ。ユーフォニアムを抱いた左腕が、動揺を隠せずびくりと震えた。楽器の表面は冷たく、彼女の手は温かい。上目遣いに、奏がこちらを見つめる。その指が、久美子の手の甲をするりとなでた。

「……だめですか？」

コトリ、と奏が小首を傾げる。可愛い。それ以外の感想を受け手から根こそぎ奪い取るような、あざとさを濃縮させた仕草だった。長い睫毛に縁取られた双眸には、小さな宇宙が詰まっている。きらめく光はまるで流星のようにまばゆく、はかない。

「い、いや、だめとかじゃないけど……」

頬が熱い。急速に、体温が上昇するのを自覚する。こちらの内心を見通すように、奏は甘く微笑んだ。薄い唇が、花のように綻ぶ。

「何を動揺してるんです？」

くみこせんぱい、と彼女は一文字一文字を区切るように発音した。そりゃ動揺するだろう、と久美子は心のなかで盛大に叫ぶ。いったい自分は何を試されているんだ。脳内は疑問符で埋め尽くされ、思考は自然と鈍る。うろたえる久美子を揶揄するように、奏はクツリと喉を鳴らした。その足が、距離を取るように一歩後退する。

「私、久美子先輩にずっと聞きたかったことがあるんです」

聞こえてくるチューバの音色が、ずいぶんと遠いものに感じた。すべての楽器の音がうすぼんやりとした雑音に思える。目に見えない透明な膜が、ほかから自分を隔離している。そんな馬鹿げた妄想が、久美子の脳裏にちらついた。

何もかもが曖昧な世界のなかで、奏の存在だけは鮮烈だった。後ろ手に組み、彼女が尋ねる。

「先輩は、さつきと美玲、どちらが好きですか？」

「どうしたの、いきなり」

選択を迫られている。そう、久美子は察した。はぐらかすようなこちらの台詞に、奏の笑顔から音もなく温度が抜け落ちる。目を弧にゆがめ、彼女はその口を小さく開けた。赤い唇の奥には、暗い闇が広がっていた。

「質問が悪かったですね。聞き方を変えます。久美子先輩は、さつきと美玲のどちらのほうが、部活を頑張っているように見えますか？」

逃がさない。そう耳元でささやかれたような気分だった。追い詰められ、久美子は息を呑み込む。探るような奏の視線は、久美子の本音を求めていた。

「……正直に言えば、そりゃあ一緒にいる時間が多いほうが好感を持てるかもしれない」

「さつきのほうが好きってことですか？」

「人間関係的な意味ではね。でも、部活的な観点で見ると、演奏能力を持ってる人が偉いとも思うよ。決まった時間のなかで成果を出すっていうのは、その人の能力が高い証でしょ。だから、どっちが好きとかないよ。後輩は、みんな好き。さっちゃんも美玲ちゃんも、私はどっちも可愛い後輩だと思ってる」

「その答えはずるくないですか」

「そう思ってもらっても構わない。でも、これが正直な私の気持ちだから」

これ以上譲歩する気はない。そんな気持ちを込めて、久美子は奏を見返した。二人の視線が真っ向からぶつかり、絡まり合う。数瞬、いや数秒の沈黙が二人のあいだに流れた。

長く続いた均衡を破ったのは、奏のほうだった。

「すみません。意地悪なことを聞きましたね」

ふ、と彼女が笑みをこぼす。弓なりに細められた瞳に、久美子は強張っていた全身の筋肉が弛緩《しかん》するのを感じた。

「べつにいいよ。ずっと気になってたんでしょ？」

「さすが久美子先輩。お心が広い」

わざとらしい賞賛に、久美子は苦笑するしかなかった。反応が不服だったのか、奏はすねるように唇をとがらせた。

「私、本当に思ってるんですよ。久美子先輩は、本当に尊敬できる方だなって」

久美子先輩は。その一文字が、無性に耳に引っかかる。だが、それを追及したところで、目の前の後輩は素直に答えてくれはしないだろう。

左腕に抱いたユーフォニアムが落ちないよう、久美子はしっかりと抱え直す。金色の楽器の表面に映し出されていたものは、頼りない自分自身の姿だった。


天気は快晴。広がる青空に陽の光を遮るものはひとつもなく、グラウンドに立つ部員たちの衣服はすでに汗で濡れていた。日光に弱いクラリネットは、楽器が割れないようにタオルで厳重に覆われている。ラッカーで塗装された楽器があちこちで日光を反射し、部員たちは何度も目をすがめなければならなかった。

「視線の向き、ちゃんと意識して。ペット、腕下がってる！」

サンフェスの本番が迫り、優子の指導にも自然と力が入る。全体練習とパート練習を交互に行うのは、体力への考慮ももちろんあるが、細かな点に対して注意力が散漫になるのを避けるためでもあった。吹きながらの外周練習を二度ほど行ったあと、部員たちはパートごとの練習に移る。

コントラバスの緑輝や求はカラーガードの面々とともに練習しているため、ここしばらく別行動だ。ユーフォニアムを右腕に提げ、久美子は手首をほぐすように左腕をぶんぶんと振る。スーザフォンほどではないとは言え、ユーフォニアムもかなり重量のある楽器だ。長く練習すると、すぐに疲れが出てしまう。

「さっちゃん、周りをちゃんと見て。飛び出てる」

「すみません」

梨子の指摘に、さつきがきゅっと唇を引き結ぶ。小柄な彼女の体格では、どうしてもほかの部員と歩幅に差が出てしまう。ただでさえ、屋外の練習は体力が削られるのだ。体力のないさつきに完璧な動きを求め続けるのは酷だろう。平日練習では大して疲れを見せていなかった美玲や奏でさえも、動きに精彩を欠いている。

「五、六、七、八」

梨子の手拍子に合わせ、久美子たちは行進を始める。マウスピースに押しつけた唇が痛い。休符の隙を縫うように、久美子は口を開いたり閉じたりした。

制止の指示に従い、部員たちは足を止める。演奏が止まったのを確認し、久美子は遠慮がちに夏紀へと声をかけた。

「先輩、右に身体が寄ってましたよ」

「マジか。次から気をつけよ」

楽器を抱えたまま、夏紀が慌てた様子で背筋を伸ばす。行進は、列と列の間隔を保ち続けることが重要だ。一人でも立ち位置が狂うと、それだけでほかのメンバーに影響が出てしまう。

「美玲ちゃん、」

スーザを装着したまま、葉月が美玲に歩み寄る。日に焼けた指が、無遠慮な動きで美玲のスーザのベルへと伸びた。あ、と久美子は思った。線引きを知らない優しさが、無自覚に美玲の地雷を踏み抜く。

「さっきからさ、ベル傾いてへん？」

その瞬間、美玲の眉間に皺が寄った。その手が、葉月の手を強く弾く。

「先輩に言われなくても、わかってますけど」

不機嫌さを隠さない声に、葉月がたじろぐ。不穏な空気を察したのか、さつきが慌ててたしなめた。

「ちょっとみっちゃん、先輩にそんな言い方は――」

「その呼び方はやめてって言ってるやろ！」

さつきの台詞を途中で遮り、美玲は声を荒らげた。その姿は普段の冷静沈着なものとはほど遠い。切れ長の目がぐらぐらと怒りに揺れる。爆発した感情を抑えるつもりは、美玲にはないようだった。練習時間中だというのに、彼女は部員たちに背を向けると、足早にその場から立ち去った。

「ど、どうしましょう。私、みっちゃんを怒らせちゃいました」

「そんなん言うたら、うちも怒らせたよ。どうする？　謝りに行く？」

うろたえる二人を、卓也が憮然とした態度で見下ろす。

「謝るって、何を？」

「それは……」

口ごもる二人に、卓也は静かに首を横に振った。

「謝ることなんて、ひとつもない。練習を続けよう」

「卓也君」

梨子がなだめるように名を呼ぶが、卓也の判断は変わらなかった。

「アイツの癇癪《かんしゃく》に付き合う必要はない」

きっぱりとそう宣言し、卓也は楽器を構え直した。梨子は心配そうに眉を垂らし、葉月とさつきは顔を見合わせる。その騒動を無言で見守っていた夏紀が、不意にこちらを振り向いた。

「ちょっと、そこのお二人さん。頼みがあるんですけど」

呼び止められたのは久美子と奏だった。夏紀は首に手を当て、ストレッチでもするように頭をぐるりと回した。面倒なことになった。でかでかと顔に書かれた本音に、久美子は乾いた笑みをこぼす。チューバの面々に聞こえないよう夏紀は声をひそめた。

「後藤ってさ、ああいうところあんねんなー。人間関係下手というかなんというか、言葉が足りてへんねん。もっと素直になればええのに」

「それ、夏紀先輩もですよね？」

ぽろりと漏れた久美子のつぶやきに、夏紀はわざとらしく顔をしかめた。

「いまはうちのこととかどうでもええねん。とにかく、アンタら二人で美玲をフォローしてやって。二人とも演奏ちゃんとできてるし、ちょっとくらい練習抜けても問題ないやろ」

ほら、と急かすように背を押され、久美子と奏は美玲を探す羽目になった。シートの上に楽器を置くと、身体がずいぶんと軽くなった気がする。ぐるぐると腕を回す久美子とは対照的に、奏は何かを考え込むようにじっとうつむいている。

「奏ちゃん、心当たりある？」

久美子が問いかけると、奏はゆっくりと面を上げた。思案げに顎をさすり、彼女は校舎を指差す。その先にあるのは、音楽室だ。

「行きます？　確証はありませんけど」

その問いに、久美子はうなずく。それ以外の選択肢は、存在していなかった。

昇降口で靴を履き替え、久美子たちが楽器室に向かう。ペタペタと靴底がこすれる間抜けな音が、二人のあとを追いかけてくる。隣を歩く奏の足取りには、一切の迷いがなかった。長い廊下を抜け、久美子たちは楽器室にたどり着いた。無人のはずの室内からは、うっすらと灯りが漏れている。ドアノブを回し、二人は楽器室へと足を踏み入れた。

人の気配のない、狭い空間。そこに、美玲は一人立ち尽くしていた。足元に転がっているのは、ソフトケースに押し込められたスーザフォンだ。日差しのなかに溶けるすらりと長いシルエットが、久美子の記憶を刺激する。長い黒髪を翻し、あすかはいつも笑っていた。本音を隠し、他者を拒絶し、そのくせ誰よりも物事を理解している。その頑丈な仮面にヒビが入った瞬間を、久美子はいまでも明確に覚えていた。

百七十センチを超えるあすかと、一年生の美玲の背丈はそう変わらない。だが、短く切りそろえられた黒髪が、あすかとの差異を明白にしている。美玲の髪は、長くない。赤い眼鏡もしていないし、銀色のユーフォニアムも持っていない。彼女はただの一年生だ。ごく普通の、女の子。

「美玲、帰るの？」

奏の呼びかけに、美玲が振り返る。鼻筋の通った、大人っぽい顔立ち。その切れ長の目が、くしゃりと音もなくゆがんだ。

「だって、ここにいたってどうしようもない」

そう、美玲は吐き捨てる。声に混じる吐息は、微かに震えていた。警戒心をあらわにした後輩に、久美子は逡巡する。何を言うべきか。どう行動すべきか。思考だけがぐるぐると空回りし、肝心のアイデアがひらめかない。

「どうして？」

「居場所がないから？」

聞こえた声は、奏が発したものだった。図星だったのか、美玲の喉が上下する。久美子の脇をすり抜け、奏は美玲のもとへと近づいた。上履きからのぞく、細い足首。黒のハイソックスに覆われたふくらはぎは、なだらかに弧を描いていた。足を止め、奏はいたずらっぽく微笑む。その人差し指が、美玲の鎖骨を優しくつついた。

「さつきはみんなにちやほやされて、先輩からも可愛がられて。なのに、自分はどうしてこうなんだろう。さつきよりも上手いのに、みんな下手くそなあの子ばかりを贔屓する。自分はさつきになれないし、あんなふうになりたくもない。でも、明るく振る舞うさつきのことを、うらやましくも感じてる」

違う？　と奏は美玲の目をのぞき込む。奏の踵が上がり、背伸びした分だけ二人の顔は近づいた。

「帰る」

「……違わない」

観念したように、美玲は小さくうなずいた。ふふ、と奏が笑みを深める。その手が徐々に持ち上がり、美玲の頬に添えられた。

「でも、私は美玲のほうが好き」

告げられた言葉に、美玲の肩がびくりと震える。揺れる瞳ににじんでいるものは、隠しようのない歓喜の感情だった。

「私も久美子先輩も、美玲のためにここに来たの。さつきじゃなくて、美玲のために」

ね、と奏は言葉を続けた。頬から手を離し、彼女は美玲の手を握り締める。

「だから、私たちに相談してよ。そしたら、きっと味方になってあげられる」

「だけど、」

美玲は気まずそうに久美子のほうを見やった。どうやら自分はまだ彼女に信頼されてはいないらしい。場違いな空気を察し、久美子は慌てて胸の前で手を振った。

「あ、いや。大丈夫。私、出ていくから。あとは二人でゆっくりと――」

「駄目ですよ。久美子先輩はここにいてくれないと」

退室しようとした久美子を、強引に奏が引き止める。

「まさか先輩、可愛い後輩を置いて出ていったりしませんよね？　そんなわけないですよね？　先輩だって、昨日美玲のこと好きって言ってましたもんね」

べつに、好きという言葉は美玲に限定して述べたのではない。正確に訂正するならば、『後輩は、みんな好き』だ。しかしいまそれを発言するのは得策ではない。反論の言葉を呑み込み、久美子は顔を上げる。こちらを振り向く奏の顔は、きっと美玲には見えないだろう。したり顔でウインクを飛ばす彼女の姿を、美玲が知らなくてよかったと思う。久美子はしぶしぶ口を開いた。

「美玲ちゃん、私でよければ話を聞かせてくれないかな。同じ低音パートの仲間だし、力になりたいなって」

奏が美玲へと向き直る。その表情は真剣そのもので、先ほどまで小生意気に笑っていた少女はもうそこにはいなかった。女優顔負けの切り替えに、久美子は内心で舌を巻いた。つながったままの手に、奏が静かに力を込める。

「久美子先輩は信頼できる相手だよ。ほかの一年の子も言ってたでしょ？　悩みがあったら黄前相談所へ、って」

「そうだよ、遠慮せず相談して……って、ちょっと待って。私、相談所なんて開いた覚えはないんだけど」

思わず突っ込む久美子に、奏は平然と答える。

「何言ってるんですか。梨々花の相談にも親身に乗っていたでしょう？　梨々花、すごく感謝していたんですよ。鎧塚先輩のことが少し理解できたって」

「剣崎さんが……」

美玲がその名に食いついたのは、久美子にとっては意外だった。だが、きっと目の前の後輩にとっては予定調和のことなのだろう。天使のような微笑をたたえ、奏が美玲の背を叩く。

「話してみなよ。そしたら、何かが変わるかもしれない」

「……うん」

奏から離れ、美玲が久美子のほうへ歩み寄る。彼女の心境の変化の、そのどこまでが奏の手のひらの上なのか。美玲の手が、壁にかけられた額縁に触れる。そこに入っているのは、去年の関西大会の写真だった。

「私、高坂先輩に憧れてたんです」

「麗奈に？」

久美子は思わず首を傾げる。美玲と麗奈。二人のあいだに接点はないはずだ。疑問が顔に出ていたのか、美玲は自嘲染みた表情を浮かべる。

「ＤＶＤで見たんです。去年、北宇治が全国に行ったとき、中学じゃ大盛り上がりで。京都代表が全国に出場したのって、本当に何年振りのことでしたから。それで、全国大会の演奏を皆で鑑賞して……。高坂先輩、一年生なのにソロだったんですよね。

堂々としてて、カッコよかった」

その気持ちは、久美子にもよく理解できた。演奏する麗奈は、いつだって凛々しく美しい。あの日、金色の楽器が奏でたソロには、自分自身に対する絶対的な自信があふれていた。

「中学で吹奏楽部に入部したとき、最初の希望はトランペットだったんです。でも、背が高いって理由で、チューバに回されて。……さつきと違って、私はチューバが好きなわけじゃないんです」

「じゃあ、どうして高校でトランペットに移らなかったの？　高校に入ってから楽器を変える子だって、珍しくはないよ」

「耐えられなかったからです」

美玲は言った。はっきりとした、迷いのない声だった。

「私、南中出身って最初に言ったじゃないですか。吉川部長や希美先輩は、私のふたつ上の先輩でした。私が一年生のとき、南中は府大会で銀賞で。その後、残ったみんなでリベンジしようって決意して、私が三年生のときには京都大会で金賞でした、ダメ金ではありましたけど。一年生から三年生まで、私、三年間ずっとAメンバーだったんです。同い年の子たちがBのときも、私だけはAでした」

演奏の上手さを決めるのは、経験年数だけではない。本人の持つセンス、練習方法、努力量、周囲の環境。多くの要因が、奏者の技術を決定する。中学一年生、まだ初心者だった美玲がAに入った陰で、涙を呑んだ先輩も確かに存在していたのだろう。

「だから、トランペットに行ってBになるのが怖かった。同じ中学だった子はAなのに、もし自分だけBだったら。そんなの、プライドが許せない。だから、チューバにしたんです。三年間のステータスを、私は手放せなかった」

ギクリと心臓が跳ねたのは、自分のなかに思い当たる節があったからだ。経験者としてのステータス。それを、これまで久美子は一度だって手放したことはない。

「葉月先輩も、さつきも、見てるとイライラするんです。葉月先輩とか、正直私より下手じゃないですか。なのに、毎日楽しそうだから。私、上手くなるためにこの学校に来ました。みんなでわいわい馴れ合うためじゃなくて、一生懸命部活ができる環境が欲しくて、この吹部に入ろうと思ったんです。なのに、毎日むしゃくしゃしてばかりで。腹を立てる自分が間違ってるって、ちゃんとわかってるんです。だからずっと冷静でいようと努力してました。けど、さっきはなんか、我慢できなくて」

美玲を縛る、凝り固まった自尊心。たった数カ月前まで、彼女は中学三年生だった。校内の最高学年だ。皆の上に立ち、指示を出すのが当たり前。後輩として扱われることはなく、先輩に頼る機会もほとんどなくなる。しかし高校に入学した途端、彼女はまた一年生となる。立ち位置はいちばん下になり、後輩としての振る舞いを強制される。先輩より能力の高い自分。先輩に可愛がられたい自分。美玲の感じる強いストレスの要因は、そこに生まれたジレンマだ。

「すみません、皆さんの練習の邪魔をして。集団の輪を乱す人間はダメだって、よくわかってたはずなんですけど」

そう言って、美玲は苦々しく口角を吊り上げた。本音を呑み込んだような、大人ぶった笑みだった。

「美玲が謝る必要なんてないよ」

奏の言葉に、美玲は目を見開いた。吐息混じりの声音は、吐き気がするほど甘ったるい。媚《こ》びを内包する奏の言動は、作り物だと頭で理解していても、惹かれずにはいられない。

「だってそうでしょう？　加藤先輩もほかの先輩たちも、みんな構うのはさつきばっかり。美玲だって頑張ってるのに、その頑張りは評価されない。残ってやってないから？　一生懸命に見えないから？　美玲はさつきよりも上手いのに、そんな馬鹿みたいな理由で評価されないなんて間違ってる。そう思うことって、本当にいけないこと？」

「評価してないわけじゃないよ」

まくし立てられた台詞を、気づけば久美子は否定していた。奏が不服げに眉をひそめたが、無視して続ける。

「いまの北宇治は、ちゃんと実力を認めてくれる学校だよ。コンクールメンバーだって、学年関係なしに選ばれる。美玲ちゃんが毎日ちゃんと練習してるってことも、みんな知ってる。葉月やさっちゃんよりも上手いってこともわかってる。美玲ちゃんが感じてるよりもずっと、みんな美玲ちゃんのことを認めてる」

「黄前先輩……」

美玲が息を呑む。唇を軽く噛み、彼女はうつむいた。あふれる感情を隠すように、美玲は強く目元をこする。その健気《けなげ》な振る舞いに、久美子はこれまでの自分の至らなさを恥じた。

社交的なさつきに比べ、美玲にはいつも壁を感じた。本音を見せず、施しを受けつけない。その扱いにくさが、周囲との軋轢《あつれき》を生んだ。もっと早く、強引にでも彼女の本音を暴いておくべきだった。プライドの高い美玲にとって、心の底にある欲求を訴える行為は難しかったに違いない。自分のことも見て、だなんて。

「みんな、美玲ちゃんと仲良くなりたいと思ってるよ。ただ、ちょっと取っつきにくいところがあるから、話しかけにくいなって思ってるだけで」

「……やっぱり、取っつきにくいって思われてるんですね」

「あ、ごめん」

どうやら図星を指してしまったようだ。うろたえる久美子に、美玲は黙って首を横に振った。鼻をすすり、美玲が顔を上げる。その目元は赤かった。

「私、どうしたらいいですかね」

途方に暮れた子供のような、いまにも消えてしまいそうな声だった。そのそばに寄り添い、奏はただ微笑する。

「何もしなくていいって。美玲は悪くないんだから」

奏が紡ぐ言葉たちは、ぬるま湯のような優しさに満ちている。そのままでいい。変わらなくていい。言外に含まれる怠惰な響きに、久美子は思わず顔をしかめた。まるで悪魔のささやきみたいだ。

「私はそうは思わないけどなあ」

久美子の発言に、奏の笑顔が凍りついた。それに気づかぬまま、美玲が落ち着いた声音で聞き返す。

「じゃあ、先輩はどうしたらいいと思いますか」

「それは……えーと、あ、みっちゃんって呼んでもらうようにしたら？　こう、ウェルカムな雰囲気を出す感じで」

「みっちゃん、ですか」

予想外の提案だったのか、美玲がキョトンと目を瞬かせる。真面目な顔で提案するのが恥ずかしくなり、久美子はごまかすように両手をこすり合わせた。

「ほら、あだ名って結構親しみやすい感じするかなーとか思うし。あと、さっちゃんが喜ぶよ。あの子、美玲ちゃんと仲良くなりたいみたいだから」

「それはまあ、知ってますけど。でも、なかなか踏ん切りがつかないというか」

左手の親指と人差し指で、美玲が輪っかを作る。手錠のように、その二本の指で彼女は右手首をくるりとつかんだ。そのまま何かを考えるように、じっと自身の手首を凝視する。数秒の間のあと、美玲は勢いよく面を上げた。腹をくくった顔だった。

「じゃあ、最初に黄前先輩が呼んでください」

「へ？」

「免疫つけたいんで」

そう言われると、こちらとしても断る理由はない。みっちゃん、か。幼さの残る愛称を舌の上で転がし、久美子はこわごわと呼びかける。

「……みっちゃん」

「ハイ」

返事は殊勝だが、その表情は苦虫を噛み潰したかのようだった。

「そんなに嫌なら我慢しなくてもいいんじゃない？」

「いえ、大丈夫です。慣れるまで繰り返し呼んでください」

先輩の提案を、美玲はすぐさま一蹴した。妙なところで律儀な性格をしている。これはこちらも覚悟を決めるしかないだろう。

「いくよ？」

「はい、いつでも」

久美子は頰を両手で挟むと、大きく息を吸い込んだ。

「みっちゃん」

「もう一回お願いします」

「みっちゃん」

「ワンモアプリーズ！」

「みっちゃん！」

後半は半ばやけくそだった。楽器室で叫び合う先輩後輩という図は、はたから見ている分にはかなり滑稽なものだっただろう。ふっ、と久美子が笑い混じりの吐息を漏らす。込み上げてくる可笑しさは徐々に膨らみ、やがては美玲にまで感染した。

「ははっ、なんかほんとアホみたいですね。真面目な顔で、こんな。ふふっ」

「みっちゃんって呼び方には慣れた？」

「慣れたっていうか、どうでもよくなりました。しょうもないことでぐちぐち悩んでたなって」

「私は、可愛い呼び方だなって思うよ。みっちゃんにピッタリ」

「ですかね」

はにかんだように、美玲は歯を見せて笑う。どこか吹っ切れたような、清々しい笑みだった。彼女はその場に膝を折ると、ソフトケースごとスーザフォンを持ち上げた。足を使って器用に扉を開き、美玲がこちらを振り返る。

「先輩も奏も、ありがとうございました。私、みんなに謝ってきますね」

「うん。頑張ってね、みっちゃん」

「はい！」

そう元気よく返事し、美玲は楽器室をあとにした。きっと、美玲はもう大丈夫だ。強情に思える芯を、しなやかに曲げる術《すべ》を身につけたから。

「はあー」

至近距離で仰々しいため息が聞こえ、久美子はその場で飛び跳ねた。そういえば、奏の存在を忘れていた。しゃがみ込んだ奏が、両手で頬杖をつく。じとっとした彼女の目つきには、明らかにこちらを糾弾する意図があった。

「先輩ってば、本当に相談に乗るのがお得意なんですね。美玲をあんなふうにしちゃうだなんて」

「いやいや、私は何もしてないよ。ただ、みっちゃんの話を聞いてあげただけで」

「聞いてあげただけじゃ、ああはなりませんよ。ほんと、失敗しました。久美子先輩ってなああに処理するタイプだと思ったから、わざわざここに残したのに」

「いやいや、そんなこと言われても。……奏ちゃんの思惑がどうあれ、みっちゃんが元気になってよかったと思わない？」

「全然思わないです。あーあ、私にはちっとも理解できないなー。なんで美玲が変わらなきゃいけなかったのか」

すねたように、奏が唇をとがらせる。冗談めかした響きでラッピングされた言葉たち。そこから突き出る鋭い棘《とげ》は、確実に久美子を突き刺そうとしている。奏は立ち上がると、壁の額縁へと近づいた。彼女が手をかざすと、写真上には暗雲が立ち込めた。

「私、美玲が相手に合わせる必要なんてこれっぽっちもないと思っています。美玲は正しいんですから、あのままでいいじゃないですか。なのに、どうしてあの子は加藤先輩に謝りに行ったんでしょう？　みっちゃんって呼ぶのを許すまでして、他者に迎合する必要はないのに」

「奏ちゃんは、みっちゃんって呼ぶのが嫌なの？」

「そういう問題じゃないんですよ」

苛立たしげに、奏は首を横に振った。普段彼女が見せる作り込んだ振る舞いとは明らかに違う、衝動に任せたような乱暴な仕草だった。他者を惑わす小悪魔的な笑顔も、真意を隠す天使のような微笑みも、いまの彼女は身につけていない。そこにあるのは、癇癪を起こした子供のような、理不尽な憤りだけだった。もしかすると、これが奏の素《す》なのかもしれない。

「私、中学生のとき、美玲と同じような状況になったんです。中二のときでした。ユーフォは私のほかにもう一人いて、彼女はすごく頑張り屋でした。誰よりも早く学校に来て練習して、誰よりも遅くまで残って練習してました。私は部活時間だけしか練習しなかったし、周りから見たら私のほうがやる気のない生徒に見えたかもしれません。でも、私のほうがユーフォが上手かった。あの子には、センスがなかった」

「そんな言い方はないんじゃない？」

「じゃあ、言い方を変えます。あの子は根本的に間違ってた。練習方法が非効率的すぎたんです」

そう、奏は明言した。強い言葉が、〝あの子〟のやり方を完全に否定する。そこに込められた怒りの感情は生々しく、卒業したいまでも鮮度を失ってはいなかった。過去に縛られているのは、美玲だけではない。奏も、だ。

「楽器は、ただがむしゃらに吹けば上手くなるってもんじゃない。むしろ身体を疲弊させて、ベストな状態から遠ざかる。だらだらと集中力を切らした状態で、長く学校にいるあの子を、先輩たちは頑張ってると評価した。でも、それは違うでしょう？

短い時間でも、集中して効率的に練習する生徒のほうが、実力は確実に伸びます。先輩たちは練習時間に関係なく、実力のあるほうの生徒を選ぶべきだったんです。なのに、二年生のコンクールでAに選ばれたのはあの子でした。みんなが口をそろえて言いました。『あの子はいっぱい頑張ってたから』って」

握り締められた彼女の拳は、小刻みに震えている。久美子には、奏の言い分を間違いだとは言い切れなかった。楽器には長い歴史があり、先人たちが効率のいい練習方法を示してくれている。以前、緑輝が話していたとおりだ。どれだけたくさんの時間を費やしても、実践している方法が間違っていれば意味がない。

地団太を踏むように、奏が地面を踏み締める。木製の床がギシリと不快な音を立ててきしんだ。

「頑張るってなんですか？　先輩たちに向かって、居残りして練習している姿をアピールすることですか。私は、美玲は美玲のままでいいと思っています。美玲がほかのやつらのために変わる必要なんてない。美玲は正しいんだから！」

しんとした楽器室に、奏の叫び声が響く。叫ばれた台詞に、久美子は初めて彼女の本音に触れたような気がした。

――先輩は、さつきと美玲、どちらが好きですか？

以前の問いかけを、久美子は不意に思い出す。奏はきっと、昔の自分を美玲に重ねてしまっている。美玲と奏は、まったく違う人間なのに。

無言のままの久美子を、奏はじっと見つめた。その瞳が、不意に伏せられる。彼女は両手で上品に口元を覆うと、にこやかにその双眸を弧の形にゆがめた。

「……なんて、余計なことをお話ししてしまいましたね。久美子先輩って、本当に聞き上手なんですから。ほら、そろそろ練習に戻りましょう。みんな待ってますよ」

奏はそう言って、まるで何事もなかったかのような顔でドアノブに手をかけた。せっかく吐露した本音を、彼女は余計なものとしてこの場に捨て置こうとしている。久美子が聞き上手だなんて、そんなのは関係ない。箍《たが》が外れたように奏がまくし立てたのは、くすぶり続ける過去を一人では抱え切れなくなったからだ。誰かに認めてもらいたい。自分が正しいと言ってほしい。蓋をして押さえ続けた欲求のはけ口に、たまたま久美子が選ばれただけ。

「……私は、みっちゃんは変わりたがってるんだと思った」

久美子の言葉に、奏が振り返る。揺れる黒髪に映える、赤のリボン。

「美玲がですか？」

「うん。本当はさっちゃんと仲良くなりたいって、心の底ではずっと思ってたんじゃないかな。葉月とも、みんなとも。だけど、プライドが邪魔して素直になれなかった。だから、きっかけが欲しかったんだと思う。みんなに歩み寄れる、きっかけが」

「……それが、『みっちゃん』ですか」

「呼び方の変化って、いちばんわかりやすいでしょう？　気を許したんだってアピールするのに、すごく便利。奏ちゃんが敬語とため口を使い分けてるみたいに」

奏が扉を開ける。その隙間から、新鮮な空気が吹き込んだ。春の名残が溶け込む、ほのかに甘い香り。乱れた前髪を、久美子は指先で整える。

「さっき、奏ちゃんがいてよかったよ。私だけだったら、きっとみっちゃんは何も話してくれなかっただろうし」

黒い瞳が、キョロリと動く。奏は一瞬ムッとしたように唇をゆがめ、それからすぐに頭を振った。もういいです、と彼女は言った。慰めは。抜け落ちた単語を、勝手に脳が補足する。

「美玲がいいなら、それで」

そう言って、奏は楽器室を出ていった。みっちゃん。頑なにその呼び名を使わないのは、きっと奏の意地だった。

二人がグラウンドに戻ったときには、すでに美玲がチューバの輪のなかに溶け込んでいた。どうやら謝罪は終わったらしい。コアラのように美玲の身体に抱きつくさつきに、卓也が呆れた顔をしている。

先ほどからさつきのなすがままにされている美玲に、葉月が近づいた。

「みっちゃんは何食べたい？　カレー？　ハンバーグ？」

「いきなりなぜそんな話に？」

「え？　今日はチューバで親睦会やろ？　やっぱ近場やとファミレス？」

「さっすが葉月先輩、ナイスアイディーア！」

いえーい、とさつきと葉月がその場でハイタッチしている。やれやれと肩をすくめる美玲の表情は、ひどく穏やかなものだった。梨子と卓也が互いに顔を見合わせ、安堵したように笑みをこぼす。参観日の保護者みたいだ、と久美子は口内でつぶやいた。

「いやいや、二人ともお疲れさん」

こちらの存在に気づいた夏紀が、にやけ顔で近づいてくる。太陽の光に透け、茶色を帯びた髪がぱちぱちと光を跳ね返している。そのまばゆさに、久美子はとっさに目を細めた。

Tシャツの裾をぱたぱたと動かしながら、夏紀は緩慢な動きで首を傾げる。

「いやあ、それにしてもW鈴木が仲直りしてよかったなぁ。どんな魔法使ったん？」

「魔法なんて何も。私は話を聞いただけですし」

「話を聞き出せることそのものが、一種の才能やねんて。ほら、久美子ってなーんか話しやすいオーラ出てるし。人畜無害そうやからかなあ」

「それ、褒めてます？」

「超褒めてるって。黄前相談所ってば優秀ー」

「絶対褒めてないですよね」

思わず半眼になる久美子に、夏紀はケラケラと愉快そうな笑い声を上げた。その手が伸ばされ、久美子の頭をぐしゃぐしゃとかき回す。

「ちょ、何するんですか」

「感謝のお礼」

ぽんぽんと頭を軽く叩き、夏紀の手は離れていった。柔らかな手のひらの感触が去っていくことに名残惜しさを感じたが、後輩の前でそうした感情を素直に見せることはできなかった。もう、と怒ったふりをしながら、久美子は手櫛《てぐし》で自分の髪型を整える。地面に生える自分の影は、どこかちぐはぐな形をしていた。


練習が終わった帰り道。並んでいる影は、珍しく三つだけだった。緑輝、久美子、麗奈。三人が横一列に広がると、狭い歩道にはほとんど空間がなくなる。休日であるためか、対向から歩いてくる人間はいない。辺りには夜の気配が漂い始めていて、真っ白な外灯の光が、紫色の空気のなかに所在なげにたたずんでいた。

「チューバの親睦会かあ。緑もやったほうがええんかなあ？」

腕を大きく振り上げ、緑輝が言う。今日は最初から最後まで運動場での練習だったので、三人ともが体操着だ。学校指定のハーフパンツからは、緑輝の細い太ももがのぞいている。ふくらはぎを途中まで覆った黄色と水色の縞《しま》模様のクルーソックスには、星型のアップリケがつけられていた。

「コントラバスだけでってこと？」

久美子の問いに、緑輝が元気よくうなずく。

「そう！　楽器の集《つど》い！」

「えー、二人は寂しくない？」

「じゃあ、ユーフォも入れて五人でやんのはどう？」

「うーん、想像するだけで胃が痛くなりそう」

そもそも、今年の低音パートの一年生部員は皆が親しいというわけではない。とくに、求と奏の相性は最悪だ。入部時に険悪なムードを漂わせて以降、二人が会話らしい会話を交わす姿を久美子は見たことがなかった。

「チューバ、今日は親睦会やってるん？」

右端を歩く麗奈は、上下でジャージを着ている。美麗な顔立ちには不似合いにも思える服装だが、不思議なことにどのような格好をしていても麗奈の美しさが損なわれることはなかった。

緑輝がいじけたような声を出す。

「そうやねん。チューバの子らに葉月ちゃん取られちゃってん」

「いままでそういうのやってなかったんや」

「それはまあ、いろいろあってさ。一年の問題が解消して、ようやくそういうイベントができるレベルになったというか、ね。……トランペットは親睦会とかやった？」

「ま、いちおうは。加部先輩が気を利かせてくれたから」

そう答える麗奈の横顔は、どこか浮かないものだった。何か問題でもあったのだろうか。水筒の入ったトートバッグを肩にかけ直し、久美子は尋ねる。

「どうしたの？　トランペット、とくにトラブルとかないんでしょ？　人間関係で揉めてるって噂は聞いたことないけど」

「とくに揉めてるってわけじゃないんやけどさ。アタシ、後輩の面倒とか見るの、あんま向いてへんみたいで」

そんなことは最初からわかっている。ポロリと漏れそうになった本音を、久美子は慌てて呑み込んだ。何かをひらめいたように、緑輝がぽんと手を打つ。

「もしかしてそれ、夢ちゃんのことと違う？　ほら、同じ中学校の同じ吹奏楽部出身やのに久美子ちゃんがすっかり忘れちゃってた小日向夢ちゃん」

「うわ、傷をえぐるのはやめてー。まだ夢ちゃんに謝れてないんだよ」

「まだ謝ってへんかったん？　緑、こういうのはちゃっちゃと行動に移したほうがあとあと楽になると思うな」

圧倒的な正論に、久美子はうなずくしかなかった。ただ、言い訳をするならば、久美子にだって早く謝罪しようという気持ちはあるのだ。指導係ということもあり、久美子はほかの部員と比べて一年生部員と接する機会も多い。だが、夢は休憩時間になるとすぐに姿を消してしまうため、なかなか話すタイミングがつかめないのだった。

「緑ちゃん、ようわかったな。アタシが言おうとしたの、小日向さんのこと」

目を瞠った麗奈に、やっぱり、と緑輝はうれしそうに両手を合わせた。久美子は首をひねる。

「でもなんで？　夢ちゃんって麗奈みたいなタイプじゃないじゃん」

「それどういう意味」

唇をとがらせ、麗奈はこちらの腕を肘で小突いた。まあまあ、と久美子は慌ててなだめる。

「でもまあ、久美子の言うとおり、アタシと小日向さんって本当真逆みたいな性格だとは思う。小日向さん、先輩に言い返したりもしないし」

「去年の麗奈ちゃんも最初のころは先輩に言い返したりしてへんかったよ？　ただ、すこーし感情が顔に出てただけで」

「少しってレベルじゃなかったけどね」

「まあ、それはそれ。これはこれってやつ」

そう言って、麗奈は肩をすくめた。三人の列から抜け出すように、緑輝が軽やかな足取りで一歩前へと出る。車道と歩道を区切る白線の上を、彼女はバランスを取りながら歩く。振り子のように伸ばされた腕が、ふらふらと左右に振れていた。

「前にも言ったけど、小日向さんって今年入ってきた一年のなかでダントツで上手いねん。高音も安定して出るし、何より基礎がしっかりしてる」

「麗奈ちゃんの話を聞く分やと、なんも問題なさそうやけど」

「それがさあ……なんていうか、自信がなさすぎるねんか」

よほど困っているのか、麗奈が深々とため息をつく。

「メインとか目立つパートも吹きたがらへんし。ほら、サンフェス終わったら一年生だけで演奏会やるやんか。そのときも、ソロをほかの子に譲ろうとするわけ。アタシは小日向さんが吹くべきやと思うのに」

「麗奈ちゃんがそこまで言うなんて、めっちゃ恥ずかしがり屋さんやねんな」

「恥ずかしがる意味がわからへん。楽器をやってる以上、自分の音を誰かに届けたいと思うのが普通ちゃう？」

心底理解できないという具合に、麗奈は首をひねってる。だが、久美子は夢の考えに共感できた。目立つということは、失敗したときの責任も大きくなるということだ。とくにソロは観客に誰のミスかすぐにばれてしまう、避けたいと考える奏者がいてもおかしくはない。

「ふふ、麗奈ちゃんは夢ちゃんのこと、ちゃんと考えてるんやな」

緑輝が振り返る。色素の薄い猫っ毛は、ふわふわと揺れるススキの穂のようだった。夜闇に包まれた世界のなかで、緑輝は明るく笑った。

「なんか、先輩になったなって感じがする」

べつに、と麗奈が目を伏せる。黒髪の隙間からのぞく耳は、じわりと赤く染まっていた。

「自分の楽器を受け取った人は、音出し始めてください。ここの広場が待機場所なので、勝手に変なとこ行かへんように。ほかの学校の邪魔になると悪いので、通路まで広がらんよう気をつけてください」

「はい！」

サンライズフェスティバル当日は、憎らしくなるほどの快晴だった。青ジャケットに縫いつけられたスパンコールが反射し、集団のあちこちで光が波を打っている。膝丈のスカートの裾を引っ張り、次に帽子からあふれた髪を整える。衣装に身を包んだ自分の姿は、普段よりも特別な感じがして好きだ。白の靴下が左右でずれていないことを確認し、久美子は楽器ケースからユーフォニアムを取り出す。前日の練習でクロスを使って磨き上げておいたため、その表面は艶やかに輝いている。

マウスピースに息を吹き込み、そのまま軽くピストンを押す。冷えていた楽器の中身は、空気を吹き込むことで徐々に温まる。外の気温というのは、楽器の演奏をするうえで無視できない要素だ。楽器は温度が高くなるほどピッチも上がり、温度が低くなればピッチも下がる。そのため全体的に夏は音程が高くなりやすく、逆に冬は音程が下がりやすい。

「先輩もチューナーをお使いになりますか?」

ぬっと横から突き出された手には、ピンク色のチューナーが握られていた。久美子たちとはモデルが違う、最新型だ。

「あぁ、ありがとう奏ちゃん」

礼を告げると、奏はその猫のような目をにこりと細めた。B♭の音を伸ばし、そこからチューニング管を抜き差しする。このとき、メモリの中央に合うように吹くのではなく、放つ音が自然とメモリの中央に来るように調整しなければならない。

「はい、大丈夫です」

奏の言葉に、久美子は楽器を下ろす。

「奏ちゃんもやる？」

「いえ、私はもう終わったので」

そう言って奏が首を横に振った刹那、通路の向こう側でどよめきが起こった。水色の衣装を翻し、部員たちが統率の取れた動きでウォーミングアップを始めている。水色の悪魔の異名を取るマーチングの超強豪校、立華高校だ。

「わあ、今年もカッコいい！」

フラッグを両手に握り締めたまま、緑輝がぴょんぴょんと興奮したように飛び跳ねる。そのスカートが揺れ、隣にいた求が慌てて自分の目を両手で覆った。

「今年は北宇治より先やから、立華の演奏見れへんねんなあ。緑、めっちゃ楽しみにしてたのに。うぅ、順番逆にしてほしい」

がっくりと肩を落とす緑輝に、久美子は慰めの言葉をかける。

「立華とは演奏会で一緒になることも多いし、そんなに落ち込まなくてもいいんじゃない？」

「久美子ちゃんはわかってへん。音楽は生き物、同じ演奏はもう二度とないねんで。いまの立華の演奏が見られるのはいましかないねん！」

「まあまあ、今年は北宇治が後半だから我慢して――」

「久美子！」

不意にかけられた声に、久美子は顔を上げた。見ると、佐々木梓がこちらに手を振りながら駆け寄ってきていた。髪をひとつに結う白いリボンに、ワンピース型の水色の衣装。その胸部のシルエットは去年よりも膨らんでいる気がする。とっさに、久美子は自分の胸元へと視線を落とす。それがいささか平坦《へいたん》なように感じたのは、ジャケットのデザインのせいだろう。間違いなくそうだ。そうに決まっている。

「今日会えるかなーって思ったけど、まさかここで会うとは。緑ちゃんも久しぶりやね。いやあ会えてよかった」

そう言って、梓はニカッと白い歯を見せて笑った。久美子と同じ中学校出身の梓は、トロンボーン担当の二年生だ。

「見たことない子も多いけど、久美子の後輩？」

「低音の一年生だよ。今年から入ったの」

「へえ、久美子も先輩やねんな。久美子ってば昔から舐められやすいから心配やわ」

「いやいや、いまは大丈夫だって。それに梓だって先輩じゃん。後輩とはどうなの？」

久美子の問いに、梓は後ろの水色の集団を振り返った。そのなかには久美子の見知った面々も交じっている。北宇治と立華は吹奏楽イベントでたびたび共演することがあるため、自然と顔見知りも多くなった。

うーん、と梓はいかにも不思議そうに首をひねる。

「後輩みんなと仲良くしてるつもりやねんけどさ、なんでかちょっと距離取られてる気すんねんなあ。ビビられてるって感じ?」

「えー、そんなことないって。梓を怖がる理由なんてなくない?」

「そやろ? うち、普通にしてるだけやねんけどなあ。でも、志保《しほ》とかあみかとか、立華の子らにはそう思われてもしゃあないって言われるし。無意識のうちにそういう部分があるんかも」

「あれじゃない? 梓って演奏上手いし、それでみんな近づき難く感じてるとか」

「そうなんかなあ。ま、考えてもしゃあないか」

梓は昔からリーダーシップのある子で、友達も多かった。距離を取られているとしても、きっとマイナスの要因から来るものではないだろう。カラリと笑う梓に、久美子も釣られて相好を崩す。底抜けの明るさを放つ彼女の笑顔は、見ていてとっても気持ちがいい。

「そういや今日はさ、龍聖も来るっていうから楽しみやってんなあ。まあ、北宇治は出番後半やし見られへんやろうけど」

「なんで龍聖? 知り合いでも行ったの?」

梓の口から龍聖学園の話が出るとは思わなかった。視界の端で、フラッグをいじっていた求がそそくさと去っていくのが見える。梓がキョトンとした顔をする。何言ってるんだ、とでも言いたげだ。

「そんなん、気になるに決まってるやん。龍聖は今年のダークホースって噂やし」

「そうなの？」

「だって今年からあの源ちゃん先生が特別顧問なんやで？　絶対上手なってるやん」

源ちゃん先生。そう言えば、テレビ番組の特集でもその名前が出ていた。久美子はあまり各学校の顧問について詳しくないが、梓のように吹奏楽そのものに強い興味を持っている生徒は、強豪校の顧問についても情報収集を欠かさない。――というより、吹奏楽部関連のテレビ番組や書籍を片っ端から見ているうちに、自然と情報が集まっているのだ。

梓が時計台を見上げ、「あ、」と焦ったような声を漏らした。

「そろそろスタンバイしいひんと。それじゃ、北宇治の演奏楽しみにしてるわ」

「うん、ありがと。梓も頑張ってね」

トロンボーンを手にしたまま、梓が仲間のもとへと駆けていく。その背中を眺めていると、不意に後ろから腕を引かれた。振り返ると、奏がこちらを凝視していた。

「どうしたの？」

そう尋ねると、奏はふるりと首を横に振った。

「いえ、なんでもありません。ただ、仲がいいなあと感じただけです」

奏がそっと手を離す。そこに浮かんでいるのは、いつもどおりの笑顔だった。

「今年もこの日がやってきましたね」

顧問の挨拶は、そんなひと言から始まった。今日はドラムメジャーを優子が務めるため、滝のやるべき仕事はほとんどない。そのため、滝の服装は普段どおりだ。パリッと糊《のり》の利いた白いシャツに、細身なデザインのベージュのスラックス。ありふれた服装だが、彼が会場に現れた瞬間に他校の女子部員たちが続々と黄色い悲鳴を上げ、ちょっとした騒ぎとなった。

「サンライズフェスティバルに今年参加している団体は、合わせて十六校。マーチング強豪校である立華高校を含め、多くの学校が参加しています。他校の演奏や空気感に触れる機会というのは非常に貴重ですから、自分たちの演奏だけでなく、他校のいいところもすべて吸収するつもりで、今日という一日を大切に過ごしてください」

「はい！」

気合いの入った返答に、滝が満足そうにうなずく。隣に立っていた副顧問の美知恵が、両腕を組みながら部員たちの顔をねめつけた。

「北宇治の演奏を楽しみにこの場所に足を運んでいる観客もたくさんいる。決して気発破をかけるような美知恵の話し方に、部員たちの返事にも熱がこもる。遠くから聞こえる観客たちの歓声は、三番手である立華高校に向けられたものだった。全国的にも知名度のある立華高校吹奏楽部は、追っかけが出るほどの人気がある。

「なんだか緊張しちゃいますね」

爪先で地面をいじりながら、さつきがぶるりと身を震わせる。顧問たちのありがたいお言葉を頂戴した部員たちは、そのままスタンバイ位置へと移った。ずらりと並んだ五台のスーザフォンに、久美子はやや圧倒される。去年に比べると、二倍以上の台数だ。純白のアサガオは、濃い青のジャケットによく映えた。

「そんなん言われたらうちも緊張するわ。去年は謎ステップ係やったし」

円を描く管を軽く持ち上げ、葉月は大きく深呼吸した。肺の中身すべてを吐き出しているのではないかと思うくらい、長い呼吸だった。ふふ、と梨子が頬に手を添えて微笑む。

「葉月ちゃんと一緒に本番に出られるの、うれしいわ」

「……頑張ってたしな」

鷹揚にうなずく卓也に、葉月は落ち着きのない様子でごそごそと楽器に触れている。褒められて照れているらしい。傍らに並ぶ美玲が、ついと口端を持ち上げる。

「葉月先輩と一緒に演奏するの、うちも楽しみですよ」

「みっちゃん！」

両腕を広げようとした葉月だが、楽器が邪魔をしたせいで不可能だった。思わずと言ったように、美玲が笑う。棘の抜けた、自然な笑みだった。

「……久美子先輩も、ああいうのがいいと思います？」

ウォーターキィを押さえながら、奏が楽器を傾けている。奏の隣には夏紀が立っており、マウスピースから楽器に息を吹き込んでいる最中だった。

「ああいうのって？」

「馴れ合いって……そういう言い方はやめたほうがいいんじゃない？」

「馴れ合いですよ」

「そうですか。先輩が言うならば控えます」

久美子がたしなめるも、奏は笑顔でそう答えただけだった。美玲がチューバ部員の輪に溶け込んで以降、奏はときおり、抱えた毒を久美子だけに見せびらかす。それが奏なりの信頼の証なのか、それともこちらを試そうとしているだけなのか。久美子にはいまだ判断がつかない。

「そろそろ始まるで」

夏紀のつぶやきに、久美子ははたと我に返る。先頭に立つ優子が、鋭くホイッスルを吹き鳴らした。その手に握られたメジャーバトンが、高らかに空へと掲げられる。青い空の下で、銀色の装飾がきらりと輝いた。前方に位置するパーカッションの部員たちが、そろった動きでスティックを打つ。スネアドラムが刻むリズムに、フルートの軽やかな旋律が重なる。弾むような音楽に合わせ、部員たちはその一歩を踏み出す。トランペットが奏でる耳馴染みのあるメロディーに、低音パートがアクセントを添える。マウスピースに押し当てた唇が身体の動きに合わせて振動した。一歩一歩地面を踏み締めるたびに、身体と音楽が深くリンクしていくのを感じる。軽快な音色は、久美子の足取りを少しずつ軽やかなものへと変化させた。楽器の重さは、確かに両腕にずしりと感じる。しかし、そこに苦痛は存在しない。音楽への没入感、それが久美子の心を高ぶらせる。

前の学校と比べても人だかりは明らかに増えており、そのなかには演奏を終えた他校の生徒の姿も交じっていた。

「さすが北宇治、全国行っただけあるよな」

「滝先生ってどの人？　え、今日はいいひんの？」

「立華と北宇治の両方見られるとか、今日のイベント豪華すぎでしょ」

「北宇治の演奏聞けるとか、ほんま来てよかったー」

聞こえてくる観客の声は、去年とは明らかに違っていた。期待されている。そう、肌で感じる。優れた演奏、優れたパフォーマンス。北宇治に求められているハードルは、気づけばどんどんと高くなっていた。

エンドレスに流れるフレーズ。繰り返されるステップ。真っ白のフラッグが同じ動きで回転し、羽衣のように空に流れる。トロンボーンが一斉に音を弾き出し、そこに追従するようにトランペットの音色が駆ける。テヌートからのアクセント。歯切れのよいスタッカート。フレーズごとの流れを意識し、全体の音楽を作り上げる。

楽器を支え続けた腕には、すでに乳酸がたまっていた。早く楽器を下ろしたい。脳裏をかすめる欲求と、それを上回る演奏の快感。聞こえてくる手拍子はときおりまばらなこともあったが、それでも久美子の表情は笑顔だった。注目を浴びるのは苦手だ。他人に勝手に期待されるのは、もっと苦手。でも、自分が集団の一部になった瞬間、その苦痛は喜びに変わる。自分が音楽の一部になる。作り上げた演奏が、みんなから賞賛される。そのことが、楽しくて仕方ない。

長い行程を経て、パレードはついに終わりを迎えた。ドラムメジャーである優子はバトンを脇に挟み、笑顔を維持したまま左右の観客に手を振り続けていた。観客から贈られる惜しみない拍手に、久美子はなんだか晴れがましい気持ちになる。自分たちはここまで認められるようになった。そのことが、誇らしくて仕方なかった。

三　嘘つきアッチェレランド

　サンフェスが終わり、吹奏楽部は一気にコンクールモードへと突入した。京都大会は八月の初旬。いまが五月中旬であることを考えると、残された時間は多いとは言えない。

「では、今年のコンクールで演奏する楽譜を配布します」

　滝のひと声に、優子と夏紀が楽譜を配り始める。楽譜配布。黒板に書き込まれた四文字の隣にある数字は、今日の日付を指示していた。この日のために、すでにいっぱいだった楽譜ファイルに空きスペースを作っておいた。うずうずと跳ねる心臓を抑え込むように、久美子は足の指を丸め込む。

「はい、これが久美子の分」

「ありがとうございます」

　夏紀に手渡された楽譜はかなりの量があった。今年の自由曲は相当な長さがあるらしい。ざっと目を通しただけでも、第四楽章まである。

『リズと青い鳥』

五線譜の上に印刷された文字には、なぜだか以前から見覚えがあった。ユーフォニアムにはファーストやセカンドという明確な区分けがあるわけではないが、譜面のところどころに上と下の音に分かれる箇所がある。四小節と短いながら、課題曲にソロもあった。隣に座っていた奏が値踏みするように目を細める。

「コンクールでは定番の曲ですね。三年前にも全国大会で演奏されていましたし」

「奏ちゃん、この曲知ってるの？」

「まあ、有名ですからね。聞いたことぐらいはありますよ」

暗に知らないことを揶揄されたような気がして、久美子は曖昧な笑みを浮かべた。奏は顎をさすると、楽譜の一カ所を人差し指で叩いた。

「ユーフォもソロ、あるんですね。オーボエなんてすごい長さですよ」

「そうだね。カットされなければ、だけど」

吹奏楽コンクールのA部門には、課題曲と自由曲を合わせて十二分以内に演奏しなければならないという制限がある。これを超えた瞬間に失格扱いとなってしまうため、多くの学校は自由曲を時間内に収まるように編曲する。このとき、音楽性を損なうような無理な編曲はマイナスな評価を招きやすい。どのような曲を選び、どのような編成で、どのように編曲を行うのか。吹奏楽コンクールの戦いは、ここからすでに始まっているのだ。

「皆さん、楽譜はきちんと受け取りましたね」

部員全員に楽譜が行き届いたのを確認し、滝が重々しく口を開く。

「今年の課題曲は『ラリマー』、自由曲は『リズと青い鳥』です。どちらも高難度の曲ではありますが、皆さんの実力に相応しいと私は考えています」

吹奏楽コンクールでは、規定された五曲のなかから一曲を選んで演奏することになっている。滝が選んだ課題曲Ⅳは五曲のなかでもっとも演奏時間が短く、三分しかない。課題曲よりも自由曲に時間を多く割きたい。そう滝が考えているのは明白だった。

「オーディションはテスト週間前に二日かけて行います。一人ずつの審査となりますので、その心積もりでいてください。メンバー、ソロ担当者はオーディションによって決定します」

そこで滝は手を組むと、静かに息を吐き出した。柔和に細められた瞳からは、有無を言わさぬような圧を含んだ気配が漂っている。

「A部門に出場できるメンバーの上限は五十五です。しかし、私がコンクールに出場するレベルに達していないと判断する人数が多かった場合は、出場メンバーの数がそれを下回ることがあります。慢心せずに練習に取り組んでください」

「はい！」

ぴたりとそろう部員たちの返事に、滝は満足そうにうなずいた。

「では、これからパート練習に移ってください。私は職員室にいますので、何か質問がある場合は各パートリーダーを通して私に聞いてもらえればと思います」

はい、という返事が合図となり、その日のミーティングは終了した。部員たちは新しい楽譜を受け取ると、そそくさと各自のパート練習室に戻っていく。ふと後ろを振り返ると、トランペットパートの友恵と夢が何やら話し込んでいるのが見えた。あの二人、そんなにも仲がよかったのだろうか。呆《ほう》けたようにその場に立ち尽くす久美子を怪訝に思ったのか、奏が笑顔のままに久美子の背を軽く押した。

「久美子先輩、私たちも早く行きましょう」

「あぁ、うん」

促され、久美子は慌てて楽譜ファイルを腕に挟み込む。珍しく真剣な友恵の様子に後ろ髪を引かれつつも、久美子は音楽室をあとにした。


パート練習室に戻ると、赤い伊達《だて》眼鏡を装着した緑輝が教卓の前で待ち構えていた。印刷したコピー用紙を手にしているところを見るに、解説する気満々のようだ。

「ようやく久美子ちゃんたちも戻ってきたね。ほら早く座って座って」

教卓にいちばん近い席は、ちゃっかりと求が陣取っている。その後ろの列には葉月、さつき、美玲の三人が横並びで座っていた。久美子と奏は中央列に二人で座る。

「CD持ってきたよ……って、みんなちゃんと座ってて偉いなあ」

「なんで川島は張り切ってるんや」

CDプレイヤーを運んできた梨子と卓也が、教室へと入ってくる。梨子の肩から、後ろを歩いていた夏紀もひょっこりと顔をのぞかせた。

「何これ。一、二年で会議でもしとるわけ？」

その疑問に答えるべく、緑輝が芝居がかった動きで眼鏡フレームを持ち上げる。

「先輩たちも座ってください。これから緑がいろいろと曲について説明するんで」

「緑先輩がそうおっしゃってるんで、早く座ってください」

急かす求の顔は至って真剣だ。彼の緑輝至上主義にも、皆そろそろ慣れてきた。求の言葉に従い、三年生部員は後方の空いている席に腰かける。

低音パート全員がそろったことを確認し、緑輝は足りない背をごまかすように背伸びをして教卓から身を乗り出した。

「ではでは、緑がばっちりと今回の曲について解説させてもらいますね」

緑輝はそう言って、卓也が運んできたCDプレイヤーのスイッチを入れた。流れた曲は『ラリマー』。今年の課題曲だ。

「今年の課題曲のなかでいちばん好きなやつやったんで、北宇治がこれを吹くって聞いて、緑、めっちゃうれしいです！　作曲したのは清水金彦《しみずかねひこ》さん。北海道出身の作曲家です。ラリマーというのは鉱石の名前で、正式名称はブルーペクトライトと言います。鮮やかなブルーに入る白い模様が特徴で、南国の海みたいな綺麗な色合いをしています。清水さんはこの鉱石から着想を得て、今回のマーチ曲、『ラリマー』を作曲しました。アイヌ民族の伝統音楽の影響も受けているらしいです。渋さの残る印象的なメインテーマはめっちゃ特徴的やと思います。途中にあるユーフォのソロも大注目です！　あとはとにかく種類の多いパーカッションをどうさばくかが重要になってくるはずです」

いつの間に調べたのか、緑輝がつらつらと説明を進める。その指がプレイヤーを器用に操作すると、今度は別の曲が再生された。おそらく、こちらが自由曲のほうだろう。次に、と緑輝は重ねられた用紙をめくる。

「自由曲『リズと青い鳥』は、吹奏楽部ではお馴染み、卯田百合子《うだゆりこ》さんの作曲です。ほかにも有名な曲がいーっぱいありますが、それらに比べると今回の曲は知名度が低いです。童話『リズと青い鳥』をもとに作曲された、かなり物語性の強い曲になっています。第一楽章から第四楽章まで、合わせて十二分ほどあるので、滝先生は結構ばっさりカットしはると思います。この曲の目玉は、なんと言っても第三楽章のオーボエのソロ！　後半のフルートとのかけ合い部分がめっちゃ素敵で、一時期はその部分だけCMに採用されてたこともありました」

「あー、だからうちも題名に聞き覚えあったんや。曲知らんのになんで題名知ってるんやろうって思ったら、童話のほうを絵本で読んだことがあったからか」

両腕を組んだ葉月が、感心したように何度かうなずいた。先ほど楽譜を受け取ったときに久美子が題名に既視感を覚えたのも、彼女と同じ理由だろう。

話を聞いていたさつきが、ムムッと顔をしかめた。

「うち、この話読んだことないなぁ。みっちゃんはある？」

「話は読んだことないけど、曲なら聞いたことある。三年前に全国大会で埼玉の学校が演奏してはったし」

その台詞に、奏が口端を吊り上げた。指先でコトンと机の表面を叩き、奏は美玲の意識を自分へと向けさせる。

「さすが美玲。楽譜をもらったとき、私も最初にその演奏を思いついた」

「奏も？」

ふ、と美玲が口元を緩ませる。その涼やかな目元に、喜びにも似た感情が灯《とも》る。頬杖をついたまま、夏紀が求に声をかけた。

「求はどうなん、この曲やったことある？」

仏頂面のまま振り返った求は、コトリと頭を斜めに傾けた。

「まあ、いちおうは。中一のときに」

「どやった？」

「どう、とは？」

「そのままの意味。難しかった？」

夏紀の問いに、求は過去を探るようにその黒目をちらりと上へと向けた。華奢な手を自身の顎に添え、彼は考えるポーズを取る。

「龍聖中には荷が重かったですね。本番でも収拾つかなかったし」

「北宇治やったらどう？　いけそう？」

「さあ、わかんないですけど。いまの顧問だったら、まあ、大丈夫じゃないですか」

どこか後ろめたいことでもあるのか、求はとっさに目を伏せた。桃色の唇の隙間から、細く息が漏らされる。夏紀は顔を上げると、「ふうん」と短く相槌を打った。

間延びした空気を打ち切るように、緑輝が勢いよく机を叩く。

「さっきの話を聞いてても、やっぱり『リズと青い鳥』について知らん人が多いじゃないですか。でも、緑、思うんです。せっかく曲を吹くんやったら、ちゃんとどういう話かを知らないといけへんなって。……そこで、用意したのがこちら！」

ばばーん、と自分で効果音を発しながら、緑輝は三冊の本を取り出した。薄い文庫本の背表紙には、すべて同じ文字が並んでいる。通販番組みたいやねえ、と梨子がのほほんとした口調で言った。

「『リズと青い鳥』の文庫本三冊、家から持ってきました！　緑はもう読んだので、まだ読んだことない人に貸そうと思って」

「緑はなんで三冊も同じ本を持ってるの？」

思わず突っ込んだ久美子に、求がなぜか賞賛の言葉を返す。

「緑先輩が心優しいからですよ。自分だけでなくほかの人間にまで気を遣えるなんて、さすがは緑先輩！」

「あー、求見てると一年前のどっかの誰かさんを思い出すわあ」

夏紀がうんざりした顔を作る。その脳内に浮かんでいるのは、おそらく現部長の顔だろう。緑輝がコホンと空咳をする。

「じつはですね、この前、緑の妹が小学校の発表会で『リズと青い鳥』の劇をしたんですよ」

「妹ってことは琥珀《こはく》ちゃん？」

葉月が口にしたのは、緑輝の妹の名前だった。久美子はいまだ会ったことはないが、葉月は緑輝の家に遊びに行った際に顔を合わせたらしい。

「うん、琥珀の発表会。それでね、緑、どんなお話か調べなきゃって思って、すぐ本屋さんに買いに行ったんです。それで家に帰ったら、ママもパパも同じ本を買っていて……」

「なるほど、それで三冊になったんやね」

梨子が得心した様子で両手を合わせる。そうなんです！　と緑輝は力強くうなずいた。

「でも、自由曲が『リズと青い鳥』になるって噂を聞いて、これは神様がみんなにこの本を貸すように言ってはるんやなって思ったわけです。読んだことのない人で順々に貸していこうかなって思ってるんですけど……まずは三年生の先輩から読まはりますか？」

緑輝の問いに、卓也と梨子は互いに顔を見合わせた。その傍らで、夏紀がひらひらと手を振る。

「うちはええわ。もう買ってるし」

「……俺も、図書館で借りた」

「私は卓也くんが読み終わったらそれを借りようと思っててん」

三年生部員はすでに自分の分を手配していたらしい。緑輝が残念そうに肩を落とす。その正面で、葉月が元気よく手を挙げた。

「はいはい！　うち読んだことないからそれ借りたい。で、チューバの一年に回すわ。もう一冊のほうは久美子に貸したりーな。ユーフォの面子《めんつ》で回せばええやん」

「あと一冊は？」

「求君が読めばええんちゃう？　コントラバスで一冊にしたら？」

「いいんですか？　緑先輩の本をお借りできるなんて！」

葉月の提案に、求が餌を前にした犬のように目を輝かせる。ゆがみない、と卓也がぼそりとつぶやいた。

「じゃ、久美子ちゃん。これ」

教卓から下りた緑輝が久美子へと本を差し出してくる。その表装はつるりとしていて、洒落《しゃれ》た題名の下には二人の少女が寄り添うように描かれていた。亜麻色《あまいろ》の髪に、空色の髪。淡い色合いをした少女たちの表情は、ふんわりとしたタッチのせいで明確にはつかめない。

「可愛い表紙ですね」

そう言って奏がこちらの手元をのぞき込んでくる。

「私のあと、奏ちゃんも読む？」

「いいえ、私は読んだことがあるので大丈夫です。久美子先輩が読み終わったら、美玲かさつきにでも貸してあげてください。二人とも読んでいないはずなので」

「あぁ、うん。わかった」

「お二人さん、本の貸し借りより先に楽譜について話したいねんけど」

久美子と奏の会話に割り込むように、後方の席にいた夏紀がずるずると椅子を引きずりながら二人のもとへやってきた。彼女は自由曲の楽譜を指先でピンと弾くと、いかにも面倒そうに唇を突き出す。

「自由曲、上下のパートに分かれるからさ。先に決めとこうと思って。どっちやりたいとか希望ある？」

その問いに、久美子は先ほど配られたばかりの楽譜にまじまじと目を通す。上下に分かれて演奏するのはほんの数カ所。上パートのほうは音がやや高く、夏紀には荷が重いかもしれない。久美子は楽譜をめくる手を止めると、おずおずと夏紀の顔をうかがった。

「あのー、夏紀先輩はどっちがいいとかありますか？」

「そうやなあ……久美子はどっちがええの？」

質問に質問を返され、久美子は思わず眉をひそめた。正直に言うと、どちらでもいい。それをわかったうえで、夏紀は久美子に選択を求めているのだ。にやにやとおもしろがるようにこちらを見る夏紀の唇の隙間からは、鋭い犬歯がのぞいている。久美子は手を伸ばすと、譜面上にできた八分音符のカーテンを指差した。

「じゃあ、私が上で」

「おっけー。じゃ、うちと奏が下パートな」

夏紀がシャープペンシルの先端を楽譜の余白にこすりつける。柔らかな鉛がじりじりと削れ、余白にうっすらと粉が散った。夏紀はそれを息で吹き飛ばすと、それからパートの割り振りを書き込んだ。

「私は中川先輩と一緒なんですね」

それまで会話を静観していた奏が、唇に手を添えながら口を開く。夏紀がちらりと目を動かした。

「あかんかった？　希望とかあるなら聞くけど」

「いえ、とくには。ただ、わかっていてこの割り振りをしたとするなら、策士だなと思いまして」

奏の両目が、見る間に笑みを作り上げる。夏紀は表情を崩さない。

「策士って何？　考えすぎとちゃう？」

「ならいいんですが。すみません、昔から気にしすぎてしまう性分でして」

謝罪の言葉とは裏腹に、奏の表情に反省の色はない。どうして奏はここまで夏紀に懐かないのだろう。棘を含んだ言葉が彼女の口から発せられるたびに、久美子の心は憂鬱になる。同じユーフォニアムパートなのだ。できることならば、二人には仲のいい先輩後輩の関係でいてほしい。

夏紀は両手で楽譜を持ち上げると、紙の端と端をそろえるように机へ軽く落とした。

トントン、という軽やかな音が三人のあいだをすり抜けていく。

「べつにええよ。気にしてへんから」

そう言って、夏紀は席から立ち上がった。無理に束ねられた髪は、いまにもほどけてしまいそうだった。


その日の晩、久美子は風呂から上がるなり、自室のベッドに倒れ込んだ。ドライヤーで念入りに乾かしたというのに、首筋にかかる髪の先端はしっとりと湿気を含んでいた。枕に鼻先をうずめ、久美子は布団の上でじたばたと両手を動かす。

「あー」

吐き出した息が枕にぶつかり、そのまま顔に返ってくる。しわくちゃになったかけ布団をベッドの隅へと蹴飛ばし、久美子はゆっくりと仰向《あおむ》けになった。細く長く、息を吸い込む。体内に入り込んだ空気が徐々に胃の辺りを圧迫する。五秒間息を止め、それから一気に唇から吐き出す。それを数セット繰り返していると、もやもやとしていた感情が体外へと排出していくのを感じる。

「……よし」

むくりと身を起こし、久美子は緑輝から借りた文庫本を手に取った。背表紙に侵食する、底抜けに明るいスカイブルー。綺麗な絵だ、そう素直に思った。久美子はその紙をめくると、文字の羅列を眼だけで追い始める。——リズと青い鳥。その物語の内容は、久美子にはいささか不可解なものだった。

主人公であるリズは、町の外れに住む娘だった。両親はすでに亡くなり、彼女は生計を立てるために町のパン屋で働いている。早朝から仕事で町に行き、太陽が沈むころに家に帰る。毎日が同じことの繰り返し。家の近くには大きな湖があり、リズはそのほとりで売れ残ったパンをちぎって動物たちに分け与えていた。たくさんいる動物のなかで、リズは青い小鳥と飛び抜けて仲良しだった。小鳥の美しい羽根は、まるで朝焼けを浴びた湖のような色をしていた。

平和な日々は、突如として到来した嵐によって打ち破られる。鳴り響く雷と雨の音に、リズは震え上がった。窓越しに見る湖は大蛇の口のなかのように黒々としており、リズは嵐が去るのを独りぼっちで待つことしかできなかった。ひどい雨の音だった。

ふと目が覚めると、雨はすでにやんでいた。雨上がりの空はどこまでも広く、曇りのないスカイブルーは仲良しの小鳥の青によく似ていた。露に濡れる深緑が風を受けて微かに揺れる。陽の光を受けて散らばる水滴がきらめくそのさまは、水晶を砕いて撒《ま》いたかのようだった。湖の辺りを散策するが、動物たちの気配はない。

「まあ、どうしたことでしょう」

不意に、一人の少女がリズの視界に入った。湖のほとりで、彼女は力なく倒れていた。意識を失っていた少女を家に連れて帰り、リズは一生懸命彼女を介抱した。その甲斐《かい》あってか、少女は半日後に目を覚ました。双眸にはめ込まれた、透き通るようなアクアマリン。青い髪の少女は、とても美しかった。

少女は帰るところがなく、リズとともに暮らしたいと言った。少女はとても小食で、少しのパン屑《くず》さえあればお腹がいっぱいになるようだった。リズは少女の願いを聞き入れ、二人で生活を始めるようになった。孤独だったリズにとって、新しい家族は特別な存在となっていった。

「私にとって、貴方とともにいることだけが喜びなのです。どうか何も詮索しないでください。貴方に正体を知られてしまえば、私はこの場を去らなければなりません」

少女の願いを、リズはしかと受け止めた。リズにとって、少女は少女だった。どんな過去を持とうが、いま自分の目の前にいる彼女だけがリズにとっての真実だった。二人だけの生活は穏やかだった。目が覚めたとき、隣に家族がいる。その現実はリズに何ものにも勝る幸福をもたらした。しかし、そんな日々は長くは続かない。

「これはいったい何かしら」

部屋の隅にきらりと輝いていたものは、あの青い小鳥の羽根に違いなかった。びっしりと生えた繊毛は、光の当たり方によって波打つようにその色を変える。そう、あの少女はリズがパンをやっていた青い小鳥だったのだ。もしもリズが正体を知ったと少女に告げれば、彼女はこの家からいなくなってしまうだろう。そうなれば自分はどうなる、また独りぼっちだ。

「嗚呼《ああ》、私はあの子を愛するがゆえに、美しい翼を奪ってしまった。彼女はどこまでも飛んでいけるのに。神様、どうして私にかごの開け方を教えたの」

リズは苦悩した。少女の幸福を考えるならば、きっと空へと帰してやるべきだ。あの美しい羽を地上に縫いつけておくわけにはいかない。だが、自分がいまの生活を手放せるはずがない。リズはため息をひとつ落とすと、青い羽根を自身の小部屋にある引き出しに隠した。

「リズ、行ってらっしゃい」

「ええ、行ってきます」

その日、リズはいつものように町のパン屋へと出かけた。朝焼けが地上を覆い、地面は黄金色に輝いていた。ぴゅーい、ぴゅーい。空から聞こえる小鳥たちのさえずりの音に、リズは思わず顔を上げた。見ると、湖の上を青い鳥の群れが飛び交っている。小鳥たちはまるで仲間を探すように、湖の上をくるくると螺旋を描きながら飛行していた。

「私はなんて罪深い行いをしていたのかしら」

そのとき、リズは少女を空に帰してやることを決断した。踵《きびす》を返し、リズは家のなかへと駆け込む。そこにいたのは、椅子の上で休まる小さな青い小鳥だった。目が合った瞬間、小鳥は悲しげに目を細めた。

「嗚呼、リズ。どうして貴方がここにいるのですか」

リズは部屋の引き出しから落ちていた羽根を取り出すと、それを小鳥の前に差し出した。

「貴方は自由になるべきよ。そのしなやかな翼で、どこまでも高く飛んでいけるはず」

「私にとって、貴方とともにいることこそが無上の喜びなのです。どうして見て見ぬふりをしてくださらないのですか」

小鳥の言葉に、リズは静かに首を横に振った。

「私は貴方を閉じ込める鳥かご。だけど、いつ鳥がかごから逃げ出すかわからない。気づかぬうちに私の手からすり抜けていくかもしれないのなら、どうか私の目の前でこの幸福に終わりを告げて。それが、私の愛のあり方。美しい思い出のままの貴方を、どうか私に見送らせて」

リズの言葉に、小鳥は一滴の涙を流した。

「それが貴方の望みだというのならば、私がどうして拒否できましょうか。ですが、どうかときおり思い出してください。この幸福だった日々を。そして、私があなたを愛していたということを」

青い鳥はその美しい翼を動かすと、力強い動きで遠い空の彼方へと消えていった。リズはその方角を、いつまでもいつまでも眺め続けていた。

了、という最後の一文字を見届け、久美子は文庫本をぱたりと閉じた。

「よくわかんないなあ」

ぽろりと漏れたつぶやきは無意識のものだった。童話というのは教訓が含まれていることが多いと思っていたのだが、この話からはそうしたメッセージ性は感じられない。勧善懲悪の物語でもなければ、風刺のような描写もない。もしかすると、自分が気づいていないだけでじつは隠されたメッセージがあるのだろうか。うんうんとうなり続けていた久美子だったが、授業によって疲労していた脳味噌は簡単に音《ね》を上げた。

「あー、もうやめたやめた」

こういう解釈は誰かと話しながら考えるに限る。早々に思考を放棄し、久美子は本を机の上へと立てかけた。そのまま立ち上がり、パソコンでデータを再生する。音楽が流れ出したのを確認し、久美子は次に楽譜ファイルをベッドの上で広げた。なかに入っている曲はもちろん、自由曲である『リズと青い鳥』だ。

この曲は昼間の緑輝の説明どおり、四つの章から構成されている。それぞれの章は物語の展開に対応しており、話の一連の流れをつかんでさえおけば、譜面がどのシーンを表現しているのか簡単に予測がついた。

先ほど読んだ物語の内容をざっくりとまとめるならば、リズと青い鳥が家族になり、そして別れる話、だ。第一楽章の『ありふれた日々』はリズが少女に出会うまでの日常を、そして第二楽章の『新しい家族』はリズと青い鳥が扮《ふん》する少女との生活を表現している。第二楽章の冒頭部分にあるダイナミックな旋律は、嵐の様子を模したものだ。金管楽器の奏でる不穏なメロディーには、びゅうびゅうと風の音色が混じっていた。楽譜に指定されている楽器の名前は、ウインドマシン。その名のとおり、風の音を再現することができる。

第三楽章の『愛ゆえの決断』は、その大半をオーボエのソロが占める。スローテンポなためにこの章だけで四分ほどあるが、おそらくそのほとんどはカット対象となるだろう。第三楽章の後半はオーボエとフルートのソロのかけ合いがメインだ。オーボエの力強いソロの後ろに流れる、木管楽器の柔らかなささやき。オーボエの旋律は静寂を引き連れ、やがては第四楽章へと移る。『遠き空へ』。その章題どおり、青い鳥はリズのもとから飛び立っていく。華やかで壮大なメロディーが、二人の別れを盛り上げる。後半に向かうにつれて音楽が熱を帯び、やがては終局を迎える。夜空に残る打ち上げ花火の余韻のように、音のない空間にハーモニーの残滓《ざんし》が漂う。

「これが別れの部分かあ」

第四楽章の曲調は、優雅だが力強い。目をつむって浮かんでくる情景は、先ほど小説を読んだ際に久美子が思い描いたものとはかけ離れていた。作曲家はどういう意図でこの箇所を作ったのだろう。求められているのは別離の悲しさか、それとも未来に向かう力強さか。スピーカーが沈黙したのを確認し、久美子はずるずるとかけ布団の上に身を委ねた。

リズと青い鳥。去っていく青い鳥と、それを見送る独りの少女。その構図は、久美子にとある二人の先輩の姿を連想させた。

「みぞれ先輩と希美先輩に似てるかも」

唇から漏れたつぶやきが、足元にころりと転がった。二年前、一年生だったみぞれを置いて、希美は吹奏楽部を去った。希美さえいれば、それだけでみぞれは幸福だったのに。希美はみぞれの唯一の願いに、気づいてすらいないのだ。希美とみぞれの互いを想う感情の天秤《てんびん》は、いつだって片側に傾いていた。

青い鳥はリズのもとを去る。その美しい翼を大きく羽ばたかせ、外の世界へ飛び出していく。それを無力にも眺めるしかないリズの面影が、なぜだかみぞれと重なった。

雨のち曇り。ニュース番組の天気予報は見事命中し、朝から続いていた雨は放課後になるころにはやんでいた。グラウンドの地面は水分を含み、どんよりとぬかるんでいる。地面に薄く張った水膜を、生徒たちはアメンボのように突き進む。空全体が隙間なく厚い雲に覆われており、校舎内はどこか薄暗かった。

久美子は欠伸を噛み殺しながら、職員室で受け取ったプリントを運んでいた。印刷して大して時間がたっていないせいか、紙にはまだほんのりと温もりが残っている。

「加部ちゃん先輩、プリントのコピーしてきましたよ」

両手が塞がっていたため、久美子は足先で家庭科室の扉を開けた。炊事場が取りつけられた作業台が六つ、等間隔で並んでいる。そのいちばん右の作業台で、友恵はすやすやと眠りについていた。久美子は慌てて口をつぐむと、指先を取っ手に引っかけ、静かに扉を閉めた。

「……本当に寝てる」

机の上で両腕を組み、それを枕のようにして友恵は顔をうずめていた。先ほどまで指導していた一年生部員が戻し忘れたのか、友恵の隣の椅子だけぴょこんと列からはみ出している。久美子はテーブルにプリントをのせると、木製の椅子に浅く腰かけた。椅子を引く際にギイと床をこする音が響いたが、それでも友恵は目を覚まさなかった。起こすべきか、起こさぬべきか。その場で逡巡する久美子の視界に、オレンジ色の大学ノートがよぎった。テーブルに開きっぱなしのまま放置されているそれを、久美子は好奇心のままに手繰り寄せる。罫線《けいせん》の上に書き込まれた文字は、やたらと筆圧が強かった。その一行目に書き込まれていたのは、未経験者として入部したホルンパートの一年生部員の名前だった。

四月十三日　ようやく音が出るようになった。まだ伸ばすのは難しい。
四月十四日　ピストンの指使いを度忘れすることが多い、いっそ紙でテストする？
四月十五日　かなり音が安定してきた。高音も四拍以上伸ばせればいいなあ。
四月十六日　音程という概念が身についてない。ハーモニー練習はあとにすべき。
四月十七日　だいぶ音階が吹けるように！　やるやん！

連なった丸文字の横には、毎回可愛らしいイラストが添えられている。日付は現在まで続いており、ページをめくるにつれて書かれる内容は詳細なものとなっていた。出せる音域。吹けなかった楽譜の箇所。そして、部活での人間関係に関する悩み。部員の内面に踏み込んだ記載が出た瞬間に、久美子は反射的にノートを閉じた。これ以上は自分が見ていいものではない。

ノートを机の上に戻し、久美子は優しく友恵の肩を揺する。

「加部ちゃん先輩、起きてくださーい」

瞼を閉じたままの友恵が、もごもごと不明瞭な声を漏らした。その唇からはよだれが垂れている。久美子は眉尻を吊り上げると、その耳元に顔を近づけた。

「先輩！」

「ひゃいぃ！」

なんとも情けない声を上げながら、友恵がその場で飛び上がった。その勝気に光る黒目が自分を映したことを確認し、久美子はようやく彼女から身を離した。

「ずいぶん疲れてたみたいですけど、大丈夫ですか？」

「ウン、ダイジョブダイジョブ」

「全然大丈夫そうじゃないんですけど……」

久美子は思わず胡乱《うろん》げな視線を向けたが、当の本人は意に介していないようだ。友恵は軽く頬を手で叩くと、そのまま両腕を天に突き上げ伸びをした。丸まっていた背中がしなやかに伸びるさまを、久美子は黙って眺める。

「あ、プリント持ってきてくれたんやね。さんきゅー、さすが黄前ちゃん」

へらっと笑う友恵に、久美子は遠慮がちに自分の口元に指を当てた。

「あの、よだれついてます」

「えっ、嘘！　めっちゃ恥ずかしいやん！」

慌ただしく立ち上がり、友恵は水道の蛇口をひねった。ガスコンロの横のシンクで先輩が顔を洗っている光景というのは、冷静に考えるとなかなかにシュールだ。ふわふわのタオルに顔をうずめた友恵は、それから勢いよく面を上げた。水に濡れたことで目が覚めたのか、先ほどに比べていささかスッキリとした顔をしている。

「加部ちゃん先輩、こんなことしてたんですね。細かくてびっくりしましたよ」

「こんなことって？」

本気で意味がわからないようで、友恵はキョトンとした顔で首を傾げている。久美子は机の上の大学ノートを指差すと、その表面を爪先でコツリと叩いた。

「これですよ」

「あー、指導用ノートな。なか見た？」

「最初のところだけ。でも、後半は見てないです」

「あ、そう？　黄前ちゃんがそう言うならそれを信じるけど、勝手に他人のもんを見るのは感心しませんなあ」

「す、すみません。部活関連のノートだと思ったので」

「はは、べつに怒ってるわけとちゃうよ。ただ見られたらまずい内容もあるから、そこだけね。いちおうはプライバシーってもんもあるし……何月分まで見た？」

「あ、四月の分だけです。細かい記録でびっくりしました」

友恵が照れたように頭をかく。足の裏をこすり合わせ、彼女は身を乗り出した。

「いやさあ、自分でもここまで凝って記録するつもりはなかってんけど、どうにもこういうちまちました作業って楽しくてさあ」

「これ、もしかして全員分あるんですか？」

「初心者の子の分はな。ま、七人しかおらんし、そんなに手間はかからんわ」

「いやいや、どう考えても大変ですよね。言ってくれたら私も協力しましたよ」

「何言うてんの。黄前ちゃんは経験者の指導っていう使命があるやろ？　さすがにこんなことやらせるわけにはいかへんって」

確かに久美子は経験者の指導を担当しているが、負担と言えばせいぜい練習メニューを考えることと基礎合奏の時間に指示を出すことぐらいだ。友恵のように一人ひとりをフォローできているとは到底言えない。自分も友恵のように一年生部員と密接に関わっておくべきだったのではないか。もっと個人に合わせた指導も必要だったのではないか。沸騰した湯に沸く気泡のように、脳内には次から次へと後悔が現れた。顔を曇らせた久美子に、友恵が「あちゃー」とふざけたような声を出した。

「ちゃうねんって。はぐらかしたわけじゃないねんで？　いや、ほんまに」

「でも、」

「っていうか逆に、ここで落ち込んじゃう黄前ちゃんのクソ真面目さにびっくりよ。

いま黄前ちゃんが反省するとこあった？」

「反省っていうか、加部ちゃん先輩みたいに、もうちょっと一人ひとりに目を向けておくべきだったなって」

「何アホなこと言うてんの。うちがこれをやれたのは初心者の子らが七人しかおらんかったからやで」

まるで近所のおばさんみたいに、友恵は顔の横でひらひらと手を振った。笑いを含んだ声は、カラリと明るい。だいたいさ、と友恵はそこで珍しく真面目な表情を作った。普段は緩みっぱなしの頬が引き締まる。

「真面目なこと言うと、うちがここまで細かく仕事をやってるのは単なる自己満足や。黄前ちゃんに同じような負担を求める気は最初からないし、もし来年同じ役職に就く子がおっても、うちと同じやり方でやってほしいとは思わへん。普通に考えて、ここまで細かくやる必要がないやん」

「じゃあ、先輩はなんでそんなに？」

「言うたやろ？　自己満足って」

ぱたぱた、と窓の外で雨粒の落ちる音がする。渦巻く雲の上で、雷が小さくうなった。キャスターは午後から曇りだと言っていたのに、どうやら予報が外れたようだ。鼻腔《びこう》をくすぐる雨の匂いは、なぜだかセンチメンタルな風味がする。

「これ、前にも言うたかわからんけど、うち、高校から吹部に入ってんか。音楽自体初心者やったから、ほんまに右も左もわからへんくて」

過去を懐かしむように、友恵は柔らかに目を細める。久美子は窓から視線を引き剥がすと、まっすぐに目の前の相手と向き合った。友恵の唇が歌うように言葉を紡ぐ。

「そんときに手伝ってくれたのが、香織先輩と優子やった。優子って勝気そうに見えるけど、意外に面倒見がええわけ。香織先輩は……、まあ、優子の言葉を借りるなら、昔からマジエンジェルやった。ほんま天使かって思うぐらい、後輩みんなに優しくて」

中世古香織。可憐な微笑が、久美子の脳裏にチカチカと浮かび上がる。卒業していった、トランペットパートのふたつ上の先輩。去年のコンクールでは麗奈とソロを争った。誰もが認める人格者で、周囲の人間に慕われていた。

「でさ、うちが一年のときに――ま、黄前ちゃんは情報通やし知ってるやろうけど、南中の一年とそのときの三年が揉めたわけや。希美も辞めたし、ほかにも何人か退部した。香織先輩も優子もバタバタしてて、なんかいろいろあったのは明らかやった。でも、うちはそれを見てただけやった。初心者やったし、蚊帳《かや》の外やったから」

ふ、と自嘲げにゆがんだ横顔は、過去を語る夏紀のそれとよく似ていた。

――罪滅ぼし、したかったから。

一年前、関西大会前のころ。夏紀が口にした罪という単語は、ひどく痛々しい響きをはらんでいた。ひとつ上の先輩部員たちは皆、乗り越えたはずの過去をいまだに引きずり続けている。希美も夏紀も、そして目の前の先輩も。

「ほら、吹部ってやっぱり、楽器の上手さで発言力が変わったりするやんか。例えば、去年の高坂ちゃんとか、あすか先輩みたいに」

「……まあ、そういう空気がないとは言えませんね」

苦々しい笑みを浮かべ、久美子はただうなずいた。

あすかや麗奈があれほどの影響力を持っていたのも、結局はそれに見合うだけの実力があったからだ。毎日のように顔を突き合わせている部員たちは、練習時間が来るたびに互いの演奏を耳にする。それが同じ楽器を担当する人間であればなおさら、その実力の差を無慈悲に思い知らされる。あの子は上手い、あの子は下手だ。悪気のない査定表が、部員たちの背中に影のようについて回る。

「やから、初心者のうちなんてあのときはしょーもない存在やったわけよ。ほんまに、全然なんも知らんかった。なんでオーボエが一人しかおらんのか。座る席が決まってるパートと変わるパートがあるのはなんでか。コンクールのAとBは何が違うのか。どういうことをできるやつが上手いのか。みんながつらそうな顔してるのはなんで。香織先輩が頭下げてるのは、優子が怒ってるのは、希美たちが先輩と喧嘩してるのは、いったいなんでなん。わけわからんことばっかりで、気づいたらみんな部活辞めてた」

そこで一度、友恵は言葉を切った。ぱちりとひとつ瞬きを落とし、彼女は脱力したように後ろへと背を反らす。

「でもまあ、いまとなってはそんなことはどうでもええねんけどさあ」

「えっ、いいんですか」

「ええねんええねん。どうせ終わったことやねんし」

いままでのしんみりとしたムードをぶち壊すかのように、友恵はあっけらかんとした口調で言った。ニヤッと開いた口からのぞく歯列は、奥が少しでこぼこしている。友恵は自身の前髪を留めているヘアクリップを指で触ると、そのひとつを引き抜いた。ハートの形を模したヘアクリップは表面がつるりとしている。その淡い黄色が、友恵の手のなかに握り込まれる。つまりや、と彼女は言う。

「あのときうちがなんも状況をわからんかったのは、とにかくいろんなもんが足りんかったからやと思うわけ。実力も、知識もな。で、そういう状態の人間っていうのは、自分に自信を持ちにくい。なんか気になるとこがあっても、自分なんかが言ってええんかなって思ってまう。それってさあ、なんかめっちゃ嫌やん。やからさ、うちは初心者の子らにそういう想いはさせたくないわけよ」

「それで先輩は初心者の指導担当になったんですか？」

「ま、簡単に言うとそうやな」

椅子の上にあぐらを組むようにして座り直し、友恵がこちらをちらりと見上げる。ぐちゃりと崩れたプリーツスカートからは、押し潰された太ももがのぞいている。その膝小僧にうっすらと残る傷痕は、薄い皮膚の上に肌色の隆起を作っていた。友恵の唇が、挑発的に吊り上がる。整えられた眉がピクリと動き、笑いをこらえるようにその瞳が細められた。

「どう？　うちのこともっと好きになったんとちゃう？」

もっと、というところに友恵らしさがにじみ出ている。思わず苦笑し、久美子は静かに肩をすくめた。

「私が先輩のこと好きっていうのは、もう確定なんですね」

「え？　だって黄前ちゃんがうちのこと好きなんて当たり前やんか」

「……まあ、否定はしませんけど」

久美子の言葉に、友恵は「ふふん」と満足そうに笑った。伸びた喉が微かに震え、鼻から漏れる息には愉悦の色が混じっている。

目の前には、先ほど印刷してきたプリントの束。その側面に指を這わせると、紙と紙のわずかな凹凸が皮膚の表面をなでていく。生じた陰影が静かにざわめいた。

「でも、好きだからこそ無理してないかなって心配してるんですよ。後輩の指導にかかりっきりになってたら、先輩自身が練習する時間がなくなっちゃうじゃないですか」

告げた言葉は、久美子の本心そのものだった。視線を受け止めたふたつの瞳が、ぐらりと揺れる。両肩にのりかかる空気が、不意にずしりと重みを増した。ひりひりとこちらの喉を焼くような熱は、彼女の眼差しから放たれているのかもしれなかった。

去年、友恵はBメンバーとしてコンクールに参加した。演奏技術に関して正直に評すれば、彼女はお世辞にも上手なほうとは言えない。トランペットパートには高坂麗奈や小日向夢といった優秀な後輩部員も多く、三年生部員と言えど、友恵がAメンバーに入れない可能性は少なくなかった。

友恵は一度口を開いたものの、そこから声は出なかった。へにゃり、と彼女の眉尻が情けなく下がる。柔らかさと苦さをない交ぜにした、ぎこちない笑みだった。

「じつは、黄前ちゃんには言っとこうと思ったことが――」

そう友恵が声を発した刹那、それに覆いかぶさるようにしてチャイムの音が鳴り響いた。

「うわ、もうこんな時間やん」

焦ったように、友恵がその場から立ち上がった。手にしたままのヘアクリップを器用につけ直し、彼女は散らばったノートをかき集める。それを手伝いながら、久美子は友恵の顔をのぞき込んだ。色素の薄い茶褐色の瞳は、太陽を追うひまわりのように久美子の目の動きについて回った。夏の気配をガラス瓶に封じ込めたら、こんな色になるのかもしれない。そんな馬鹿みたいなことを、久美子は漠然と考えた。

「あの、加部ちゃん先輩」

「ん？」

「さっき言いかけたことってなんですか」

「あー……」

思考しているのか、友恵の動きが完全に停止した。その黒目をきょろりと動かし、彼女は大げさな動きで首を横に振った。

「いや、やっぱいいわ。大した話でもないし、また今度話す」

「そうですか？　そう言われると余計に気になるんですけど」

「えー、そんな気になる？　じゃあやっぱ秘密にしとこ」

「なんでですか」

思わず突っ込むと、友恵はケラケラと軽やかな笑い声を上げた。ひりついた空気が霧散し、先ほどの会話たちはすべておふざけとして処理された。加部友恵という人は、冗談のなかに本音を包むのがとても上手い。二人が同じ役職を担ってから数カ月しかたっていないが、その軽口を構成するものが彼女の純粋な優しさであることを久美子はとうに知っていた。だからこそ、無理には追及しない。久美子は紙の束を腕に抱き込むと、蹴るようにして自分の座っていた椅子をもとの位置へ戻した。

「そろそろこのプリント持っていったほうがいいですよね。まず優子部長たちに持っていくんでしたっけ？」

「あぁ、そうやったな。途中で居眠りしたせいでいろいろと忘れてたわ」

再び眠気が込み上げてきたのか、友恵が大きく欠伸をする——と、その眉間に深く皺が寄った。開いていた口をすぐさま閉じ、友恵は神妙な面持ちで自身の左頬を押さえた。

「どうしたんですか？」

思わず声をかけると、友恵の肩がぎくりと跳ねた。まるで後ろめたいことがバレた子供のようだ。あからさまに不自然な態度に、久美子は首を傾げる。

「もしかして、虫歯ですか？」

「……まあ、そんなとこやな」

「ちゃんと歯医者さんに行ったほうがいいですよ。放置してたらあとあと痛くなりますし。それに、ほかの病気かもしれないし」

「大丈夫。かかりつけのお医者さんがもういるから」

そう言って、友恵はひらひらと手を振った。間近で見る彼女の頬に腫れはなく、ほかに変わった点もない。先ほど生じた違和感は、きっと気のせいだったのだろう。

「元気ならいいんですけど」

疑念混じりの声でそうつぶやくと、友恵は「過保護やね」と手を叩いて笑った。

課題曲、自由曲を配られた最初の休日練習は、その大半が個人練習の時間に充てられた。時間内に収まるように編曲された楽譜は、大方の予想どおりオーボエソロがメインの第三楽章が大幅にカットされていた。自由曲にはもうひとつ、第二楽章に短いトランペットのソロがある。こちらはカットされず、そのままの形で残されていた。

配布されたフルスコアに、久美子は水色の蛍光ペンで色を塗る。自分の担当であるユーフォ、そしてそれと同じ動きをしているほかのパートの譜面が、見る見るうちに薄い青に染まっていく。

「みっちゃんって、いっつも基礎練習やってるよな。ロングトーン好きなん?」

練習の時間中、不意に葉月の声が響いた。パート内の多くの部員がオーディションのための曲練習をしているなか、美玲だけはいつものように基礎練習の譜面を一番から順にこなしていた。

葉月の問いに、美玲がマウスピースから口を離す。

「好きというわけではないですが、この練習がいちばん効果を得やすいので」

「へえ。練習するときにどっか気をつけたほうがいいとことかある？」

「理想の音を思い描くというのは大切だと思います。あとは、音のバリエーションを意図的に増やすことは意識しています。ピアノ、フォルテ、鋭い音、柔らかい音……みたいに条件を変えた状態で求められた音が出るか、とか」

つらつらと述べられた台詞に、美玲の横に座っていたさつきが目を丸くした。

「みっちゃん、毎回そんなこと考えてるの？　頭ええなあ」

「頭がいいとかじゃなくて、好きな練習を繰り返すだけやと実際に曲を吹くときに対応できひんでしょ？　だから普段から基礎を意識して練習しておこうと思って。曲っていうのは結局細かいパターンの集合体やねんから、基礎練習の時点でそれをマスターしておけばどんな曲でもすぐ対応できるし」

「はえー、すごい。さすがみっちゃん」

「すごくないって。これぐらい、べつに普通やから」

素っ気ない顔でそう言い放ち、美玲はもごもごと唇を震わせた。さつきはますます尊敬の眼差しを美玲に向ける。彼女の髪を縛るヘアゴムには、今日はプラスチック製の苺がふたつずつつけられていた。高校生にしては幼すぎるように思えるアイテムも、童顔のさつきにはよく似合う。

ははーん、と葉月が何やら訳知り顔で顎をさすった。こういうときの彼女は、ろくなことを言わない。

「みっちゃん、照れ隠し下手やな。もっと素直になってええんやで？」

「べつに、照れてないですよ」

そう応じる美玲の頬は、うっすらと赤かった。何かをひらめいたように、さつきがぱちんと両手を打つ。

「わかった！　みっちゃん、一緒にアレやろう。大好きだよゲーム！」

「はあ？」

聞き返す美玲の眉間には、皺が寄っている。しかしよく見るとその口元は緩んでいるので、内心では満更でもないのかもしれない。葉月が首をひねる。

「何？　その大好きだよゲームって」

「いま一年のあいだで流行《はや》ってるんですよ。いい演奏はいい人間関係から！　っていう名目で、もともとは南中の吹部で流行った遊びみたいなんですけど。相手とハグして、互いの好きなところを伝えるんです」

こんなふうに！　とさつきは美玲の前で両腕を広げる。美玲はひどく嫌そうな顔で、それでも彼女の求めているとおりに楽器を下ろした。長身の美玲の体躯《たいく》に、さつきが抱きつく。その腕は、背中に手を回すには少々短いようだった。ため息をつき、美玲が少し腰を落とす。その長い腕が、遠慮がちにさつきの腰へと回された。

「みっちゃんは、めっちゃ努力家で、カッコいい！　運動もできるし全部カッコいい。うち、みっちゃんのこと大好き！」

「うちも、さつきのまっすぐなところは……まあ、嫌いじゃない」

「ちゃんと好きって言ってよ」

「いやいや、アホちゃう。そんなん言えへんわ」

「なんで？」

純粋な眼差しを向けられ、美玲はとっさに目を伏せた。睫毛を緩やかに上下させ、美玲は絞り出すような声を発する。その顔は真っ赤だった。

「だって、恥ずかしいやん」

「恥ずかしないよ。思ってること普通に言うだけやん」

「じゃ、ますます言うのイヤ」

「えー」

「えー、じゃない。ほら、そろそろ離して」

無理やりに腕をつかまれ、さつきの身体は美玲から引き剥がされた。好きと言われなかったことにさつきは納得していないようだが、美玲にこれ以上の歩み寄りを求めるのは酷というものだ。恥ずかしいのをごまかすように、美玲がその場で頭を振る。

スタイルのよさがそう見せるのか、彼女のたたずまいは、舞台役者のように凛《りん》としている。

「加藤先輩、いまのでわかりました？　ほんと、ゲームって呼ぶのもアホらしいんですけど」

「オッケー、わかった。こういうやつの担当は、後藤先輩と梨子先輩やわ！」

葉月の言葉に、一年生部員たちの動きが止まる。メトロノームのテンポを変更していた奏が、思わずという具合に操作の手を止めた。

「どうしてそのお二人なんです？」

「それは、後藤先輩と梨子先輩が低音パートの誇るベストカップルやからやで！」

あっけらかんと言い放った葉月の台詞に、一年生部員たちは完全に固まった。求に至っては、動揺のあまり弓を取り落としている。奏が口を開いた。

「お二人は交際なさってたんですか？　もっと早くおっしゃってくれればよかったのに」

一斉に視線を受け、梨子と卓也はその場でたじろいだ。梨子はふわふわと頰を緩めると、恥ずかしそうにはにかむ。

「隠してたわけじゃないんやけどね」

「……べつに、わざわざ言うことじゃない」

二人のあいだに漂い始めた甘酸っぱい空気に、夏紀がげんなりした顔で野次を飛ばす。

「ちょっとー、こんなところでいちゃつき始めんといてや」

「夏紀ってば、何言うてんの」

梨子がますます顔を赤くする。卓也に至っては、いたたまれない様子でその巨体を縮こまらせていた。よほど恥ずかしいのだろう。

「いいなあ、梨子先輩と後藤先輩。緑、めっちゃ憧れちゃう」

うっとりとつぶやいている緑輝の横で、求は先ほどから落ち着きなく視線をさまよわせている。その手だけは機械のように弦を弾き続けているが、動揺のせいかリズムが狂っていた。久美子はフルスコアから手を離すと、そっと目を伏せる。

「大好きのハグかあ」

つぶやいた声に、奏だけが反応した。向けられた眼差しを意図的に意識から遮断し、久美子は楽器を膝へと置く。大好きのハグ。南中で流行していたゲームということは、数年前の希美とみぞれもこうしてじゃれ合っていたのだろうか。

自由曲の第三楽章の譜面は、休みだらけだった。小節という名の檻《おり》に押し込まれた、数少ないオタマジャクシ。その上にちょこんとのったフェルマータが、感情のない瞳でこちらをじっと見つめていた。

山裾に、溶ける夕日が沈んでいく。一日の練習が終わり、廊下にはまばらな数の生徒が残っていた。マウスピースを洗いながら、久美子は窓の外へと目を向ける。茜色《あかねいろ》の雲は、ガーゼみたいに薄かった。

「……お疲れ様です」

不意に近づいてきた影は、求のものだった。上等そうなグレーのハンカチを肘で挟み、彼はこちらに目線を寄越さないまま蛇口をひねった。不愛想なのは相変わらずだが、律儀に挨拶してくれるようになったのは喜ばしい。久美子はポケットからハンカチを取り出すと、そのなかにマウスピースを包んだ。

「お疲れ様。どう？　曲の練習は進んだ？」

「まあ、だいたいは。緑先輩が丁寧に教えてくれるので」

「緑、ちょっとスパルタじゃない？　後輩ができたって張り切ってるみたいだけど」

「厳しいとは思わないです、全然」

「そう。ならよかった」

「はぁ、そうですか」

泡だらけになった求の手は、久美子のそれと比べても小さい。精巧な作りをした指先に、桜貝に似た爪が装飾品のようにあしらわれている。親指と人差し指のあいだの水かき部分が赤いのは、厳しい練習の名残だろうか。黙々と手を洗い続ける求を置いて教室に戻るのはなんだか不自然な気がして、久美子は話題を探した。

「あのね、そういえば求君に聞きたいことがあったんだけど」

「聞きたいこと?」

求の眉間に皺が寄る。気分を害したかと思い、久美子は慌てて言い訳めいた言葉を口にする。

「あ、いや、答えにくかったら答えなくてもいいんだけどね。正直な話、求君って緑のことが好きなのかなって」

「好きですよ。緑先輩は素晴らしい方ですから」

即座に弾き出された言葉は、久美子の想定からいささかずれたものだった。淡白な反応を示す求に、久美子はやや面食らう。

「それっていうのは、こう、付き合いたいとかそういう感じ?」

「いえ、そういうわけではないです。そもそも僕は、緑先輩の類いまれな演奏技術と神がかり的な人格を尊敬しているわけであって……だいたい、僕なんかが付き合いたいとか言うの、おこがましいじゃないですか。僕、緑先輩には完璧で素敵な男性と幸せに結ばれてほしいんですよね」

熱に浮かされたように言葉をまくし立て、求はそこで閉口した。緑輝に関することとなると、彼は途端に饒舌《じょうぜつ》になる。

「そ、そうなんだ」

引いている久美子の様子に気づいてすらいないのか、求は表情を変えないまま丹念に自身の手をこすり合わせている。泡だらけの手では水を出すことができないだろうと思い、久美子は蛇口をひねってやった。求は一瞬だけキョトンと目を丸くし、それから小さく頭を下げた。礼のつもりだろう。

「……緑先輩って、姉に似てるんです」

彼の口から漏れたつぶやきは、初めて聞く内容だった。水流で泡を流し落とし、求は高そうなハンカチで自身の手を拭っている。

「求君って、お姉ちゃんいたんだね。初めて知ったよ」

「ええ、まあ」

久美子の言葉に、求は短くうなずいただけだった。弟である求がこれほどの美貌を持っているのだ。姉もきっとかなりの美人なのだろう。

「僕にとって、緑先輩は特別なんです。恋愛とかそういう卑俗な感情を向ける対象じゃなくて……こう、神様みたいな」

卑俗、神様。平然と並べられた単語には、なかなかの攻撃力がある。

「あー、だからさっきの質問で、そういうわけじゃないって言ったんだ」

「そうです」

ハンカチをポケットに仕舞い、求は無感情な瞳をこちらへ向けた。びっしりと密集した睫毛は、その一本一本が異様なほどに長い。華奢な首筋に喉仏の影はなく、肩から腰にかけてのラインはくびれの辺りできゅっと引き締まっている。彼のまとう少年期特有の美しさは、近い未来に失われてしまうのだろう。

おもむろに、求が口を開く。

「この話、ほかの人には言わないでくださいね」

耳に心地よいボーイソプラノ。鼓膜を揺するこの声も、いつかは幻として消えてしまう。それをもったいなく思いながら、久美子は彼の頼みをうけがった。

葉月が両手で拳を作り、行儀悪く机を叩く。机が振動し、コンビニで買ってきた惣《そう》菜《ざい》パンが小刻みに跳ねた。厚みのあるバンズに挟まれたチキンカツとキャベツ。ビニールに付着したウスターソースに、久美子の喉がごくりと鳴った。お弁当の中身を箸でつつきながら、久美子は目だけを葉月のほうに向ける。興奮状態の彼女は、いつもの二倍声が大きい。

「いやあ、めっちゃ眠くなったけどなんとか読めたわ！」

休日練習の昼休み。いつものように集まった久美子、葉月、緑輝、麗奈の四人で昼食をとる。昼休みをどう過ごすかは基本的に自由なため、たいていの部員が仲のいい友人とともにいる。低音パートの教室では梨子と卓也が隣同士の席で食事をしている し、その少し外れた場所には一年生部員が固まっている。美玲、さつき、奏に加え、オーボエパートの梨々花の四人。とくに梨々花と奏は仲がいいようで、よく二人でいるところを見かける。求がここにいないのは、ほかの男子部員と一緒に中庭にいるからだ。どうやら秀一たちといるらしい。副部長である夏紀はたいてい、ほかの役職持ちの三年生部員とともに家庭科室でミーティングをしながら過ごしている。

「葉月、普段あんまり本読まないもんね」

「せやねん。あー、国語の教科書読むだけで眠くなる。次のテストが怖いわあ」

六月に入り、期末テストが近づいてきた。文系である久美子は、数学に大苦戦している。おそらくそれは葉月も緑輝も同じだろう。

麗奈の箸が、音もなくハンバーグに切り込みを入れる。上にのった大葉を真っぷたつに割き、彼女はその欠片を口に運んだ。

「もしかしてそれ、『リズと青い鳥』の話？」

「そうそう。緑の家に本がいっぱいあったから、葉月ちゃんと久美子ちゃんに貸してん」

「せっかく緑が貸してくれたんはいいけど、うちにはようわからんかったわ。なんか、ハッピーエンドみたいな雰囲気やったけど、うーん？　みたいな」

しかつめらしい顔のまま、葉月がチキンバーガーにかぶりつく。その隣では、緑輝がクリームパンと格闘していた。ちぎられた箇所から、抹茶色のクリームがこぼれそうになっている。

「緑は好きやけどなあ。ああいう切ない系の話」

「えー、あれは切ないっていうより、リズの独りよがりとちゃう？　好きやったら一緒におったらええのにって、めっちゃ思うねんけど。なんであの発想になるんかわからん」

「確かに私もすっきり理解したって感じにはならなかったなあ。結局あの話って、リズが青い鳥を助けてせっかく家族になれたのに、最後は自分からお別れを言っちゃう話だよね？」

「えらいざっくりしたまとめやけど、まあぶっちゃけそういう話やな。麗奈はどう？　頭いいからわかったんとちゃう？」

　葉月の問いかけに、麗奈は考え込むように口元に手を当てた。

「これはアタシの解釈やけど、この話は幸福のジレンマをテーマにしたものやって思ってる」

「幸福のジレンマぁ？」

　葉月の声が裏返った。なんだか小難しそうな単語に、久美子も身構える。

「なんなのそれ」

「幸福を得た人が、自分から幸福を捨てたがる心理みたいなもん。まあ、いまのはアタシが勝手にそう呼んでるだけで、そういう言葉がほんまにあるかは知らへんけど。自分のいまの状態があまりにも幸せすぎて、それがいつ終わるんやろうって怖くなって、そのせいで逆に精神的に追い詰められる。見えない終わりにおびえるくらいなら、自分からこの幸福状態を終わらせてやろうって思考やな」

「せっかく幸せやのに、それを自分からぶち壊しちゃうわけ？　けったいな考えやなあ。ほんまにそんな変なやつおるん？」

「緑は変とは思わへんけどなあ。自分から不幸になりたがる子って珍しくないやん」

悲劇の主人公になりたい。そうした仄暗《ほのぐら》い願望は、意外にも身近なところに存在する。自分から友人を突き放したくせに、独りぼっちだと悲しむ女子。素敵な彼女がいるにもかかわらず浮気し、捨てられたと嘆く男子。そうした人間たちの噂というのはたいてい、娯楽として他人に消化されていく。距離を保ち、浅はかだと彼らを馬鹿にするその他大勢の人間の根底にも、きっと似たような願望が眠っているのだろう。その衝動に身を任せるか否かは、当人次第だ。

麗奈は箸を弁当箱に置くと、ウェットティッシュで手を拭った。99％除菌。書かれた文字に、久美子は思わず麗奈のすべらかな皮膚を見つめる。あの美しい世界で、いままさに菌の大虐殺が起こっている。

「青い鳥っていうのは幸福の象徴で、リズはそれを自分から手放す。幸せをつかんだからといって、いつまでもそれを保てるとは限りませんよっていう教訓を伝える話なんかとアタシは思った」

「えらい難しいこと考えるんやなあ」

理解しているのかいないのか、葉月は神妙な面持ちでバーガーを食べ進めている。緑輝が唇をとがらせた。

「緑はね、この話は無償の愛を描いてるんやって思ってた」

「無償の愛？」

予想外の発想に、久美子は弁当を食べる手を止める。うん、と緑輝はうなずいた。

「リズは青い鳥が何より大事やったんやと思う。で、青い鳥がほんまに幸せになるには、もとの仲間たちに返すべきやって考えた。リズはね、自分の幸福と青い鳥の幸福を天秤にかけたときに、青い鳥のほうを取ったんやと思うねん。自分が大事な人を幸せにするためには、自分の気持ちを犠牲にしなあかんときもある。そういうことを描いてるんかなぁって」

「緑ちゃんらしい解釈やな」

どこか満足そうな顔で、麗奈が眼差しを和らげる。同じ物語でも、受け取り方は千差万別だ。リズと青い鳥。最後には離れ離れになる二人の少女に、自分はどんな意味を見いだすのだろう。プチトマトを箸でつかもうとすると、その真っ赤な球体は滑るようにしてランチョンマットの上に転がった。

「あーあ、もったいない」

そう言って、葉月が揶揄するようにこちらを指差す。久美子はそれを指先で拾い上げると、そのまま口のなかに放り込んだ。三秒ルール、と麗奈が笑った。多分、三秒は超えていた。

その日の夜、久美子と秀一はいつものように源氏《げんじ》物語ミュージアム前の公園に集合した。部活が忙しかったために、二人きりの時間を持つのはずいぶんと久しぶりだった。

ぽつんと立つ外灯に、小さな羽虫が集まっている。それから距離を置くように、久美子はベンチのいちばん端に腰かける。その横にいる秀一は、先ほど買った缶ジュースを片手に大股開きで座っていた。

「オーディションさあ、ヤバくない？」

「何が」

「倍率」

そう言って、秀一はジュースを口に含んだ。ごくりと上下する喉仏に、久美子は少しドキリとする。

「トロンボーンはそこまでじゃないじゃん。いま七人でしょう？」

「まあな。でもペットとかホルンとかは人数多いし、揉めそうな感じするねんなあ」

「去年みたいに？　そういう不穏な空気、今年はなくない？」

一年生指導係という役職を担っているだけあり、久美子は一年生部員の動向を大まかにつかんでいた。四十三人という大所帯なせいか、今年の一年生たちにはまとまりがない。小規模のグループがあちこちに乱立し、それぞれが干渉せずに過ごしている。よく言えば寛容、悪く言えば無関心。だが、その絶妙な距離感こそが、いまの吹奏楽部に平穏をもたらしてくれていた。

「今年は最初から実力主義のノリ全快だったし、みんなオーディションの結果なら文句を言わずに受け入れるような気がするんだよね。揉めるとかはあんまりないと思うけど」

「そりゃ、あそこまでの対立はないやろうけどさ、こまごました喧嘩はあるやろ。ユーフォとか、結構危ないんとちゃう？」

「何を根拠に？」

「中川副部長と久石の感じ見てたら、嫌でもわかるっての。こっちは合奏のたびに後ろから全部見えとんねんぞ」

「それは、」

秀一なんぞに指摘されるのは心外だが、あの二人に関しては久美子にも心当たりがある。

「奏ちゃん、夏紀先輩のこと認めてないみたいだからなぁ……。チューバみたいに仲良くできたらいいんだけど」

「そこをなんとかできるんは久美子だけやって。ほら、黄前相談所なんやろ?」

「その呼び方、誰から聞いたの」

「ん? 吉川部長が言ってはったから」

「またあの人か」

久美子は思わず頭を押さえる。頼りにされるのはうれしいが、その呼び名は荷が重い。

「私、べつに相談に乗るの上手いほうじゃないし」

「一年連中には結構評判らしいやん。オーボエの剣崎も褒めてたって求が言ってた」

「あー、梨々花ちゃんね。あの子、影響力あるみたいだからなぁ」

一年生部員である梨々花は、その明るい性格から友人が多い。一年生部員のなかで一斉に噂話が回った場合、情報の発信源はたいてい、梨々花か奏だ。二人は一年生部員の中心的存在だった。

「全部上手くやれればいいんだけどね。なかなか難しいよ」

目線を落とす。スカートから伸びる自分の太ももは、前より少し太くなったかもしれない。膝小僧に指を伸ばし、そのまますると皮膚の表面をたどる。それはやがてスカートの裾に引っかかり、ぴたりと動きを止めた。

一人で手遊びしているのが気になったのか、秀一がくすりと肩を揺らす。

「何してんねん」

そう言って、彼は久美子の手をすくい上げる。大きな手だ。その手のひらが、久美子は結構好きだった。もしここで手をつないだら、秀一はどんな顔をするんだろう。近づいて、好きだよとささやいたら。そうしたら、もしかしたら。脳内に広がる妄想に自分で恥ずかしくなり、久美子はとっさに両手で顔を覆った。ムズムズとした衝動から逃れるように、足だけをじたばたと上下に揺らす。

「ど、どうした」

「なんでもない！」

「ほんまかよ」

こちらを見下ろす秀一は、どこか呆れているようだった。自分の心臓がドキドキとやかましい。気恥ずかしさを隠そうと、久美子は自分の両頬を手で挟む。手のひらに感じる弾力の下で、じわじわとした熱が広がっている。

「本当になんでもないから」

「ならええけどさ」

目を細め、秀一は再び缶ジュースに口をつける。その横顔を眺めながら、久美子は浮ついた脳で思考する。世の中の恋人たちというのは、いったいどんなふうに過ごしているのだろう。互いに距離を探りあぐね、二人の関係性は一向に展開する気配を見せない。

あ、と何かを思い出したように秀一が瞬きをひとつ落とす。

「そういや、聞こうと思ってたことがあってんけどさ」

「何」

「いや、大した話じゃないけど、五日のあがた祭りってお前どうするん？」

あがた祭りとは、毎年六月の五日から六日にかけて行われる縣《あがた》神社の祭礼だ。基本的には一般的な祭りとなんら変わりないが、深夜に灯りのない状態で梵天《ぼんてん》と呼ばれる神輿《みこし》を担ぐことから「暗夜の奇祭」と呼ばれている。

「お前が今年も高坂と行くなら、俺も瀧川たちと行くし。久美子の都合に合わせるわ」

そう言って秀一はへらりと笑った。久美子のなかで麗奈という存在がどれほどの比重を占めているのか、秀一はきちんと理解している。良心がずぐりと痛み、久美子はおずおずと恋人の顔を見上げた。

「秀一はそれでいいの？」

「まあ、付き合ったからって、いつも一緒にいなあかんってわけとちゃうしな」

ひらりと振られた彼の手が、蛍光灯に照らされた空間に細い影を作った。秀一は、優しい。だけどその優しさが、久美子をときおりたまらなく苦しい気持ちにさせる。

「わかった。じゃあ麗奈にどうするか聞いてみるよ」

「おう」

秀一がうなずく。そこに浮かべられた笑顔から、久美子はとっさに目を逸らした。

月曜日の朝は、普段よりも時間がゆっくりに感じられる。十分刻みにやってくる紺色の電車に、たくさんの人間が詰め込まれていく。その波に呑まれないように注意しながら、久美子はドアの前の開いたスペースに自身の身体を滑り込ませる。吊り革にすがりついて数分、下車駅である六地蔵《ろくじぞう》駅はあっという間に久美子の前に姿を現した。電車が停車し、車体が一度大きく揺れる。がたりと傾いた久美子の身体を支えたのは、隣に立っていた麗奈の細い腕だった。目と目が合う。ありがと。そう短く礼の言葉を述べると、麗奈は澄ました顔で首を横に振った。

「べつに。気にすることとちゃうし」

ドアが開く。そのまま麗奈に腕を引かれるようにして、久美子は人けのない駅を進む。普段は北宇治高校の生徒で混雑している駅も、この時間帯であればすいている。平日の朝練習は、校則で使用できる時間が制限されていた。学校へとつながる道には、朝練に向かうであろう運動部員の後ろ姿がちらほらと見える。その多くがジャージ姿であるせいか、制服姿の自分たちはやや浮いているように久美子には思えた。

「久美子さ、どうなん」

茶色のローファーがアスファルトを踏み締める。揺れるポニーテールの毛先が、久美子の視界にちらついていた。普段は流している黒髪を、今日の麗奈は高い位置で結んでいる。頬にかかる幾筋かの髪の毛が、彼女の頬に柔らかに触れていた。

「どうって何が？」

昇降口で靴を履き替える。スニーカーの底には乾いた砂がこびりついており、久美子は思わず顔をしかめた。埃っぽい臭いがつんと鼻に刺さる。早々に靴を履き替え終えたのか、廊下に立つ麗奈が急かすようにこちらを手招きした。その隣に慌てて駆け寄ると、麗奈は満足そうにその口端を吊り上げた。

「ほら、ユーフォにソロあるやん。あれ、久美子が吹くことになりそうなん？」

「え？」

「だって、いまのユーフォパートでいちばん上手いのは久美子やんか」

さらりと告げられた台詞に、久美子はゴクリと唾を飲み込んだ。それを平然と肯定するほどの強さを、久美子は持ち合わせてはいない。

「うーん、そうかなあ」

曖昧に反応を濁す久美子に、麗奈は意味ありげに目配せを寄越す。

「夏紀先輩に悪い？」

「そういうつもりじゃないけど、」

「アタシは久美子と一緒にソロやりたいけどね。久美子もそうでしょ？」

「わかってるくせに」

久美子の返答に、麗奈はクツリと喉を鳴らす。麗奈の隣に立ちたい。麗奈と、対等になりたい。密かに胸のうちに抱えている願望を、彼女は知っているのだろうか。久美子はちらりと隣を見る。毛穴の見えない彼女の真っ白な肌は、純白のゲレンデによく似ていた。まだ誰も足を踏み入れていない、まっさらな銀世界。もしも自分が手を伸ばせば、その白銀を手に入れることができるだろうか。

手すりに指を滑らせ、久美子は無言で階段を上る。三階にある音楽室は、昇降口からはやや遠い。一段先を歩く麗奈は、汗ひとつかいていなかった。その瞳が、おもむろに頭上を見上げる。

「どうしたの?」

久美子の問いに、麗奈は「し」と唇に指を当てた。耳を澄ませると、空気に紛れるようにして微かに楽器の音色が聞こえてきた。なんの楽器かを特定するまでもなく、誰が吹いているかはすぐにわかった。この時間に練習している人間といえば、ほとんど限られているからだ。

麗奈が肩をすくめた。

「オーボエの音……相変わらずみぞれ先輩は来んの早いな」

「平日も早いよね。家が近いの、うらやましい」

「まあ、家ではなかなか練習できひんやろうしな」

「麗奈の家は防音設備あるんだよね? いいなあ」

「ふふ、じゃあ今度家来る?」

「いいの?」

「部活が休みのときになるけど」

「じゃあまだまだ行けないなあ」

音楽室に近づくにつれ、聞こえてくる音色は大きくなる。単調なオーボエの音色が、まるで機械のように複雑なフレーズを繰り返す。素早いパッセージはかなりの難度の高さであるにもかかわらず、綻びが一切ない。

「さすがみぞれ先輩」

麗奈が感心したようにうなずく。みぞれの基礎練習狂いはいまに始まったものではない。誰よりも早く部活に来る彼女は、その大半の時間を基礎練習に充てている。コツコツと積み重ねてきた努力のおかげか、彼女はたいていの曲を初見で演奏することができるらしい。

扉の前に立ち、麗奈が取っ手に指をかける。滑らかにスライドしていく扉の向こう側で、目を丸くする希美の顔が見えた。

「おはようございます」

授業体形のままの音楽室で、みぞれと希美は並ぶように座っていた。挨拶を口にする久美子と麗奈に、みぞれはリードから口を離すと、小さく会釈した。いつものように、希美が明るい笑顔を浮かべる。

「おっはよー。二人とも熱心やねぇ」

後方の席では、夏紀と優子がカレンダーをあいだに挟み、何やら顔を突き合わせていた。部長副部長コンビが朝練習の時間に音楽室にいるのは非常に珍しい。四人しかいない音楽室に、久美子と麗奈は足を踏み入れる。二人はきょろきょろと周囲を見渡し、やがては空いている左端の列に隣り合うようにして座った。椅子の上に鞄を置き、楽器室にユーフォを取りに行く。久美子が再び音楽室に戻るころには、優子と夏紀がいつものごとく言い争いをしていた。

「やからさあ、こんなスケジュールの組み方してどうするわけ？　頭のねじ、どっかに落っことしてきたんとちゃう？」

夏紀の指先がカレンダーを強く叩く。優子は眉尻を跳ね上げた。

「べつにこれぐらい平気やし。うちをなんやと思ってんの。部長サマやで？」

「はあ？　どの口がそんなことおっしゃってるんですかね。とりあえず、合宿には別の役職を置きます。全部員をアンタだけでまとめられるわけないやろ、アホ」

「これぐらいできるって言ってるやん。去年のあすか先輩もやってたし」

「あれはあすか先輩やったからできたんやって、さっきから言ってるやん」

「うちがあすか先輩に劣ってるって？」

「少なくとも脳味噌の容量は半分以下でしょ。冷静に自分のキャパ考えてみ？　だいたい、あすか先輩は副部長や。アンタが張り合う相手とちゃうやろ」

「べつに張り合ってへんわ」

「じゃあワガママ言ってんと、副部長サマの話を聞きなさいって」

ぐぬぬ、と優子が悔しそうに歯噛みする。どうやら夏合宿について揉めているらしい。あの二人、大丈夫なのだろうか。不安な感情が顔に出ていたのか、希美が安心させるように久美子の肩を軽く叩いた。彼女は久美子の目の前の机に浅く腰かけると、優子たちを指差した。

「あの二人、ここ最近いっつもあんな感じやねんなぁ。あれもあすか先輩の呪いか」

「なんです？　あすか先輩の呪いって」

不穏な単語に首を傾げると、希美は肩を揺らしながら苦笑した。

「いや、悪口とかじゃないねんけどさ。有能な人を基準に組織作りしてると、その有能な人間がおらんくなった途端にいろいろとしんどくなるなって話」

「優子先輩は有能やと思いますけど」

無表情のまま、麗奈が不満そうな声を上げる。希美は一瞬目を丸くし、それからへらりと破顔した。「ゴメンゴメン」と彼女は両手をこすり合わせる。

「優子がどうとかじゃなくて、単純にあすか先輩って優秀すぎたからさ。優子がそれを追っかけようとする気持ちもわかるねんな。……ま、夏紀って前から過保護なとこあるし、説教ばっかりになるのも理解できるけど」

会話を聞きつけてか、夏紀が勢いよく顔だけをこちらに向ける。

「誰が過保護やって？」

「うわ、地獄耳」

夏紀に軽くにらまれ、希美はおどけた仕草で自身の口元を手で覆った。優子はリスのように両頰を膨らませると、不満を隠そうともせずカレンダーに何やら文字を書き込んでいた。夏紀に注意されたため、しぶしぶ予定を変更しているのだろう。一心不乱にマジックで文字を書き込みながら、優子が唇をとがらせる。

「あーあ、ほんま模試とか最悪。マジウザい。なんで夏休みもこんなに試験受けなあかんわけ。部活だけに専念したいのに」

「受験生やねんからしゃあないやん。夏休みだけで模試三回もあるで。オメデトウ」

嫌がらせのように拍手する夏紀に、それまで黙々と楽譜に目を通していたみぞれが便乗した。ぱちぱちと手を鳴らす彼女の行為に、おそらく深い意図はない。

げんなりした顔で、優子が頭を左右に振る。

「なんもおめでたないわ。あー、夏紀なんかと同じ志望校とか、マジ最悪」

「大学でもずーっと友達だネ」

「うわ、なんやいまの。鳥肌がすごい」

「うちと同じ大学を受けれることを光栄に思ってもええねんで」

「なんで上から目線なん」

きゃんきゃんと言い争う二人の会話を聞き流し、久美子は机に座ったままの希美を見上げた。ん？　と希美が小首を傾げる。

「希美先輩たちは進路とかもう決めてるんですか？」

「うち？　まだ悩んでるけど、音大に行こうかなって思ってる。まあ、三年から対策するのってめっちゃ遅いほうなんやとはわかってるけど」

「音大を受けはるんですか」

麗奈が話題に食いつく。プロ志望である彼女は、幼いころから音楽大学に進学すると決めていた。

「まだ確定ちゃうけどな」

そう言って希美は振り返り、みぞれのほうを指差した。

「みぞれも受けるで、音大。志望校同じやし、いまのところ」

「えっ、みぞれ先輩がですか？」

驚いてみぞれのほうを見やると、彼女はリードから唇を離し、無表情のままこくりと首を縦に振った。

「うん、受ける」

「な、なんでまた音大へ？」

「希美が受けるなら、私も」

さすがにそれは行きすぎだろう、と久美子は思わず閉口する。ちらりと隣を見ると、麗奈も複雑そうな顔をしていた。後輩二人が神妙な面持ちとなったのを察してか、希美が「あはは」と可笑しそうに笑い声を上げた。

「いやいや、何本気にしてんの。みぞれなりのジョークやん」

紡がれた希美の声は、どこまでも軽やかだった。みぞれは押し黙り、無言のまま楽譜をめくった。みぞれの言葉を冗談だと思っているのは、この場では希美一人だけだった。優子が希美を見つめる。その瞳の奥で、不安げな光がちらちらと揺らめいている。室内に充満する空気に、何やら不穏な影が落ちる。無意識のうちに久美子は唾を飲んでいた。

「そういや、もうすぐあがた祭りやなあ」

キュッ、とマジックのペン先が紙面をこする。声の出所へと顔を向けると、頬杖をついたまま夏紀がカレンダーに書き込みをしているところだった。唐突にもたらされた話題を、希美はなんの抵抗もなく受け入れた。

「もうそんな時期やねんなぁ。忙しかったからすっかり頭から抜けてたわ」

「ってことはもう六月か。時間足りひんな。もっとちゃんとした計画を――」

「アンタは一回部活から脳味噌離しなさいって」

優子の言葉を遮り、夏紀が呆れたように言う。そんな忠告も無視し、優子は自身の口元に手を当てると、考え込むように何やらぶつぶつとつぶやいていた。どうやら相当重症らしい。

「みぞれは予定どうなの？」

「わ、私は全然、予定とか……ない」

「ふうん。じゃあ一緒に行こうや」

机から垂らした足を揺らしながら、希美が気安い口調で告げる。え、と漏れたみぞれの声は、いつもより少しうわずっていた。大きく見開かれた瞳は、いまにもこぼれ落ちてしまいそうだ。

「う、うん。希美がいいなら」

「でも二人だけじゃ物足りひんよな。夏紀も優子も一緒に行こうや」

笑顔の希美とは対照的に、みぞれの顔が微かに強張る。何かをこらえるように、その薄い唇が真一文字に引き結ばれた。その異変に、希美が気づく気配はない。両腕を自身の後頭部に回し、夏紀はそのまま体重を後方にかける。椅子が斜めに傾き、ギイと苦しげなうめき声を上げる。

「ま、今年はせっかくやし行こうかな。コイツと行くってのは癪《しゃく》やけど」

「はあ？　それはこっちの台詞やねんけど」

そう反論する優子の視線は、みぞれに固定されていた。それを一瞥し、夏紀が優子の手からマジックを取り上げる。その眼前で挑発するようにひらひらとマジックを揺らしてみせれば、優子はむっとした顔で夏紀をまっすぐににらみつけた。

「何すんの」

「いや、アホ面さらしてるからさ」

「アンタよりマシやわ」

テンポよく交わされる会話をかき分けるように、希美は音もなく机から下りる。くしゃくしゃになったスカートの裾を強く引っ張り、彼女はみぞれのもとへと歩み寄った。譜面台に腕を置き、希美はみぞれを見下ろす。

「みぞれはほかに誘いたい人とかいる？　みぞれが好きな子、誰でも呼んでいいよ」

「……いない」

目を伏せ、みぞれは静かに首を横に振る。そっかー。希美から漏れた短く明瞭な相槌には、落胆にも似た感情がにじんでいた。いつもは快活な笑みに彩られた唇が、自嘲げにゆがんでいる。なぜ、希美がそんな顔をするのだろう。彼女の胸中を予測することすらできず、久美子は楽器を抱えたまま首をひねった。希美とみぞれ。二人の関係がこれから先どうなっていくのか、久美子には皆目見当がつかなかった。

練習を終え、久美子たちは足早に音楽室をあとにした。ホームルームの開始まで、残された時間はたったの五分。予鈴が鳴り終わるまでのあいだ、廊下では多数の生徒たちが雑談に花を咲かせていた。人混みの多い廊下は二人で並んで歩くには狭すぎるため、久美子は麗奈のあとを追うような形で歩くしかなかった。階段の踊り場で群れをなす女子生徒たちが、顔を突き合わせるようにして談笑している。

「めっちゃそれええやん。夜とかさ」

「花火？　バケツの準備すんのめんどいねんなあ」

「家の近くでやればええやん」

「じゃさ、あがた祭りのあとでアンタの家行く？」

「私、神輿見たいんやけど」

「いやいや、無理やって。神輿の時間帯はうろついてたら補導されるもん」

「じゃあ諦める。はー、当日は鈴カステラパーティーか」

「アンタほんまアレ好きやな」

きゃはは、とはしゃぐような声が間近で聞こえる。似たような髪型をした女子生徒たちは、わざわざおそろいのヘアアクセサリーをつけていた。

耳から入る情報が、脳内にそのまま垂れ流される。眠気にどっぷりと浸った脳は、完全に思考を放棄していた。あがた祭り。花火。鈴カステラ。聞こえてくる単語は、無意味な音の塊として久美子の鼓膜を刺激した。

「久美子はどうすんの？」

麗奈がこちらを振り返る。黒々とした瞳に、自分の間抜け面がさらされている。何が、と久美子は反射的に問う。あがた祭り、と麗奈は簡潔な答えをこちらに寄越した。

「もうすぐやん、六月五日」

「あぁ、うん。そうだね」

「塚本と行くん？」

きゅっと喉が鳴る。無意識のうちに唾を嚥下《えんげ》していたようだ。視線を足元に落とし、久美子は意味もなくスカートの裾を引っ張る。心臓がドキドキする。いいドキドキではない、不快なドキドキだ。身体全体の筋肉が強張り、額から汗が噴き出す。麗奈の顔が見られないのは、心のどこかで後ろめたさを覚えているからかもしれない。

――久美子なら、わかってくれると思って。

一年前のあの日、麗奈は言った。大吉山《だいきちやま》から見下ろす夜景は美しかった。あふれる有象無象に媚びたくない。大多数の人間が理解できないことをしたい。特別になりたい。麗奈の抱えていた願望に、久美子は強く共感した。だけど、いまはどうだろう。一年という時間を経て、よくも悪くも二人は変わった。

「……何その顔」

ふ、と麗奈が吐息を漏らす。澄ました顔で、彼女は結われた黒髪の先端を自身の指に巻きつける。

「あ、いや、そのー、なんて言うか、まだどうするか決めてないっていうか」

「塚本と行ってきいな。せっかく付き合ってるんやから」

「でも、」

「わかった。じゃあ、りんご飴で手を打ったげる。もし時間あったらさ、お祭りのあとにでも家に来てよ」

チャイムの音が響き、学生たちは一斉に動き始める。普通科の久美子と違い、進学コースである麗奈の教室は校舎のいちばん奥まった場所に位置していた。人の流れに沿うようにして、麗奈が速足で廊下を進んでいく。凛としたその後ろ姿は、夏服の群れに紛れてあっという間に見えなくなった。

足の裏を地面にピタリとつける。腹部を膨らませることを意識し、一気に大きく息を吸い込む。三秒息を止め、それから自分の出せる最大の音量をマウスピース越しにベルから吐き出す。象の鳴き声に近い、割れるような音。勢いだけはあるが、音程もめちゃくちゃだ。そこから勢いを落とし、今度は品を保ったフォルテシモ。実際の演奏で使うには、最低でもこのレベルの質は必要だろう。カチ、カチ、カチ。メトロノームのリズムに合わせ、今度はギリギリのピアニシモ。マウスピースが大きいせいか、音量を絞って吹くのは難しい。低い音、高い音。音階順にロングトーンを繰り返しながら、久美子は自分の能力の現段階での限界を探る。自分にできないことを知らなければ、それを克服しようと努力することすら不可能だ。

「そこのリズムはタータタタッターじゃなくて、ター、ッタタタッター。わからへん？　じゃあ、手で叩いてみよっか」

放課後、パート練習室。教室の隅では、梨子が葉月とさつきを相手に課題曲の指導を行っていた。その近くの席で、美玲が自由曲をすらすらと通しで吹いている。卓也、梨子、美玲の三人は、初見の時点で譜面どおりの演奏が可能だった。

「うぅ、すみません。梨子先輩の貴重なお時間を使わせちゃって」

「ほんますみません」

「気にせんでええよ。後輩の面倒を見るのが先輩の役目やからね」

微笑みとともに投げかけられた梨子の台詞に、後輩二人はふるふると感激したように肩を震わせた。難度の高い譜面に葉月とさつきは苦戦し続けており、ここのところ梨子からつきっきりで指導を受けていた。

教室の窓側の席では、夏紀が先ほどから楽譜とにらめっこを続けている。自由曲を吹いては止め、吹いては止めの繰り返し。高い音を出すのを苦手とする彼女は、自由曲にある裏メロに手こずっていた。成功率は現在のところ三十パーセントといったところだろうか。そこから少し離れた席で、奏が軽々と第一楽章の旋律を演奏している。一音だけ飛び跳ねるように高くなるメロディーは難関ポイントのひとつであるが、彼女にとっては苦戦するほどのものではないらしい。レガートの指示が出ているにもかかわらず、高音を警戒しすぎているせいで音と音が滑らかにつながっていないのは気になるが。

教卓横の開いたスペースには、いつものごとく緑輝と求が並んでいた。彼女たちの腕のなかでは、巨大なコントラバスが一本足で立っている。弦を弾いていた求の手が、ぴたりと止まる。楽譜を凝視していた彼は、何やら思い詰めたような顔で口を開いた。

「あの、すごく失礼なこと聞いてもいいですか」

「なあに？」

緑輝が小首を傾げる。弓を持っていた彼女の手が、音もなくだらんと落ちた。求が教室中をぐるりと見回す。その視線が、夏紀の頭上で一瞬止まった。

「コントラバスって、なんのために吹奏楽にいるんでしょうか？」

聞こえてきた問いかけに、久美子は内心で動揺した。ベルから流れるロングトーンが、不自然な形で揺らいでしまう。近くにいた奏がちらりとこちらを見た。距離の離れた位置にいるほかの部員たちには、二人の会話は聞こえていないようだった。

「僕、昔から思ってたんです。コントラバスって、本当に必要な存在なんかなって。音なんてほかの楽器の音にかき消されるし、お客さんにだって聞こえないし」

奏の指が激しくピストンの上を跳ね回る。アップテンポのフレーズだが、一つひとつの音がきちんと処理されているのがわかる。その背後から、上がり損なった不格好な音が聞こえてくる。夏紀が高音を外したのだ。マウスピースに息を吹き込み、久美子は手慰みにピストンを軽く押す。

緑輝の目が、求の視線をゆるりとたどる。小動物と評される愛らしい仕草で、彼女が求の顔をのぞき込んだ。

「求くんは、外から音を聞いたことある？」

「外というのは？」

「演奏側じゃなくて、観客側ってこと。コンバスがいるのといないのとじゃ、響きが全然違うなーって感じると思うよ」

緑輝が戯れに弦を弾く。ビィン、と低く空気が震えた。

「コントラバスの大事な役割は、音量じゃなくて、響きを演奏に加えること。あとは奏法が違うから、管楽器とは違う形で音を作れるってのが強みかな。演奏全体の雰囲気を変えちゃう、それがコントラバスの持ってるものすごーいパワーやねん」

ね、と緑輝が白い歯を見せて笑う。鮮やかなエメラルドグリーンの髪留めが、ふわふわとした髪のなかに埋もれている。求は眉間に皺を寄せた。痛みをこらえるような、そんな顔だった。緑輝が再び弦を弾く。

「楽器に優劣はないし、音楽を作るのに不必要なパートもないよ。ほら、ピラミッドと一緒。頂点ばっかり目立つかもしれへんけど、いちばん上を支えるためには下の土台が必要やんか。コントラバスはそういう、気づかれにくーい部分を支える役割を果たしてるんとちゃうかな」

だから、と緑輝が言葉を続ける。

「自分がいいひんくても構わへんなんて考えは、もってのほかやと緑は思うなぁ」

図星を突かれたのか、求の肩がびくりと揺れる。泳ぐように逸らされた瞳が、再び夏紀を映し出す。あぁ、もしかして。と、久美子はそこでなぜ求が緑輝にいさめられているのかを理解した。彼は、恐れているのだ。自分のせいで他者が枠から弾き出されてしまうのではないか、と。

今年の一年生部員の数は、四十三人。低音パートには新しい仲間が四人も増えた。そして、人数が増えれば増えるほどオーディションの倍率は上がる。

去年のコンクールでAメンバーとなったのは、チューバ二人、ユーフォ二人、コントラバス一人だった。部員の層が厚くなった今年、間違いなくコントラバスやチューバの人数は増えるだろう。だが、ユーフォニアムは去年と同じ二人となる可能性が非常に高い。三人のうち二人を選ぶとき、そこに三年生である夏紀が含まれるのか。先ほどから求が自身の楽器に対して消極的な姿勢を見せている原因はそれだろう。コントラバスの自分ではなく、ほかの楽器の三年生部員をAメンバーに入れてほしい。暗にほのめかされた希望は、コントラバスという楽器に誇りを持っている緑輝にとって見逃せなかったに違いない。

「……すみません」

うなだれた求が、謝罪の言葉を口にする。いいねんで、と緑輝は静かに微笑んだ。

傷だらけの彼女の指が、弦の上で踊り出す。奏でられた旋律は、第二楽章冒頭の嵐のシーンだ。不穏な響きをはらむ音色が、じわじわと空気を侵食する。ふと奏のほうを見やると、彼女は何食わぬ顔でユーフォニアムのソロパートを練習していた。

「あー、久美子先輩！」

唐突に響いた明るい声に、久美子はその場で足を止めた。棚に楽器ケースを押し込んでいた奏も、反射的にそちらを振り返る。狭い楽器室でぶんぶんと手を振っていたのは、オーボエパートの梨々花だった。

「おぉ、梨々花ちゃん。どうしたの？」

「べつにどうもしないですよ。何か用事がないと先輩とおしゃべりしちゃだめですか？」

「い、いや、そんなことはないよ、全然」

「ですよねー」

両手を重ね合わせ、梨々花は満足そうにうなずく。楽器ケースを片づけていた奏が、呆れをにじませた眼差しを梨々花に向けた。

「梨々花。変な絡み方するのはやめてあげて」

「えー、これのどこが変なんさ。いつもどおりやって。ね、先輩」

「あ、うん」

語尾を強調され、久美子は曖昧にうなずいた。こちらのやり取りを見て、奏が大きくため息をつく。

「久美子先輩がそれでいいのなら構いませんけど、後輩への接し方はもう少し考えたほうがよいかと。威厳というものがありますから」

「ご、ごめん」

「謝らなくていいですよ。梨々花を紹介した時点で、どうせこうなるだろうと予想していたので。……梨々花はもうちょっと先輩に敬意を払ったほうがええんちゃう？」

奏の忠告など一切気に留めた様子もなく、梨々花はなんの脈絡もなく奏の腕に抱きついた。あからさまに胸を押し当て、梨々花は「えー」と鼻にかかった声を発する。にんまりと持ち上がる口角に、奏の眉間に皺が寄った。

「でもさー、奏の口だけ敬語よりはマシやって。奏の場合、相手を馬鹿にしてるのバレバレやし。アレに比べたら私の愛を込めたしゃべり方のほうが先輩受けもいいに決まってるもーん」

なぜか決め顔を作る梨々花を、奏は鼻であしらう。

「ぶりっこ」

「またまたー。そんな私が好きなくせに」

「まあ、好きなのは認めるけど」

「わあ、大胆。私も奏のこと好きー。チューしてあげよっか？」

「それは結構」

「遠慮しなくてええのに」

テンポよくかけ合わされる会話に、久美子が入る隙はなかった。居心地の悪さを感じ、久美子はその場で身じろぎする。梨々花と奏は特別に仲がいい。昼食時間にパート練習室で談笑する二人を観察していれば、そんなことは簡単に察することができた。相手によっていくつもの仮面を使い分ける奏が、砕けた態度を示す唯一の相手が梨々花だった。いや、もしかしたらその認識も間違っているのかもしれない。奏の言動は、演技と素の境界線が曖昧だ。梨々花に対して見せる気安さも、彼女が意識してそう振る舞っているだけの可能性は充分あった。

「相変わらず二人は仲良しだね」

とりあえず当たり障りのない言葉を久美子がかけると、梨々花はご満悦な様子でうなずいた。

「そうなんですー。ラブラブなんですよ」

「梨々花って誰にでもそういうこと言ってるよね」

「もしかしてヤキモチ？　やーん、安心して。私のいちばんは奏やから」

「いちばんがいったい何人いるのやら」

「奏が特別ってのはほんまやで？　私ら親友やん」

「そうやったん？　いま初めて知ったわ」

「ひどーい」

両目に手を当て、梨々花がわざとらしく泣き真似をする。この二人の会話に中身があることなどほとんどなく、たいていは先ほどのように冗談か本音か判別のつかない台詞を交互に投げかけ合っている。

「そういえば、みぞれ先輩とは仲良くなれた？」

以前に相談された内容を思い起こして久美子がそう尋ねると、梨々花は先ほどまでのふざけた表情から一転、真剣な面持ちで頭を下げた。

「その件に関しては本当にありがとうございました。頑張った結果、無事普通にお話できるようになりました」

「普通にって？」

「天気の話とか好きな食べ物とか、そういうアレですね。いわゆる、世間話というやってです。みぞれ先輩、ソーダ味のグミとか好きらしいですよ。ほんま可愛いですよね」

何気なく投下された情報に、「おお」と久美子は短くうなった。距離が近づいたという彼女の談は、どうやら本当らしい。

ひと重とも《え》ふた重とも呼べない瞼を上下させ、梨々花はじっと探るような視線をこちらに寄越す。

「そういえば、中川先輩って何が好きなんですか？」

「なんでいきなり夏紀先輩の話に？」

警戒が声に表れていたのか、梨々花は冗談めかした口調で答える。

「やだなー。とくに深い意味はないですよ。ただほかの三年生の人はどんな趣味をしてるのかなーって。ね、奏も気になるやんな？」

「まったく気にならへんけど。もし興味あったら自分で聞いてるし」

「もーう、奏ってばそういうとこ頑固やねんから。私は中川先輩って素敵な人やと思うけどなー。副部長やし、優しいし」

一瞬、梨々花が意味ありげにこちらに目配せした。梨々花の意図はさっぱりつかめないが、とくに否定する必要もなかったため、久美子は素直に彼女の誘導に従った。

「確かに、夏紀先輩って相当優しいとは思う」

「でも、人格と演奏の実力は関係ないですよね？」

そう苛立たしげに吐き捨てたのは奏だった。普段の猫をかぶったしゃべり方とは異なる、冷ややかな声だった。

「私はべつに、中川先輩のことはなんとも思っていませんよ。本当に、なんとも。意識する必要のない人ですから。あの人は三年生ですけど、それとオーディションはなんの関係もないですし。だいたい、先輩だっていうわりにあの人から教わることなんてないですし」

いやに饒舌だな、と久美子は胸中で独りごちる。普段の奏なら、社交辞令にまみれた言葉で適当に処理していただろうに。心を開いた友人の前だからだろうか、奏の横顔からはぼろぼろと笑顔の仮面が剥がれ落ちていた。自分では己の感情を完璧にコントロールできていると信じている。彼女は未熟だ。なのに、隠し切れない傲《おご》りに、久美子は少し安堵した。その愚かさこそが、彼女が年相応の子供であると伝えているようなものだったから。

にこり、と梨々花は笑みを深める。その指が、奏の腕を強く握った。

「とか言うて、ほんまは気になってるんとちがう？　嫌よ嫌よも好きのうちーってさ」

「じゃ、普段から好き好き言ってくれてる梨々花は、ほんまは私のこと嫌いなん？」

「そんなわけないやーん、大好き大好き」

「感情がこもってへんなあ」

「口で伝わらへんってことは、恋文を書くしかないか。ふっ、しゃあないな」

「なんで乗り気なん。またあの変なポエム書く気？」

「変とは失敬やなー。数学の時間を全部ささげた力作やで？」

「あー、だからポエムにコサインやらタンジェントやらが入ってたのか」

二人の会話はどんどんと脱線していき、最終的には次の数学のテストはどの教師が作るかの話となっていた。この場から立ち去るタイミングを完全に失い、久美子は興味の欠片もない雑談に相槌を打ち続ける羽目となった。

「久美子、こんなところにいたん」

そんな久美子を救い出してくれたのは、楽器室に突如として現れた麗奈だった。楽譜ファイルを抱えているところを見るに、棚へと片づけに来たのだろう。彼女が姿を現わした途端、奏はいつものように愛想のよい笑みを顔面に張りつけた。明確な線引き、わかりやすい境界線。奏は多くの人間の前で、完璧な後輩を演じ切る。梨々花が無邪気に歓声を上げた。

「高坂先輩、お疲れ様です」

「あぁ、お疲れ」

麗奈は軽く手を振って挨拶に応じ、そのまま棚へとファイルを仕舞った。楽器室ではパートごとに楽器を置く場所が決まっているが、それと同じようにパートごとに私物を置くための棚が用意されている。トランペットパートの使用しているスチールラックには、メトロノームや楽譜ファイル、持ち運び用の譜面台のほかに、数冊の音楽教材が並んでいた。

傾いていたファイルにブックエンドを差し込み、麗奈がこちらを振り返る。

「そろそろ下校時間やねんけど、久美子はいつまでここでしゃべってるつもりなん」

「ごめんごめん、もう帰るよ。それじゃあ二人とも、また明日ね」

ここから脱出する体《てい》のいい理由が見つかり、久美子は嬉々《きき》として麗奈とともに楽器室をあとにした。廊下に出て、久美子は脱力したように息を吐き出す。両腕を回すようにして伸びをすると、ぽきぽきと肩が鳴った。

「後輩やのにずいぶんとあの二人に気ぃ遣ってんねんな」

「そんなつもりはないけど。でも、あの二人なかなかパンチのある性格してるから、そろうと圧倒されちゃうんだよね」

「そう？　二人とも真面目ないい子やん」

「麗奈の前ではね」

お疲れ様です。傍らを通り過ぎる一年生部員たちが、口々に挨拶を繰り返す。この一年のあいだ、吹奏楽部ではさまざまなルールが制定された。部活を休む場合は事前にパートリーダーに連絡すること。楽器内にたまった水を捨てるためのミニバケツは、使用後に水で洗うこと。月に一度、部室である音楽室の大掃除を行うこと。そして、きちんと挨拶を行うこと。

それらは部の運営が円滑に行われるために定められたものであり、そのほかにもこまごまとしたルールは増え続けている。それ自体はいい。これだけの大人数の部活だ、秩序を保つためにも規則は必要だろう。だが、と久美子は頭を下げたままの後輩たちを一瞥する。

挨拶時には四十五度以上のお辞儀をすべし。誰がどこで言い出したかはわからないが、一部の一年生のあいだではそんなルールが暗黙の了解として定着し始めていた。自主的にやる分には構わないが、ほかの部員にそうしたルールを強要する空気が流れ始めているのはいただけない。

「あの堅苦しい挨拶、私あんまり好きじゃない」

麗奈の耳元に顔を寄せ、久美子はささやく。麗奈は肩をすくめた。

「アタシも」

「でも、ああいうのって一度流行り出したら止まらないんだよね」

「草の根運動しかないんとちゃう？　そんなかしこまらんでいいよって毎回声かける

とか」

「それかスピーカー二人に頼むしかないかな」

「あぁ、さっきの二人。確かに、あの二人やったら上手くやってくれそう」

廊下を抜け、パート練習室の前に立つ。葉月と緑輝の姿が見えないところを見るに、片づけに時間がかかっているのだろう。久美子と麗奈は空いている席を適当に見繕うと、二人がそろうのを待った。

「そういえばさ、久美子って加部先輩と仲良かったやんな」

思い出したように麗奈が口を開く。深緑色の黒板の隅には、可愛らしい丸文字で数字が書き込まれている。受験日までのカウントダウンは、すでに始まっているらしい。

「まあ、同じ一年生指導係だからね。でも、いきなりなんで？」

「いや、最近加部先輩の様子がおかしいから」

麗奈が肘を置く机の隅には、シャープペンシルで落書きがされていた。角度によって見えたり見なかったりする鉛色の文字列が、見知らぬ誰かの永遠の友情を誓っている。そのいちばん下に添えられた日付は、つい昨日のものだった。

「オーディションも近いのにほとんど練習してはらへんし。一年生の指導にかかりっきりって感じで……しかも、ここ最近職員室にやたらと行き来してはる」

「加部ちゃん先輩、前から初心者の子らに入れ込んでるからなあ」

「入れ込んでるにしても、わざわざ職員室に行く必要ないやん」

反論する麗奈の頬には、うっすらと朱が差している。興奮しているのか、彼女の指が何度も机の表面を弾いた。眉をひそめ、麗奈は大真面目な顔で言う。

「もしかしてさ、加部先輩って滝先生に会うためにわざわざ職員室に通ってはるんとちゃう？」

「はは、まさか。麗奈じゃないんだから」

思わず漏れた本音に、麗奈は無言のままこちらの脚を軽く蹴った。


あがた祭り当日。雨ときどき曇りという天気予報士の言葉どおり、この日はあいにくの天候だった。湿気をはらんだ空気からは湿気のこもった土みたいな匂いがする。ワンタッチのボタンを押すと、ぱんと白色の傘が開いた。細かい黄色のドット模様には、いくつもの水滴がこびりついている。

「雨降ってるね」

秀一とはマンションのエントランスホールで待ち合わせていた。彼のさす透明なビニール傘は、久美子の傘よりもふた回りほど大きい。ぽつぽつと耳元でささやき続ける雨音に、久美子はいささか飽き飽きしていた。

「夕方にはやむかと思ったけど、やっぱダメだったね」

「まあ、梅雨《つゆ》やし、しゃあないな。毎年この時期は雨ばっかや」

「去年は晴れてたのに」

「去年は運がよかったんやろ」

アスファルトの道路には、薄い水の膜が張っている。厚みのあるスニーカーの底が、歩くたびに小さな波紋を作り出した。ぴちゃん、ぴちゃん。靴底にまとわりつく感触が、なんだか愉快だった。

「吹部の子、ほかにも来てるかな」

「うちのパートの先輩とかは行くってしゃべってはったけどな。雨やし、取りやめたやつもいるやろうけど」

「梨子先輩と卓也先輩も来るって話してた」

「あぁ、相変わらずあの二人は仲ええな」

秀一がクツリと喉を鳴らす。その眉尻が、微かに下がる。

「後藤先輩、東京の学校受けはるんやろ？　あの二人、遠距離になるんやなあ」

「先輩たちなら大丈夫でしょ」

「俺もそう思ってはいるんやけどさ」

うつむく顔の動きに合わせ、彼の透明な傘が斜めに傾く。柔らかな霧雨が、傘からはみ出た腕をくすぐった。彼の身につけたクロップドパンツが湿気を吸い込み、そのオリーブグリーンをさらに深い色にしている。なんだかおそろいみたいだな、と久美子は自身のはくショートパンツを見下ろした。若草色の裾には、アクセントとしてリボンが結ばれている。かなりの時間をかけて吟味した白のチュニックは、姉である麻《ま》美子《みこ》が要らないと言って押しつけてきたお下がりの品だった。

「三年生の先輩たちが進路の話してるとさ、なんか不安にならない？」

「あー……まあ、焦るっちゃ焦るな」

「私、自分の進路とか全然わかんないし」

「俺もそんなんまったく考えてへんって。多分大学に入ることになるんやろうけど」

「何学部？」

「さあ？　なんも決まっとらん」

「そんなんでいいのかなあ」

「ま、やりたいことなんてこれから見つかるやろ」

平等院通りを抜けると、宇治橋からやってくる人混みと合流する。傘をさしている人間はあまりおらず、そこで久美子は雨がほとんど降っていないことに気づいた。傘を閉じ、取っ手の部分を腕にかける。先端からこぼれ落ちる水滴が、濡れた地面に吸い込まれていった。

「久美子さ、何食べたい？」

「鈴カステラ」

「お前、そんなん好きやったっけ？」

「いや、なんとなく」

なんやそれ、と秀一は笑った。その背中を見失わないように、久美子は彼のシャツの裾を軽くつかむ。すれ違う男女の二人組が、腕を絡ませ合っている。恋人同士というのはあれぐらいするのが普通なのだろうか。ちらりと秀一を見上げると、彼は間抜け面をさらしてケバブの屋台を指差していた。

「なあなあ、アレ食おうぜ」

肉を積み上げて作られた柱からは、確かに香ばしい香りが漂ってくる。食欲が刺激され、口のなかでは唾液があふれた。薄いポケット状の形をしたピタのなかに、店主が手際よく野菜や肉を詰めていく。ぎゅうぎゅうに詰められた具の上へ、オレンジ色のソースがかけられる。手渡された商品を受け取り、秀一は勢いよくそれにかぶりついた。

「そんなに美味しい？」

「ん？　ひと口食うか？」

ほら、と包装ごと秀一がケバブを差し出してくる。ありがたく受け取り、久美子は大口を開けてケバブをかじった。唇の端に、あふれたソースが付着する。それを舌で舐め取り、久美子は手のひらで腹部をさすった。

「いけるね、これ」

「やろ」

屋台の並ぶ道を、二人は人波に従って進んでいく。だいたいの場所を一巡したころには、集合した時間から二時間ほど経過していた。焼き鳥、冷やしパイン、フライドポテト、から揚げ棒、くじ引き、射的……。散財した内容はほとんど記憶していないが、その大半は久美子の胃袋のなかに収まっていた。

「あ、りんご飴買っていい？」

視界の端に引っかかった屋台には、りんご以外の果物も並んでいた。薄い飴でコーティングされた果物たちは、宝石のように艶やかに輝いている。りんご、ぶどう、マンゴー、パイン、オレンジ、キウイ。ざっと視線を一巡させ、久美子はオレンジ色の飴を指差した。

「すみません。このみかん飴とりんご飴、ひとつずつ」

「なんでみかんなん？」

会計しているあいだ、秀一が大して興味もなさそうな顔で尋ねてくる。財布から小銭を探しながら、久美子は答えた。

「麗奈が柑橘系《かんきつけい》好きだから、こっちのほうがいいかなって」

「俺的にはキウイとかも気になるけどな」

「じゃあ買えば？」

「いや、腹いっぱいやし食う気にならんわ」

そう話す彼の手にあるのは、先ほどの屋台で購入したトルネードポテト。くるくると螺旋を描くそれは、久美子には塩気が強すぎた。

「いまから高坂んとこ行くん？」

「そのつもり」

「ふうん」

串に刺さるポテトを器用に食べ進め、秀一は串をビニール袋のなかに押し込む。久美子は買ったばかりの商品を鞄にしまい込むと、その上から財布を押し込んだ。

「まあ、夜遅いから気をつけろよ」

「秀一も瀧川君のとこ行けば？」

「なんでや」

「喜ぶかもよ？」

「アイツ喜ばせてどうすんねん」

そう言って、秀一は呆れたように肩をすくめた。友達が喜んでくれるならいいじゃないかと久美子は思うが、秀一はそうは考えないらしい。男子同士の友情というのは、女子である自分にはよくわからない。

平等院通りからあじろぎの道へ。祭りの喧騒《けんそう》は徐々にぼやけ、生温い風とともに世界の彼方へと追いやられた。ざわざわと木の葉が身をよじるたびに、黒々とした影が形を変える。外灯に照らされた道には、形のない薄っぺらな獣たちが久美子たちの足元でじゃれ合っていた。影色をしたそれらを踏みつけ、二人は一本道を進んでいく。その傍らでは、水量の増した宇治川が轟々《ごうごう》と深いうなり声を上げていた。

「じゃあ、私はこっちだから」

ぽつんと浮かぶ、鮮やかな朱色。塔《とう》の島《しま》へとかかる喜撰橋《きせんばし》の付近には船着き場があり、普段はこの橋の下を遊覧船が行き来している。

「やっぱ送ろうか？」

久美子が十三重の石塔の方向を指差すと、秀一は神妙な面持ちで久美子の顔を見下ろした。外灯の光を、彼の細長い身体が遮る。久美子は首を横に振った。

「大丈夫。すぐそこだし」

「ならええけど。高坂も俺が来たら迷惑やろうしな」

「そんなことないでしょ」

「っていうか、俺があんまり高坂に近づきたくない」

アイツ怖いし、と彼は大げさに身震いしてみせる。冗談めかした声音だが、おそらく何割かは本音も混じっているのだろう。前々から、秀一は麗奈に頭が上がらない。

「そんなに怖がらなくてもいいのに」

「しゃあない。これぱっかりは本能や」

「何それ」

　そのまましばらく雑談で盛り上がってしまい、久美子が秀一と別れるころには十五分ほど経過していた。小さくなっていく秀一の背中を見送り、久美子はようやく動き出す。腕時計を見ると、時針は八を指していた。『いまから行く』と短いメッセージを麗奈に送り、久美子は人けのない道を進む。先ほどの雨ですっかり濡れてしまった砂利は、久美子が歩くたびにざくざくと軽快な音を立てた。塔の島とは橋と橋でつながっている橘島《たちばなじま》には、巨大なしだれ桜がそびえ立っている。竹製の柵で囲まれた大木には、深緑の葉が生い茂っていた。

　朝霧橋を渡り終えると、久美子の視界に二匹の狛犬《こまいぬ》が飛び込んできた。朱色の鳥居に、ぼんやりと輝く石灯籠。菟道稚郎子命《うじのわきいらつこのみこと》をまつる、宇治神社の入り口だった。去年、麗奈とここを一緒に歩いた。思い出に吸い寄せられるように、久美子は無言で階段を上がる。手水舎《ちょうずや》では青銅色のウサギの口から水の糸が流れ落ちていた。

　宇治神社、宇治上《うじがみ》神社。近隣に並ぶ神社を横目に、久美子は舗装された道を進む。

巨大な鳥居の足元に添えられた、『世界文化遺産　宇治上神社』の文字。その本殿は日本最古の神社建築となっている。去年、隣を歩いていた麗奈は宇治上神社のほうが好きだと話していた。大人の魅力がある、というのがその理由らしい。

「……えっ」

風に紛れた密やかな音色が久美子の耳をくすぐった。反射的に足を止め、久美子は空を見上げる。自分の呼吸音すら邪魔に思え、久美子は息を殺して耳を澄ました。闇に包まれた大吉山。その頂上から微かに流れてきたのは、間違いなくトランペットの音色だった。

駆け出したのは、自分でも無意識だった。展望台へと続く登山道は、外灯がないせいで薄暗い。道が整備されているため足元に不安はないが、それでも人けのない山道を一人で進むのは心許なかった。上へ上へ。展望台に近づくたびに、聞こえる旋律は大きくなる。ゆったりとしたテンポで紡がれる曲の名は、『ロマネスク』。ジェイムズ・スウェアリンジェンによって作曲された名曲だ。

「麗奈、」

展望台に備えつけられた休憩所。そのベンチに、彼女は一人座っていた。こちらの声に反応したのか、心地よいメロディーがふつりと途切れる。風が吹き、その黒髪が翻った。ひどく緩慢な動きで、少女は振り返る。黒鳥《オディール》を思わせる黒のワンピース。その薄いレース生地からは、くっきりと鎖骨が浮き出ている。裾から伸びる彼女の脚が、月光を浴びて艶めかしく光っていた。かち合った双眸は動揺に見開かれ、ツンと上を向いた唇は音もなく綻ぶ。押し殺せなかった吐息が、久美子の口端から小さく漏れる。

「なんで、こんなところにいるの」

疑問をぶつけると、麗奈は何も言わず自身の前髪をかき上げた。その指の隙間から数本の髪がこぼれ落ちる。

「それ、こっちの台詞」

麗奈が笑う。傍らに置かれたトランペットケースに濡れた痕跡はない。傘がないところを見るに、麗奈がここに来たのはつい先ほどのことなのだろう。正方形のベンチに鞄を置き、久美子は空いているスペースに座り込む。スニーカーを脱ぎ捨てあぐらをかくと、「行儀悪い」と麗奈が含みのある声で言った。

「っていうか、ここに来るならちゃんと先に言ってよ。途中で気づいたからよかったけど、危うく麗奈の家まで行くところだったんだよ？」

「いや、本当に来るとは思わんくて」

「何それ。麗奈は私に来てほしくなかったの？」

「それはない。ただ、冗談で片づけられてると思ってたから」

「そんなわけないじゃん。っていうか、ちゃんと送った文見た？　連絡入れたんだけど」

「あー……気づかんかった」

身体を揺らして抗議すると、麗奈は困ったように目を逸らした。膝丈のワンピースは胸元から袖にかけてシースルーとなっており、花柄のレースの下には匂い立つような雪肌が透けている。

「塚本は？」

「さっき家に帰った」

「あーあ、悪いことしたかな」

「最初から麗奈のとこに行くって言ってたから大丈夫だよ」

「ひとつ借りができたな」

「何が？」

「こっちの話」

爪先にパンプスを引っかけ、麗奈はふらふらと足を揺らす。エナメル質のパンプスはワンピースと同じ色をしていたが、靴底だけは血のように濃い赤色だった。

鞄のなかに手を突っ込み、久美子はビニール袋を引っ張り出す。そこに入っていたのは、先ほど買ったみかん飴とりんご飴だ。

「ほら、これ」

皮を剥いた状態のみかんに、透明な飴がまとわりついている。果肉を包む薄皮と飴のあいだでは、ぷつぷつと気泡の粒が泳いでいた。

「おお、みかん飴」

「麗奈はこっちが好きかと思って」

りんご飴を覆っていたビニールを取り外し、久美子は舌先でその表面を舐める。そのままみかん飴の串を麗奈に差し出すと、彼女は空いたほうの手でそれを受け取った。

「久美子はさ、」

「ん？」

麗奈の手のなかで、オレンジ色が転がっている。久美子が歯を突き立てるようにしてりんご飴をかじると、柔らかな酸味が舌の上に広がった。

「久美子は、ずっと音楽続けるつもり？」

くしゃり、と奥歯がりんごの果肉をすり潰す。質問の意図が読めない。

「それ、どういう意味？」

ベンチに横たわり、久美子は目だけを麗奈へと向けた。視線が交わる。その瞳に灯る光が思いのほか弱々しくて、久美子はごくんと唾を飲んだ。

「アタシはさ、プロになりたいの。そのためにこれまで頑張ってきたし、これからも頑張るつもり」

「うん、それは知ってるけど」

「海外にも行きたい。いろんなところで勉強したい。たくさんの人と演奏したい。でも、それってここから離れるってことやねんな」

視界の端で、トランペットの金色がきらめいている。久美子は寝転がったまま左手でりんご飴を掲げた。くるりと回転させれば、かじって欠けた部分はすぐに目から見えなくなる。

「不安やねん」

麗奈は言った。

「一緒にいる口実が、いつかなくなるんじゃないかって」

「そんなこと、」

ないよ、という台詞は言葉の途中で呑み込んだ。漠然とした将来への不安。目まぐるしい日々の生活のなかで、卒業までに残された猶予は確実に消費されていく。五年後、十年後。現在と未来は間違いなく地続きであるはずなのに、卒業してすぐの自分の姿すら、いまの久美子には想像できない。

麗奈はケースに楽器を置くと、ふ、と乾いた笑みをこぼした。

「いまはええやん。同じ学校で、同じ部活で。でも、そこから外れたらどうなるんやろうって、たまに考える。まあ、考えてもしゃあないことかもしれへんけど」

「音楽してなきゃ、一緒にいちゃダメなの？」

「そんなわけないって、頭ではわかってるねんで？　でも、なんでか久美子相手やと余計なこと考えちゃうねんな。怖くなる」

目を閉じる。瞼の裏に、なぜかみぞれの顔がちらついた。希美を失いたくないから、だから楽器を続けているのだと彼女は前に話していた。あのときのみぞれの気持ちが、いまなら少し理解できる気がする。

「私のほうが怖いよ。麗奈って、どんどん先に進んじゃうから」

「それはこっちの台詞」

「私は何も進んでないよ。その場で足踏みしてばっかり」

「よう言うわ。一年前に比べて、結構変わったやん」

「それを言うなら麗奈もじゃん」

「そう？」

「そうだよ」

一年前の麗奈は、間違いなく孤高の存在だった。傷だらけになりながらも、己の正義を貫き続ける。そのまっすぐさに心惹かれた人間は、きっと久美子だけではなかった。だけど、麗奈は久美子を選んだ。久美子だけを、選んでくれた。

「……あのころは、北宇治で麗奈って呼ぶのは私だけだったもん」

秘めていた独占欲が、吐露した本音に溶けていた。すねるような久美子の声色に、麗奈が噴き出す。頬が熱くなり、それをごまかすように久美子はりんご飴をかじった。ベンチの上に散らばった久美子の髪を、麗奈の指が優しく梳《す》く。

「嫉妬？」

「べつにー」

「ふふ、機嫌直してよ。久美子のためにコンサートしてあげるから」

その言葉に、久美子はむくりと身を起こした。麗奈はトランペットを取り出すと、マウスピース越しに鋭く息を吹き込んだ。

「何吹いてほしい？」

「なんでもいいの？」

「まあ、知ってる曲なら」

「じゃあ、『リズと青い鳥』の第三楽章。オーボエソロのところ」

「アレンジでもいい？」

「もちろん」

パンプスに足を滑らせ、麗奈はまっすぐに背を伸ばした。眼下に広がる夜景には興味が持てず、久美子はただ黙ったまま傍らにいる麗奈を眺めた。りんご飴が唇に触れる。舌を使って口端を舐めると、ほんのりと甘かった。

麗奈が息を吸い込む。ベルが震え、そこから高音が弾け飛んだ。スローテンポでありながら、その旋律は力強い。同じ曲を奏でていても、オーボエのそれとは印象がまったく違う。流れる音楽に耳を傾けていると、久美子の脳は勝手に物語を紡ぎ始めた。リズは強い意思を持って、青い鳥を見送る。離れる悲しみを歌うのではなく、青い鳥の幸福を願う。悲しみを抱え、それでもひたすらに前を向く。麗奈らしい演奏だ。たった一人、自分のためだけのコンサート。その響きの甘美さに、久美子の心は打ち震えた。

あがた祭りの翌日。ミーティングという名目で部員たちは音楽室へと集められていた。九十人近い部員が一堂に会しているため、人口密度は異様なほど高かった。夏紀と優子はパートごとに整列した部員たちの正面に立ち、先ほどからプリントを配り続けている。最初に久美子の手に届いたのは、夏休みの予定表だった。

「いろいろと予定があると思うので、まだ仮状態ですが夏休みの大まかなスケジュールを配っておきます。とくに合宿日にはほかの予定を入れんよう気をつけてください。三年生は模試やオープンキャンパスなどがあると思うので、休まなあかんときはとにかく早めにパートリーダーに連絡するように」

優子の指示に、部員たちはそろって返事する。まだ六月だというのに、ずいぶんと早くから予定を組んでいるらしい。今日の日付からちょうど一週間後の欄に書かれた、オーディションの文字。部の活動はすっかりコンクールモードに切り替わっており、多くの部員たちがA編成の限られた枠を狙って切磋琢磨《せっさたくま》していた。

「あと、今後の部活に関わる大事な話があります。……友恵、こっち」

トランペットパートのほうに顔を向け、優子が小さく手招きする。名指しされた友恵は「ごめんなー、通してなー」と周囲に声をかけながら、人混みを縫うようにして前方のスペースに躍り出た。ざわつく部員たちを制するように、優子がコホンと空咳を落とす。

「はい、静かにー。これから友恵から発表があります」

「そういうわけなんで、ちゃんと聞いててなー」

にこやかに笑う友恵の顔には、緊張感の欠片もない。彼女の指が、ヘアピンを髪の奥へと押し込む。その後方にたたずむ夏紀が、気まずそうに顔を逸らした。

友恵が口を開く。

「私、加部友恵は吹奏楽部の奏者を辞めることになりました！　オーディションも参加しません」

内容が内容だけに、教室中がざわついた。とくにトランペットパートの動揺は大きく、後輩部員たちが不安げに顔を見合わせている。動揺を抑えようと、久美子は自身の爪を皮膚に突き立てた。オーディション前、三年生、辞めるという宣言。そろった条件に、去年の葵《あおい》の面影がちらついた。

周囲の反応が予想外だったのか、友恵が慌てた様子で手のひらをこちらへ向ける。

「あー、ストップストップ。そんな大騒ぎせんといて。悲しいお知らせとちゃうねん」

そう言って、友恵は照れたように頰をかいた。気の抜けた表情は場の空気にひどく不似合いだった。

「今後、私は部活を辞めるわけではなく、マネージャーとしてみんなと行動することになりました。楽器は吹かへんけど、そのほかのところでみんなをサポートしていこうと思っています。なので、これから困ることがあったら私にばんばん言ってください。これは前向きな決定なので、あんまり余計な心配せんといてな。それでは、これからどうぞよろしくお願いします！」

勢いよく頭を下げた友恵に、優子が真っ先に拍手を送った。部員たちの多くは展開に戸惑いを隠せないままであったが、それでも空気を読んで手を叩いていた。

拍手の音が収まったのを確認し、優子が友恵の前に歩み出る。配布したプリントを見るように指示を出し、優子は平然とした態度で次の議題に話を進めた。

「次に期末テスト前の部活休止期間についてです――」

「それじゃ、いまからパート練習に移ってください。今日のミーティングはこれで終わります」

「ありがとうございました！」

優子の終了の宣言を合図に、部員たちはぞろぞろと音楽室をあとにした。教室前方に集まり友恵を取り囲んでいるのは、トランペットパートの一、二年生と初心者の一年生部員だった。

「先輩、なんでそんな大事なこと先に言ってくれんかったんです」

「これからは一緒にパート練習に参加しはらんってことですか？」

「トランペットパートの一員ってことには変わりないんですよね？」

矢継ぎ早に飛ぶ問いかけに、友恵は一つひとつ丁寧に回答していた。不自然なタイミングで左頬を押さえた手、職員室に通い詰めているという目撃談、そして、かかりつけのお医者さん。いまになって思えば、布石はそこかしこに存在していた。ただ、久美子がそれに気づかなかっただけで。

「加部ちゃん先輩、」

呼びかけると、友恵はすぐに反応した。悪戯《いたずら》がばれたときのような、ばつの悪い顔だった。

「話があるんですけど」

「やろうな」

唇に苦笑をにじませ、友恵が眉を落とす。別の場所で話しましょう。そう久美子が提案すると、友恵は素直にそれを受け入れた。

屋上へとつながる階段、その踊り場に久美子と友恵は並び立っていた。大切な話をするときはたいていここだ。他人に話を聞かれにくいし、何より簡単に当事者だけの空間を作ることができる。

手すりに肘をついた友恵は先ほどからにやにやとした笑みを浮かべていたが、それが彼女なりの緊張への向き合い方なのだと久美子はとうに知っていた。

「先輩、私に話すことがありますよね？」

つい責めるような声色になってしまった。とんとん、と友恵は先ほどから上靴の爪先部分で廊下を軽く蹴っている。平常どおりに見える顔色とは裏腹に、内心では後ろめたさを覚えているに違いない。

「あー、いやな、ほんまは言おうと思っててんで？　でも、なーんか言い出せへんくてさあ」

「私たち、『相棒』なんですよね？　だったら隠しごとはないはずですよね？」

「うう。黄前ちゃん、なんか今日怖ない？　もしかして怒ってる？」

「怒ってないと思います？」

「ゴメンナサイ」

しおらしく肩を落とす友恵に、久美子は思わずため息をついた。べつに、謝ってほしいわけではない。久美子はただ、それほど重要なことを事前に話してくれなかったことに腹を立てているだけだ。

「……いつからです？」

「え？」

「楽器が吹けないってわかったの、いつからですか」

久美子が自身の左頬を指でつつくと、友恵は観念したように押し黙った。ひっきりなしに揺れていた足の動きを止め、彼女は肺に満ちた空気を体外へと優雅に吐き出す。垂れる前髪を後ろへと押し戻し、友恵は肩をすくめた。

「はっきりと自分が顎関節症って自覚したのは、五月の半ばぐらい。楽器吹いてたらいきなり顎が痛くなってさ、病院行ったらそう診断された。で、ドクターストップ」

顎関節症。この病気のおもな症状は、顎が痛む、口が開かない、顎を動かすと音がする、の三つに分かれる。このうちのひとつ以上に当てはまり、さらにほかに疾患がない病態を顎関節症と呼ぶ。その症状は軽度から重度なものまでさまざまで、様子見で済むものもあれば、本格的な治療を求められるものまである。

長時間にわたり楽器を吹いていると顎関節や口周りの筋肉に負荷がかかってしまうため、管楽器奏者はこの症状を招きやすい。パーカッション奏者の腱鞘炎《けんしょうえん》と並んで、吹奏楽部員にとっては馴染み深い病気であった。

「ほらさ、口が壊れるってよう言うやん。口がバテちゃって、アンブシュアが保てへんくなる。ま、最初は大したことないなって思ってたんやけど、高音域を吹くたびに顎が痛くなってなあ。さすがにこれは無理やろってなって、それでこれからどうするか滝先生に相談しててん」

アンブシュアとは、管楽器奏者が楽器を吹くときの口の状態を指す。この口の形を維持できなければ、音を一定に保つことができない。口周りの筋肉が疲労していると音を外しやすいのはそのせいだ。

「でも、それだったらほかのパートに移るとかあるじゃないですか。口を動かさないパーカッションとか」

「あぁ、それはもちろん、滝先生にも言われた。ほかのパートに移りますかって。でも、正直さ、そこまでして楽器をやりたいってうちにはどうしても思えんかった。もともとトランペットでも怪しかったんや。付け焼刃でパーカッションに入ったところで、どうせAメンバーに入るのは無理やろうし」

オーディションは来週。そして友恵は三年生だ。与えられた最後のチャンス、それを活かすためにはあまりに時間が不足している。

夏用のセーラー服は、襟部分だけが藍色だった。そこに伸びる白線を、友恵がぐいと指で引っ張る。肩にかかる髪が、陽の光に透けてきらきらとした光を放っていた。白い歯を見せつけるようにして、彼女は笑う。

「トランペットが吹けへんって聞いてさあ、うち、あんまりショック受けへんかってん。ほんま、自分でもびっくりするぐらい。なんでやろっていろいろと考えてんけどな。多分、うちは最初から楽器を吹くことが好きなわけじゃなかった。吹奏楽部が好きで、みんなと一緒にいるのが好き。楽器なんてどうでもよくて、毎日みんなの輪のなかにいられればそれで満足しちゃう。うちのコンクールに対する執着なんて、そんな軽いもんやってん。高坂ちゃんとかにこんなこと言ったら、なんかぶっ飛ばされそうやけど」

「麗奈はそんなことしませんよ」

「そう？　でもあの子、音楽に対してめっちゃ真剣やんか。こんな舐めた態度を取ってる先輩、嫌われても文句言えへんで」

頬に沿う自身の髪をつまみ上げ、友恵が息を吹きつけた。すぼめられた唇から、生ぬるい空気が吐き出される。

「北宇治が全国に行けたらええなとは思う。でも、そのメンバーにうちが入ってなあかんとは思わへん。メンバーに入るために必死で努力したいとも思えへん。後輩がAで先輩がB、それでもべつにええやん。できるやつが一生懸命やる、ただそれだけの話やんか」

　でもさあ、と友恵は言葉を続けた。軽薄な口調に、ほんの少しの苛立ちが混じる。

「周りの目はちゃうやん。三年生なのにBでかわいそうとか、そうやって言われるやん。自分ではなんも思ってへんのに、勝手に同情の対象にされるやん。そういうの、ずっと嫌やった。やから、楽器を吹くのをやめてくださいって言われたとき、正直ちょっとほっとした。これで余計な詮索されんで済むんやと思った。……うち、結構ずるい性格してるやろ？」

「ずるいとは思いませんけど」

「嘘やな」

　あっさりと本音を見抜かれ、久美子はぎくりと身を強張らせた。正直に本音を告げるならば、目の前の先輩をほんの少しだけ卑怯《ひきょう》だと思った。AかBか、オーディションによって行われる選別。その当事者の立場から、彼女はいち早く抜け出したのだ。

「黄前ちゃんはクソ真面目やから、うちがこんなこと言ったら絶対不快にさせると思った。Bでいいって思ってるとか、そういうの嫌いそうやもん」

「加部ちゃん先輩は、心の底からそう思ってるんですか？　Aに出たいってちょっとでも思いません？　先輩にとって、これが最後のコンクールなんですよ？」

「そんなん言われてもなあ」

へにゃりと眉尻を下げ、友恵は困ったように目を細めた。出たい、出たくない。シンプルな二択を、彼女は曖昧な態度でごまかした。友恵の紡ぐ言葉たちは間違いなく本音の表れであるように久美子には思えたが、しかしその一方で、口に出された言葉だけが彼女の本音のすべてではないことも重々承知していた。複雑に絡まった感情のなかからひとつを選び取り、友恵はそれを自分の本音として言語化した。彼女は自分の意思で、プレイヤーという役から降りた。それだけが、久美子に与えられた唯一の真実だ。

「先輩自身がそう決めたんなら、私は何も言いませんよ」

「さっすが黄前ちゃん、話がわかるなー。あ、もちろん今後も黄前ちゃんの相棒としてバリバリ働くから安心して。奏者じゃなくとも、協力できることはいっぱいあるからさ」

「そこは最初から心配してないですけどね」

「やっぱり？　いやさあ、うちって自分がメインやるより、後ろからサポートするほうが得意なタイプやし、マネージャーに専念したらもっと活躍できると思うねんなあ。これからますます有能になっちゃうなあ」

はっはっは、と陽気な笑い声を上げる友恵に、なんだか脱力してしまった。思わず肩の力を抜いた久美子を見て、友恵は微かに顎を引いた。半袖から伸びる腕が、そのまま久美子の手を取る。ぎゅっと指先を握り締められ、久美子はその痛みに顔をしかめた。

「先輩？」

「んー？」

「何してるんです？」

「いや、黄前ちゃんがオーディションで頑張れるように念を送ってた」

「はあ、念ですか」

「そう、念」

これでよし、と友恵は満足した面持ちで手を離す。突飛な行動に久美子は呆気に取られてばかりだが、友恵はその意図を説明するつもりはないようだ。

「そろそろパート練習に戻らんとな。指導係がサボりなんてようないし」

「加部ちゃん先輩はこれからどこで作業するんです？」

「ん？ まあ、そのときそのときちゃう？ とりあえず優子が抱えてる仕事をぶんどってこようかな」

「それは……多分、夏紀先輩が喜びますね」

二人で階段を下りていると、廊下の向こう側からいままさに話題に上った人物が現れた。というより、久美子たちがここを通るのを待っていたのだろう。腕を組んだまま背を壁にもたれかけさせていた夏紀が、ふらりとその場で姿勢を正した。

「友恵」

名を呼ばれ、友恵がぱちりと瞬きする。足を止めた友恵とは対照的に、夏紀は故意に足音を響かせながらこちらへ歩み寄ってきた。異様な空気を察知し、久美子は無言のまま友恵から一歩分距離を取る。

「どしたん？」

首を傾げる友恵の左胸に、夏紀の拳が浅く沈む。それは、ひどく弱々しい動きだった。なでるようなパンチに、友恵は苦笑染みた表情を浮かべた。

「今年こそ一緒にAで出ようって言うてたやん」

夏紀の声が震える。その薄い肩越しに、久美子は金色のユーフォニアムを見た。奏だ。楽器を抱えた奏が、無表情のまま夏紀をじいと見つめている。闇夜の猫を思わせる黒目がちな瞳が、きょろりと動いた。眉間に皺を寄せ、奏はユーフォを強く抱き締める。紺色のスカートを翻し、彼女は逃げるように踵を返す。押し殺された足音に、夏紀が気づいた気配はなかった。

「うちがマネージャーやるの、迷惑やった？」

友恵が問う。腕を下ろし、夏紀ははっきりと首を横に振った。うなだれていた顔を上げ、彼女は友恵をにらみつける。

「めっちゃ助かる。そう思う自分に腹立つわ」

「助かるならええやないの」

「アホ。ええわけないやろ」

「ええねんて。うちがそう言ってるねんからさ」

友恵の手が夏紀の背を強く叩く。痛っ、と反射的に夏紀がうめき声を上げた。友恵はにんまりと口角を上げると、揶揄するような口調で言った。

「言っとくけど、うちが支えたいと思ってるのは優子だけやないからな」

口をぽかんと開けたまま、夏紀はその場で制止した。引き締まった彼女の頬がじわじわと赤く染まっていくさまを、久美子は他人事のように眺めていた。

ありがと、とうめくように夏紀がつぶやく。どういたしまして。そう応じる友恵の瞳は、ひどく穏やかな色をしていた。

低音パートの練習室に戻ると、奏はいつものようにメトロノームを使って曲の練習をしていた。その後方で、葉月がW鈴木に取り囲まれている。

「葉月先輩。こうなったら加部ちゃん先輩を一緒に全国に連れていきましょう！」

そう息巻くさつきの横で、頬に手を添えた美玲が至って真面目な顔で言う。

「まあ、辞めるわけでもないし、落ち込まなくてもいいんじゃないですか？」

「元気出してください」

「というか、他人のこと気にしてる暇があったらオーディションに向けて練習したほうがいいと思うんですけど」

「みっちゃん、言い方」

「え？　なんかまずいこと言った？」

美玲が口元に手を当てる。辛辣な物言いだが、どうやら自分では励ましているつもりらしい。やいやいと言葉を交わす二人の前で、葉月は珍しく肩を落としていた。去年、葉月はコンクールで友恵とともにB編成メンバーの一員だった。今回の友恵のマネージャー移転には、いろいろと思うところがあるのだろう。

「何落ち込んでるん」

無防備にさらされた葉月の後頭部に、おふざけのような軽さで手刀が落とされた。突然チョップされ、葉月が勢いよく顔を上げる。

「夏紀先輩」

その名前が口に出された瞬間、奏の背中がびくりと震えた。譜面に固定されていた視線が、音もなく夏紀へとスライドする。ピストンを押す彼女の指は課題曲の指番を完璧に再現していたが、マウスピースに口をつけているにもかかわらず、ベルは沈黙したままだった。

丸まった葉月の背をさすり、夏紀が笑う。開いた口からのぞく犬歯は、いやに鋭い。

「へこんでるとか、葉月らしくないな」

「うぅ……だって、友恵先輩は三年生じゃないですか。最後のコンクールが、こんな形やなんてあんまりですよ。去年、みんなでA行こうなって約束したのに」

去年Bメンバーだった葉月と夏紀のあいだには、久美子や緑輝の知らない絆《きずな》が確かに存在していた。来年は、来年こそは。何度となく繰り返された、近い将来への約束。それらがすべて果たされるわけではないことを、久美子たちは痛いほどに理解していた。コントラバスを弾く求の手が震える。目を伏せた美玲とは対照的に、さつきはまっすぐに葉月を見つめていた。その少し離れた位置で、奏がマウスピースに息を吹き込む。響く音色に感情はない。

「そういう顔させたくなかったから、友恵はマネージャーになったんやろ。受験のこと考えたら休部でもよかったのに、あの子はそうせえへんかった。それってさ、立場が違ってもみんなと同じ目標に向かって頑張りたいってことちゃうの」

「それは……」

「友恵が腹くくって決めたことやねんから、ぐちぐち言うのはお門違いやで。うちらができることは、コンクールに向かって頑張ること。そのためにやらなあかんことは？」

「……オーディションに向かっての練習、です」

「わかってるならええねん」

そう言って、夏紀は乱暴な手つきで葉月の頭をなで回した。その髪型はあっという間にぐしゃぐしゃになってしまったが、当の本人に頓着した様子はない。ぱかりと開いた口が、すさまじい勢いで空気を吸い込む。

「うち、本気で頑張ります！」

叫ばれた宣言に、夏紀が和らに目を細める。オーディションの日程は、もうすぐそこまで迫っていた。

紙の束を抱える右手が、勝手に課題曲の指番をなぞる。鼻歌混じりに歌う曲は、課題曲『ラリマー』のメロディー部分。演歌のような癖のあるフレーズは、オーディションの課題部分のひとつだった。

音楽室に入り、印刷したプリントを所定の位置に仕舞う。前方ではパーカッション部員たちが黒のトレーニングパッドを用いて練習を行っていた。まっすぐに落とされるスティックが、パッドにぶつかるたびに軽やかに跳ね返る。その近くではマレットを握り締めた三年生部員が、素早い動きながらも的確にマリンバの鍵盤を叩いていく。パーカッションの練習場所はいつだってさまざまな音があふれている。ティンパニ、バスドラム、シンバル、ウインドチャイム。まったくタイプの異なる音が飛び交っている空間で、友恵はおびただしい数の楽譜をファイリングしていた。あれは多分、楽器室の奥に追いやられていた楽譜の山の一部だ。歴史ある北宇治高校吹奏楽部には卒業生たちが使っていたのであろう楽譜が大量に残されているのだが、そのなかには順番がめちゃくちゃだったり、一部のページが欠けていたりするものも多かった。

「加部ちゃん先輩、手伝うことあります？」

「んーにゃ、一人で大丈夫。とくに急ぎでやらなあかんことでもないし」

そう応じながらも、友恵は手を止めない。マネージャーとしての彼女は大変に優秀で、これまで後回しにされていたようなこまごまとした仕事も速やかに処理している。部長である優子の負担も少しは軽減されたと夏紀が安堵の表情を見せていた。

「明日はオーディションやろ？　うちに気を遣ってる暇あったら、さっさと課題部分の練習しとき」

友恵の言葉に背を押されるようにして、久美子は音楽室をあとにする。廊下を歩けば四方から楽器の音が聞こえてきた。一年生にとっては初めての、そして三年生にとっては最後のオーディションが始まろうとしていた。

自分自身の楽譜ファイルを腕に挟み、久美子はパート練習室の扉を開いた。普段の和やかな雰囲気も、この日ばかりは存在しない。張り詰めた空気に無意識に息を止め、久美子は定位置の席へと座った。マウスピースを取り出し、唇に押し当てる。ぶー、と手のなかの銀色が震えた。マウスピースだけで音階を鳴らし、口がきちんと動くことを確認する。楽器を構え、今度は軽く音出し。基礎練習の楽譜をめくりながら、久美子は一日の練習スケジュールを脳内で組み立てていく。課題曲に不安はないが、自由曲はもう少し丁寧に練習しておいたほうがいいかもしれない。とくに音の高低差が激しい箇所は確認しておいて損はない。たまに走ってしまう裏メロ部分も、メトロノームに合わせて吹いておきたい。そのほかに練習すべきところは、課題曲にあるソロ部分だろうか。それから——。

「あの、先輩」

久美子の思考を遮ったのは、前の席に座っていた奏の呼びかけだった。苦渋に満ちた彼女の形相に、久美子は「ひっ」と短く悲鳴を漏らした。

「ど、どうしたの？」

当たり障りのない言葉を選ぶと、奏の眉間に刻まれた皺はますます深さを増した。

「黄前相談所、今日開いてます？」

は？　と思わず聞き返してしまった自分に非はないだろう。奏はユーフォを抱えたまま、有無を言わさぬ声音で尋ねた。

「今日の夜、お時間いただけますよね？」

「いや、まあ、それはいいけど……」

気迫に押されてうなずくと、奏は先ほどまでの表情を一変させ、いつもの愛想に満ちあふれた笑顔を浮かべた。左右対称のボブヘアを微かに揺らし、彼女は見せつけるように両腕でユーフォを抱え直す。

「ありがとうございます。こんなにも優しい先輩を持てるとは、私はなんて幸運な人間なのでしょう」

大げさな芝居口調に、久美子は乾いた笑みをこぼした。強引な言動すら可愛らしく感じてしまうのは、直属の後輩に対する久美子の欲目なのかもしれなかった。

銀色に光るスプーンが、ぐつぐつと匂い立つミートソースのなかに沈む。とんだ既視感《デジャヴ》だ、と思いつつ、久美子はフォークの先端にカルボナーラを巻きつけた。乳白色のクリームが黄金色の麺に絡みついている。中央に配置された半熟卵。散らされたベーコンは、カリカリになるまで表面があぶられていた。

「このファミレス、今週だけで二回目です。やたらと梨々花に誘われて」

正面の席に座る奏は、先ほどからスプーンを器用に用いて皿にこびりついたチーズの塊を削《そ》いでいる。

「奏ちゃん、ドリア好きなの？」

「私ではなく、梨々花が」

「あぁ、だからか」

奏が頼んだミートソースのドリアは、以前にここに来た際に梨々花が注文したものと同じメニューだった。水の入ったグラスをつかみ、久美子は窓の外を一瞥する。夜のファミレスには客も多く、久美子たちは窓際のいちばん端の席に追いやられるようにして座っていた。

「で、相談したいことってなんなの？」

フォークの先端で卵の表面を軽く突く。薄い膜はすぐに破れ、どろりとした黄色がソースの白を侵食する。

奏はスプーンを皿の端に置くと、机上で拳を握り締めた。先ほどまでの小憎たらしいまでの笑顔から一転、彼女はいかにも不愉快ですと言わんばかりの表情で唇をとがらせた。ドン、とその拳が木槌《きづち》のように机を叩く。

「なんなんですかあの人！」

「あの人って？」

「中川先輩のことです」

　奏がここまで声を荒らげるのは珍しい。口に入れたカルボナーラを嚥下し、久美子はその場で居住まいを正した。

「何かあったの？」

「今日、久美子先輩、練習に来るの遅かったじゃないですか」

「あぁ、プリントコピーしてたからね」

「そのあいだ、いつもの面子で練習してたんですよ。そしたら、中川先輩が私のところに来たんです。それで、」

　話しているうちに何かを思い出したのか、奏は続きを言いよどんだ。彼女はスプーンをつかむと、ドリアの器の底をひっかく。タバスコを上からかけたせいで、スプーンの先端は赤く染まっていた。

「それで？」

　強引に言葉を促すと、奏はため息混じりに応えた。

「あの人、私に教えてくれって言ったんです。Ｆからのところ」

「そういえば夏紀先輩、前からあそこ苦戦してたもんね」

「そういう問題じゃないでしょう」

　こめかみを押さえ、奏が頭を左右に振る。なんだか喉が渇き、久美子は自身のグラスを手前に引き寄せた。底へと垂れた結露が引きずられ、机の表面に透明な跡が残る。

紙ナプキンをその上に落とすと、薄い紙は水分を吸ってあっという間に硬さを失った。

「久美子先輩は変だとは思わないんですか？　先輩が後輩に教えを乞うなんて」

「夏紀先輩は自分より奏ちゃんのほうが上手だって認めてるんだよ」

「それが変なんです。普通はプライドというものがあるでしょう。私なら、後輩に聞くなんて絶対に無理です」

「夏紀先輩にとっては、無理なことじゃないんでしょ」

「ですけど！」

「奏ちゃんは何に怒ってるの。聞かれたことが嫌だったの？」

尋ねると、奏は虚を衝《つ》かれたように瞠目した。額に手を添え、彼女は気難しい顔のまま閉口する。熱々の状態で運ばれてきたドリアからは、時間が経過してもなお薄く湯気が立ち上っていた。窓から外を見下ろすと、道路上に車が列を成している。歩行者用の信号が切り替わり、一人の女子高校生が緩やかな下り道を自転車で駆け降りてきた。心地よさげに風になびく黒髪。身にまとったスカイブルーは、立華高校のブレザーだ。梓、と久美子は心のなかだけで少女の名をつぶやく。背負っている白の楽器ケースはなかなかの重さがあるだろうに、彼女はそれを気にする素振りも見せずに軽々とペダルを漕ぎ続けている。

視界の端に消えていく後ろ姿から眼を逸らし、久美子は自身の手元にあるカルボナーラを突き刺すようにしてすくい上げる。黒こしょうのたっぷりとかかった麺を口に運ぶと、舌の先端にひりひりとした刺激が走った。

「……べつに、それが嫌なわけじゃないんです」

ぽつりと、奏がうめくようにつぶやいた。前髪の隙間からのぞく瞳を、久美子はひどくもろいと感じた。何かをこらえるように、奏が唇を噛み締める。そこに浮かんでいたのは、笑っている顔でも、怒っている顔でもない。それは、感情の境界線のちょうど真上に位置する、何もかもがあやふやな顔だった。巧妙に包み隠されていたはずの彼女の本心がいま、久美子の眼前に剥き出しの状態でさらされている。そしてそのことに、奏自身は気づいていない。

途方に暮れたように、奏は肩をすぼめる。彼女は弱っていた。多分、ずっと前から。

「ただ、あんなふうにされると困るんです」

「なんで？」

「なんでも、です」

「嫌いになれないから？」

踏み込んだ問いであることは自覚していた。それでも、久美子は問わずにはいられなかった。この瞬間を逃してはならない。そう本能が告げていた。

奏の喉が小さく鳴る。その濡れ羽色の髪が、光を浴びてきらめいた。

「何言ってるんですか」

「奏ちゃんは夏紀先輩のことが嫌いなんじゃなくて、嫌いになろうとずっと努力してたんじゃない？」

「そんなわけ、」

「ないって？　本当に？」

相手の弱点を突くのは、卒業したあすかの専売特許だ。彼女は他人を冷徹に観察することに長けていた。その鋭い弁舌には久美子もしばしば苦しめられたが、そこから学ぶことも多かった。言葉の先を回り込み、相手の本音を引きずり出す。久美子はあすかにはなれない。だが、あすかの真似をすることならできる。

「最初ね、私、奏ちゃんのこと春に卒業した先輩に似てるなって感じたの。要領がいいところとか、人をよく見てるところとか。でも、ずっと一緒にいたら、やっぱり全然違うなって思った。奏ちゃんは、甘いよ。詰めが甘い。利己的な性格を演じてるのは、それがカッコいいと思ってるから？」

白磁のような頬は、一瞬にして朱に染まった。図星だったのだろう、彼女の口端が不自然にひくつく。

「久美子先輩って、そういうこともおっしゃるんですね。なかなかに攻撃的で驚きました」

「こういうこと言うの、本当は好きじゃないけどね。でも、奏ちゃんがあまりに意地張ってるから」

「意地を張ってるつもりはないですけど」

「そう？　本当は自分でも引っ込みつかなくなってるんじゃない？」

ストローの入っていた袋を指でつまみ上げ、久美子はそれを蝶々結びにする。結び目を固くしようと力を込めると、それは簡単に引きちぎれた。力加減が難しい。

「先輩より上手な後輩って、微妙な立場だとは思う。その相手が三年生ならなおさら。だから、申し訳ないって感じる自分の気持ちに嘘をついてるのかなって」

「嘘ってなんですか。私は中川先輩に対して本当になんとも思ってないです。前も言ったじゃないですか」

「そうやってムキになるところが、夏紀先輩を気にかけてる証拠なんだと思うんだけど。奏ちゃん、ほかの人相手には上手く立ち回れるでしょう？　でも、夏紀先輩の話題になるとすぐ攻撃的になる。自分でも自覚あるんじゃない？」

少なくとも、奏の友人である梨々花はそのことに気がついていた。だからこそ久美子の前でわざわざ夏紀の名を口にしたのだ。一向に変わらない「中川先輩」という呼び名。奏は意図的に、夏紀から距離を取っている。

「本当は、夏紀先輩に対して心苦しく思ってる。違う？」

奏の分のストローの袋を引き寄せ、久美子はもう一度蝶々結びを作る。今度は力加減を間違えない。紙製のリボンを左右対称に整え、久美子はそれを奏の手元へと放り投げた。一瞥し、奏はそれを丁寧な動きで手繰り寄せる。先ほど久美子が作った不格好にちぎれたリボンは、すでに結露のなかに沈んでいた。

手のなかでリボンを弄びながら、奏が大仰にため息をついた。その瞳がじろりとこちらをにらみつける。

「……美玲のときも思いましたけど、久美子先輩ってそういうとこありますよね」

「そういうとこって？」

「普段は人畜無害ですって顔してるくせに、結構ズカズカと人の心に踏み込んでくるところですよ。皆そのぼけっとした顔に油断して、つい本音を漏らしちゃうんです」

「ぼけっとはしてないと思うんだけど」

「鏡をお貸ししましょうか？」

フンと鼻を鳴らし、奏はテーブルに取りつけられた呼び出しボタンを押した。二人の前に並んだ皿は、気づけばすでに空だった。営業スマイルを張りつけたウエイトレスに、奏はメニュー表の裏に書かれた品を注文する。

「季節のフルーツの特大ジャンボパフェをひとつ」

「え？　いまから食べるの？　奏ちゃん大食いだね」

「何言ってるんですか。久美子先輩も一緒に食べるんですよ」

「嘘でしょ。食べ切れないよ」

膨らみかけた腹を押さえて抗議すると、奏は口元を手で覆い上品に笑った。意趣返しですよ、と愉快げな声音が物騒な単語をつぶやく。

「私はただ先輩を使って日ごろのストレスを発散しようと思っただけなのに。今日は人選を失敗しましたね」

「先輩を利用しようとしないでほしいんだけどなあ」

「じゃあ次はさつき相手に愚痴ってみましょうか」

「やめてあげて」

「冗談ですよ」

ふふ、と胡散《うさん》くさい笑みを奏が浮かべる。そのまま雑談を続けていると、ウエイターがパフェを運んできた。透明な器からは幾重にも重なったスイーツの断層が見えている。キウイ、苺、バナナ、マンゴー、オレンジ……それらが生クリームに包まり、さらにその上にはショートケーキやワッフル、カラフルなアイスクリームまでが鎮座している。用意された二人分のスプーンのうち、片方を奏が差し出してきた。パフェ用の長いスプーンは冷やされていたせいで表面が微かに白かった。

「うわあ……」

その物量に、久美子はすっかり引いてしまった。正面に座る奏はというと、意気揚々とパフェの写真を撮っている。

「明日オーディションなのに、こういう無茶はよくないと思うなあ」

「平気ですよ、これぐらい」

「本当に食べられるの？」

「食べられます。二人でなら」

そう言って、奏は頂上にのっていたさくらんぼをヘタごと口に含んだ。べ、と突き出された舌には、ひとつに結ばれたヘタがのっている。ずいぶんと器用だ、と久美子は素直に感心した。アイスが溶けることが気がかりなようで、奏は手始めにストロベリーアイスから消化し始める。久美子はスプーンを底のほうに突き刺し、ブルドーザーのように下に埋まるフルーツをかき出した。刺さったワッフルに生クリームを塗りたくりながら、久美子はなんでもない口ぶりで尋ねる。

「夏紀先輩と、仲良くなれない？」

奏は何も言わなかった。久美子はさらに言葉を続ける。

「私さ、中学のときに先輩を差し置いてAになったことがあるのね。そのときの先輩が結構キツイ性格でさ、ひどいこと言われて。それがずっとトラウマみたいになっちゃってて。だから、去年のオーディションのときとかも結構ドキドキしてたの、中学のときみたいになったらどうしようって。でも、夏紀先輩はそんな人じゃなかったよ。頑張れって励ましてくれたし」

　奏のスプーンがショートケーキに突き刺さる。柔らかなスポンジを真っぷたつに割き、奏はその片割れを自分の取り皿へと移した。生クリームに濡れた苺が、久美子の皿のなかに押し込まれる。

「夏紀先輩、高校から吹奏楽を始めたんだよね。それで、ずっとBにしか出たことなくて。でも、周りをよく見てるし、結構人望あるんだよ。まあ、だから副部長になったんだけど」

　皿にのせられた苺を口に運び、それを舌の上で転がす。酸味の強い果肉と生クリームの甘さが絶妙にマッチしている。ろくに噛みもせず飲み込むと、管のなかを固形物が通っていく感覚がした。カルボナーラによって膨らんでいた胃袋は、早々に甘味の受け取りを拒否していた。

　奏がマンゴーに舌鼓を打っているあいだに、久美子は彼女の皿を引き寄せた。プチシューとアイスクリームを盛り、さらにその上にパイナップルものせる。なかなかに派手な見栄えとなった皿をもとの位置に戻すと、奏はわずかに顔をしかめた。

「奏ちゃんは素直になれないかもしれないけど、でも、私は奏ちゃんに夏紀先輩のことを好きになってほしいなって思う」

こうして二人で過ごすのは嫌いじゃない。けれど、ここに夏紀が加わればもっと楽しいだろう。せっかく同じ楽器になったのだ。みんなで仲良く過ごしたい。そうした考えは、単なる久美子のエゴだろうか。

「夏紀先輩は、いい人だよ」

ダメ押しのように語りかけると、奏はウエハースでアイスをすくう手を止めた。サイズの大きなチョコレートアイスはすでに溶け始めており、鮮やかな色をした果物たちを一色に染め上げようとしている。指についたアイスをはしたなく舐め取り、奏は目を逸らしたまま噛み締めるようにつぶやいた。

「わかってますよ、そんなこと」

オーディション当日。空は薄暗く、分厚い雲の奥でときおり閃光《せんこう》が弾けていた。ざあざあと鳴り響く雨音は一向に収まる気配がなく、湿気に跳ねる髪を久美子は必死に手櫛でなでつける。水滴に濡れる草花はその緑を色濃くし、むせ返るような水の匂いが校舎内を包んでいた。梅雨はいまだ、明ける気配を見せない。

「次、ユーフォスタンバイです。音楽室までお願いします」

低音パートの練習室に顔を出したのは、マネージャーである友恵だった。今日一日、彼女は滝の補佐役として校舎内を駆け回っている。

「あー、もうそんな時間？」

　夏紀が楽器を抱えて立ち上がる。久美子は譜面台に置かれた楽譜を見下ろすと、短く息を吐き出した。心臓がうるさい。だが、去年よりもその心音は穏やかだ。

「夏紀、頑張ってな」

　グッドラック！　と親指を突き立てる友恵に、夏紀は明るい笑みを返した。短い襟足からのぞく彼女の首筋は、うっすらと黒くなっている。彼女が活動外の時間に優子と屋外で練習していることは、二、三年生のあいだでは周知の事実だった。

「黄前ちゃんも久石ちゃんもファイトやでー。全力全力ぅ！」

　緊張感の欠片もない友恵の声援に、久美子は思わず笑みをこぼす。ちらりと隣の奏を見やると、その表情は硬かった。緊張しているのかもしれない。

「加部ちゃん先輩は働きすぎて無理しないようにしてくださいね」

「えー？　うちはこれっぐらいへっちゃらよ。こういう雑務、意外と好きやねん」

　軽口を叩きながら、友恵は余っている椅子を手前に引いた。どうやらこの教室に居座るつもりらしい。

「ユーフォの第一陣が終わったら次はチューバ、そのあとコントラバスな」

　そう言いながら、友恵はバインダーに挟んだリストに目を通す。

「オーディションの順番は、夏紀、黄前ちゃん、久石ちゃんの順番やから、トロンボーンの最後の子が出てきたら音楽室に入ってってな。それまでは音楽室前に設置されてる椅子に座って、お行儀よく待っといて。ユーフォ終わったらいったん先生らが休憩を取らはるから、チューバが行くのは久石ちゃんの番が終わった十五分後になるわ。ま、そこらへんの合図はうちがやるから安心してええで」

「えらい段取りええなあ」

「せやろ？ ま、なんたって優秀なマネージャーがおりますから」

夏紀の素直な賞賛に、友恵が得意げに胸を張る。和やかなムードが漂う室内で、部員たちの行動はさまざまだった。さつきは青ざめた顔で繰り返し楽譜ファイルをめくり続けており、美玲は普段どおりに基礎練習を行っていた。葉月は心臓を両手で押さえ、何度も深呼吸をしている。梨子と卓也は落ち着いた様子で談笑を交わし、そこにチューナーを手にした緑輝が乱入していた。求はそんな彼女のそばで番犬よろしく突っ立っているが、その視線は自身の手元にある譜面上に固定されている。

楽譜ファイルを脇に挟み、夏紀が教室をあとにする。それに続こうと足を進めた久美子は、ふと背後を振り返った。右手から楽器を提げた奏は、先ほどからひと言も発していない。思わずその腹部を見下ろしてしまったのは、昨日のパフェの存在が思考をよぎったからだった。彼女の肌はもともと色素が薄いほうであるが、それにしても今日は一段と血の気が少ないように見える。

「奏ちゃん、体調悪い？」

久美子の問いかけに、奏がはたと顔を上げる。

「いえ、大丈夫です。気にしないでください」

青ざめた唇が、明確な否定の言葉を発する。オーディションに対する緊張から、強烈な不安に襲われる人間というのは少なくない。図太い性質だと思われていた奏も、人並みに緊張するということか。

「落ち着いて。奏ちゃんなら、普段どおりの実力を示せばいいだけだから」

先輩ぶった久美子の助言に、奏は無言でうなずいただけだった。

「じゃ、先にちゃっちゃと終わらせてくるわ」

一番手である夏紀が、音楽室へと消えていく。廊下に並べられた椅子は五つ。音楽室の扉にもっとも近い席へと腰かけた久美子に対し、奏はその反対のいちばん端の席に座った。二人のあいだに置かれた、三つ分の空席。その距離を詰める気にはならず、久美子は気を紛らわせるように膝に置かれたユーフォニアムのピストンを軽く押した。扉を隔て、夏紀が演奏する音が聞こえる。楽器を抱きかかえ、頻繁に管内へと息を吹き込む久美子とは対照的に、奏は床にユーフォを置いたままだった。まるで祈るように組まれた手と手。そこに自身の額をつけ、彼女はじっとうつむいていた。微動だにしないその姿は、久美子に石膏《せっこう》でできた天使像を連想させた。

オーディションの課題として指定されたのは、三カ所。さらにランダムでそれ以外の箇所を指定されることもある。進行の遅かった去年とは異なり、今年はすでに全体合奏で課題曲と自由曲を合わせた通し練習を行うレベルになっている。たとえ事前に知らされていない箇所を吹くように指定されたとしても、どの部員たちもある程度の演奏はこなせるだろう。全体的な演奏技術が上がっている分、今年のオーディションの選抜条件が厳しくなっていることは想像に難くなかった。

課題曲のF部分。夏紀が最後まで苦戦していた箇所は、上手くクリアできたようだった。聞こえてきた音色はやや駆け足だったが、それでも目立った破綻はない。安堵したのも束の間、次に滝が指定した箇所は自由曲の裏メロだった。音と音の高低差が激しい箇所だ。キリキリと痛む頭に、久美子は我に返る。どうやら無意識のうちに息を止めていたらしい。酸素を取り込もうと大きく息を吸い込むと、その呼吸音に紛れて夏紀のユーフォの音色が聞こえた。――失敗した。そう、はっきりとわかった。高音を外したのだ。ユーフォを抱き締める力を込め、久美子は肺の底にたまっていた空気を体外へと無理やり吐き出す。そうでもしないと、耐えられそうになかったのだ。

「ありがとうございました」

数分後、夏紀が音楽室の扉から姿を見せた。かける言葉が見つからず、久美子はハクハクと口を開閉することしかできなかった。

「変な顔」

そう言って、夏紀が笑う。その手のひらが、久美子の肩を優しく叩いた。

「次、久美子の番。気張りや」

励ましの言葉に、久美子はゴクンと唾を飲み込む。はい、と応じた声は、上手く喉から出ていただろうか。楽譜ファイルを腕に抱え、久美子は音楽室の扉を開いた。失礼します。そう告げた自分の声は、いやに震えていた。

「どうぞ、座ってください」

音楽室では去年と同じく滝と美知恵が隣り合って座っていた。用意された譜面台の上にファイルをのせ、久美子は無言で席に着く。足を肩幅に開き、マウスピースに息を吹き込む。それだけで、気分はずいぶんとマシになった。柔和に細められた滝の瞳が、穏やかに久美子を見つめている。試されていると思った。なのに、不思議と緊張はしなかった。音楽室前で待っているときよりも、いまのほうがずっと気分がいい。他人の演奏に久美子は関与できないが、自分の演奏は自分次第でどうとでもなる。待つことしかできない時間のほうが、久美子にとっては苦痛だった。

「学年と名前と、担当楽器を」

「二年、黄前久美子です。低音パートで、ユーフォニアムを担当しています」

「自由曲ではどちらを吹いています？　上ですか、下ですか」

「あ、上のパートです」

「なるほど」

　滝が手元の紙に何やらメモを書きつけている。久美子が上パート、夏紀と奏が下パートという分担は、譜面が配布された際に夏紀によって決められた。

「では、まずは課題曲からいきましょうか」

「はい」

　滝の指示に従い、久美子は短いフレーズを演奏する。ベルから奏でられた音は、自画自賛したくなるほどに安定していた。課題曲、自由曲。滝の指示は素早く、そして明瞭だった。普段の練習時間となんら変わりない気分で、久美子は指定された譜面を演奏する。

「ずいぶんと落ち着いていますね」

　事前に知らされていた課題箇所を吹き終えたとき、滝が感心したように言葉を発した。その隣で美知恵もうなずいている。

「本番に強くなったようだな」

「そ、そうですかね」

「黄前さんは今年、一年生の指導係でしたね。どうでした？　基礎合奏時に指揮を振ってみて」

「あ、最初はみんなの前に立って緊張したんですけど、ようやく少し慣れてきました」

「指揮台という場所はおもしろいでしょう。誰が何をしているのか、すぐにわかりますし。あれだけ他人からの注目を集める場所というのは、ほかにあまりないような気がしますね」

大勢いる奏者の視線が、一挙手一投足を見逃すまいと言わんばかりに久美子の手に吸いついてくる。あの感覚は確かに、ほかでは味わったことのないものだった。

「では、次に課題曲のソロをお願いします」

「は、はい」

指示を受け、久美子は素早くユーフォを構える。課題には指定されていなかったが、はなから準備はできていた。四小節の、短いソロ。マウスピースに唇を触れさせ、久美子はそっと目を伏せた。何度も練習したおかげで、譜面は完璧に脳に入っている。柔らかな中低音が、金色のベルを震わせた。

次の人を呼んでくださいという指示に従い、久美子は音楽室をあとにした。廊下には夏紀がおり、腕を投げ出すようにして窓枠にもたれかかっていた。

「奏ちゃんの番だよ」

そう声をかけると、奏は無言のまま立ち上がった。その腕のなかに収まっているユーフォニアムは、表面の塗装が剥げ落ちている。奏は扉の前で一度立ち止まり、ちらりと夏紀の背中を一瞥した。その長い睫毛が、微かに震える。彼女は楽器を腕で抱え直すと、意を決したように音楽室へと踏み込んだ。

扉が閉まったのを見届け、久美子は夏紀の横へと並ぶ。

「夏紀先輩、まだここにいたんですね」

「んー、なんとなくね」

床に立てかけられた二台のユーフォは、どちらも同じ色をしていた。跳ねる髪をうっとうしく思い、久美子は耳の後ろにかける。

「雨、降ってますね」

「そうやな」

興味なさそうな相槌を寄越し、夏紀はぼんやりと虚空を眺める。雨の日の校庭に人影はなく、水たまりによって生じた凹凸が砂色のキャンバスに壮大な抽象画を描いていた。ぽたん、ぽたん。窓枠から滴る雨粒を、久美子は無言のままに目で追った。

壁一枚を隔てた向こう側では、奏がオーディションを受けている真っ最中だった。

聞こえてくるメロディーにぼんやりと耳を傾けながら、久美子はこの曖昧な空気を深く味わう。目的もないままに消費されていく時間は、いつもよりずっとその進みが鈍く感じる。一定のリズムを刻む水滴の動きが、砂時計に似ていると思った。

ぴくりと、夏紀の耳が動いた。その体躯が機敏な動きで後ろを振り返った瞬間に、ぬるま湯のような時間は呆気なく形を変えた。高窓から漏れるユーフォの音色。自由曲の譜面を忠実に再現していたはずの楽器が、突如として楽譜に描かれていない音を奏でた。外した。そう、久美子は思った。だが、隣にいた夏紀はそうは思わなかったらしい。顔をしかめ、彼女は大きく舌打ちした。

「あの馬鹿」

そのつぶやきにかぶさるように、再び的外れな音が響いた。これまでの練習で、一度たりともミスしたことのない箇所だった。わざとだ。そう久美子が確信した刹那、夏紀が蹴破るようにして音楽室の扉を開いていた。躊躇なく室内に飛び込んでいく先輩の後ろ姿に、久美子は思わず目を剥いた。

「えっ、ちょっ、先輩！」

かけた声が裏返る。突然の闖入者《ちんにゅうしゃ》に、奏はその場で硬直していた。

「いやいや、夏紀先輩、さすがにまずいですって」

制止の声をかけるが、夏紀に聞き入れるつもりはないようだ。腕を強引に引き上げ、夏紀は奏を立ち上がらせる。どうすればいいかわからず、久美子はあたふたとその場で足踏みした。審査席に座っていた美知恵は渋い顔で眉間を押さえており、その隣に座る滝はやれやれと肩をすくめている。

「中川さん、黄前さん。いまはオーディションの時間ですが」

滝にとがめられてもなお、夏紀は動じない。奏の腕をつかんだまま、彼女は微かに顎を引いた。

「久石さんはいま体調が悪いみたいなので、オーディションをあとに回してもらってもいいですか？」

「何勝手なこと言ってるんですかっ」

奏が語気を荒らげて反論した。自身を拘束する夏紀の腕から逃れようと、その場で身をよじらせる。無論、その口から反論の言葉は途切れない。

「私、体調なんて悪くないです。この人が勝手に言ってるだけですから、このままオーディションを続けさせてください」

「私は副部長として、久石さんのオーディションを中断すべきだと考えています。先ほどの久石さんの演奏は、あまりに彼女の実力とかけ離れています」

「私の実力なんて先輩は知らないでしょう！　誰だって緊張したらミスぐらいします。いまの演奏が私の実力なんです。テキトーなこと言わないでください」

「滝先生だって本当はわかってはるんですよね。いまからコイツの頭を冷やしてくるので、少しお時間をいただけますか」

さすがに教師の前でコイツ呼ばわりはまずいのではないだろうか。そう思ったが、頭に血がのぼった夏紀の口が悪くなるのはいまに始まったことではない。なだめても無駄なことを悟り、久美子は静観することを選択した。

滝は険しい表情のまま沈黙を守っていたが、やがて根負けしたように大きくため息を吐き出した。シャツの袖口をめくり、彼はそのまま腕時計に視線を落とす。

「わかりました。では、今回は特例ということにします。久石さんの再オーディションはパーカッションのあとに行います」

「滝先生、ありがとうございます。何か問題があれば私が責任を取ります」

「中川先輩になんの責任が取れるって言うんですか」

「奏はちょーっとこっちでうちと話そうな。そもそもアンタがアホな真似せんかったらこんな騒ぎにはならんかったわけやし。あ、久美子は奏の楽器を持ってっといて。次にオーディション受ける人の邪魔になるやろうから」

そのまま力任せに腕を引っ張っていく夏紀に、奏が最後のあがきを見せた。扉にしがみつき、奏は滝に向かって吠える。その瞳は烈《はげ》しく燃え、唇は忌々しげにゆがんでいる。怒りによってぐちゃぐちゃに乱れたその顔を、久美子は可愛らしいなと思った。

「先生！　本当にこれでいいんですか」

「久石さん、」

　怒鳴る奏に対し、滝の声は穏やかだった。

「私は次のオーディションでの演奏をあなたの実力と判断するつもりです。どうするのか、慎重に考えてください」

　木枠をつかむ奏の指先を、夏紀が無理やりに剥がしている。その場面だけ見ると、ホラー映画のワンシーンのようだ。奏は抵抗を繰り返していたが、力では敵《かな》わなかったらしく、そのままずるずると夏紀に連行されていった。しんと静まり返る音楽室に、気づけば久美子だけが残されていた。苦笑する滝の横で、美知恵が呆れた様子で自身のこめかみを刺激していた。流れる沈黙にいたたまれなくなる。

「あ、し、失礼しました……」

　久美子は奏の楽器を両腕に抱えると、逃げるように音楽室から退散した。

　廊下には夏紀と久美子のユーフォが、置かれたときのままの状態で放置されていた。その横のスペースに、久美子は奏のユーフォを立てかける。並んだ三台の楽器は、そのどれもが金色だ。

　ようやく両手が空いた久美子は、消えていった声を頼りに夏紀と奏のあとを追う。

廊下を進んでいくと、意外にも呆気なく二人の姿を発見することができた。屋上につながる階段。以前に奏と話したあの場所で、二人は対峙《たいじ》していた。夏紀が奏の肩をつかみ、そのまま壁へと身体を押しつける。ドン、と走る軽い衝撃音。背中に痛みが走ったのか、奏がわずかに顔をゆがめた。こんなところで同性同士の壁ドンを見る羽目になるとは、と久美子は頬を引きつらせた。

「な、夏紀先輩？」

勇気を振り絞って声をかけるが、夏紀はこちらを振り返らなかった。スカートから伸びる太もも同士は、いまにも触れそうなほどの距離にある。二人の顔と顔が近づき、その視線が交錯した。

「うち、ずっとアンタに嫌われてるんやと思ってたわ」

怒気を隠そうともしない夏紀に、久美子は身をすくませた。元来、夏紀は他者に対して寛容だ。口は悪いが、彼女が誰かに対して本気で腹を立てることなどそうそうない。

奏は夏紀の顔をにらみ据えると、その口端を挑発的に吊り上げた。

「現にいまだって嫌ってますよ。勘違いしないでくれます？」

「じゃあ、なんで手ぇ抜いたん」

夏紀が肩をつかむ手に力を込める。う、と奏が短くうめく。額に汗をにじませ、それでも奏は不敵な笑みを崩さない。

「だいたい、中川先輩はどうして私がわざと手を抜いたと思ってるんですか？　そんなことをしても私にメリットなんてひとつもないじゃ――」

「だからや」

言葉を遮られ、奏がひるんだように口をつぐんだ。苛立ちを隠そうともせず、夏紀は大きく舌打ちした。

「アンタにメリットなんか一個もない。なのにアンタは手を抜いた。理由はなんでか知らんけど、自分のチャンスを犠牲にしてでもうちがAに行くことを選んだってことやろ」

「自意識過剰ですよ」

「本気を出したらうちより上手くなるから、だからわざわざあそこで手を抜いた。わざと音外して、わざと下手くそに吹いて。それがどんくらい失礼なことか、アンタはほんまにわかってるんか！」

乱暴な動きで、夏紀が奏から手を離す。バランスを失い、奏はそのままずるずると壁伝いに崩れ落ちた。足元にうずくまる後輩を冷ややかに見下ろし、夏紀は吐き捨てるように告げる。

「次もアンタが同じことしたら、うちはAメンバーのオーディションを辞退する。コンクールも出んでええ」

「夏紀先輩、何言ってるんですか」

傍観者を貫こうとしていた久美子も、そのあまりの暴論に思わず口を挟んでいた。

「辞退だなんて、冗談でも言わないでください」

「冗談ちゃうわ。こんな舐めた真似されて、それでAになってどうしろって言うねん。アホみたいに喜べって？　後輩の枠を一個潰して、それを平然と受け入れろってか。これまでの頑張りはどうなるねん。後輩に譲ってもらってよかったねって、それで終われる話ちゃうやろ」

夏紀の言い分はもっともだ。だが、それを認めるわけにはいかない。ここは奏に謝罪させるべきか。だが、彼女がその提案を素直に受け入れるかどうか……。不安だけが先走り、脳の回転を愚鈍にする。視界が揺れ、胃の奥からはムカムカと吐き気が込み上げてくる。自分がどうすべきかわからない。すがるように手を伸ばし、手すりに全体重を預ける。あすかなら、こんなときにどう行動しただろう。傾く視界の端で、奏が立ち上がったのが見えた。

「ふざけないでください。オーディションを辞退だなんて、それじゃあ、私はなんのために……」

奏の細い腕が、夏紀の胸倉をつかもうとした。それは空《くう》を切り、結局何もつかめなかった。忌々しげに唇を噛み締め、奏は夏紀をまっすぐに見据える。衝動的に口にした台詞だったのだろう。途中で終わったその言葉は、先ほどまでの自身の主張をやんわりと否定するものだった。偶然の演奏ミス。そんなことが奏に限ってあるはずがない。夏紀は最初からそれを確信している。だからこそ、一歩も引こうとしない。

「奏は何を考えてるん？　うちはただ、アンタの本音を聞きたい」

「……本音」

夏紀の問いかけに、奏は大きく瞳を揺らした。劇の終わりを告げる幕のように、その薄い瞼が音もなく下ろされた。長い睫毛は緩やかに弧を描き、その先端は彼女の呼吸に合わせて微かに震え続けている。次に幕が上がったとき、彼女の瞳にためらいの色は存在していなかった。

「先輩、さっきなんで私が手を抜いたか聞きましたよね。そんなの、」

止めなければ、と脳は確かに指令を出していた。なのに、身体が動かない。奏が息を吸う。だらりと落ちた腕の先で、その華奢な手のひらが拳を固く握り締めた。

「そんなの、あなたが三年生だからです」

告げられた理由は、あまりにもシンプルすぎるものだった。夏紀だから、ではない。三年生だから、ただそれだけ。動揺を抑えるように、夏紀がはくりと息を呑む。

「下手な先輩は、存在自体が罪ですよ。本人が気にしなくても、周りは気にする。みんな、中川先輩にAになってほしいと思ってる。久美子先輩も、川島先輩も、優秀な後輩たちがあなたの活躍を望んでいる。それなのに、あなたはその期待に応えるだけの実力を持っているか怪しいじゃないですか。今年が最後のチャンスなのに、もしかしたら私のせいであなたはAじゃなくなるかもしれない。それがどういうことか、中川先輩は本当にわかっていますか」

それは問いかけの形をしていたが、答えが求められていないのは明らかだった。どこからか、雨の音が聞こえる。雷鳴が轟《とどろ》き、ガラス窓に一瞬だけ光が走った。

「あなたがいい人なことぐらい知ってます。副部長で、人望があることも。練習だって真面目にやってる。あなたを見て、皆が頑張ってると評価する。そして、あなたがオーディションに落ちたら、声をそろえて言うでしょう。『あんなに頑張ってたのに、どうしてあの子がAじゃないんだろう』って。努力してた三年生が落ちたのに、どうして何食わぬ顔で一年生なんかがAにいるんだろうって。声に出さなくたって、そう心のどこかで思うに決まってます。私は、周りから疎まれたくない。敵を作りたくないんです。オーディションでミスしたのは、あなたのためなんかじゃない。私自身の身を守るためですよ」

水分を多く含む空気が、久美子の肩にのしかかる。紺色のスカートから伸びる奏の脚は棒切れのように細く、たった二本だけでは身体を支え切れないのではないかと、いまさらながらに考えた。夏紀は何も言わない。何も動かない。一見すると平静に思えるその横顔がひどく傷ついているときの表情であることを、いまこの場で久美子だけが知っていた。

くしゃりと、奏の顔がゆがむ。その双眸に宿っていた苛烈《かれつ》な炎が、雨を浴びたように急速にしぼんでいく。そこに残ったものは、黒々とした闇だけだった。ねえ、先輩。そう、奏は夏紀に語りかける。舌足らずな声には、作り物めいた甘さがにじんでいた。

「頑張るってなんですか」

それは、聞き覚えのある問いだった。奏をいまもなお縛り続ける、過ぎ去った時間たち。

「いくら私が努力したって、みんな中川先輩にAになってほしいと思ってる。じゃあ、私はどうするべきだったんですか。好意を集める人間に、私はどうしたら立ち向かえるんですか。私だって頑張ってる。でも、誰も私を望んでくれない。私の頑張りは、頑張りじゃないって切り捨てられる。だったら、自分から譲ったほうが、屈辱的な思いをせずに済むじゃないですか」

だから、と奏が喉を詰まらせた。だから、私は間違っていない。唇が形取った主張は声にはならず、漏れた吐息ばかりが生ぬるい空気に溶けていった。はっ、はっ、と短い呼吸に合わせ、奏の薄い肩が上下する。にじんだ汗のせいか、その首筋がぬるりと光った。雨はまだ、やまない。

「奏ちゃん、」

胃の奥がうずく。ずきずきとこめかみに走る痛みからは、自己嫌悪の臭いがした。汗をかいた手のひらをセーラー服に押しつけ、久美子は一歩足を踏み出す。夏紀が視線だけをこちらに向ける。

「やっぱり、奏ちゃんは甘いよ」

「なぜです」

「奏ちゃんが手を抜いたって、夏紀先輩のオーディション結果がどうなるかはわからないからだよ。滝先生は実力が足りない人は容赦なく落とす。とくにユーフォは人数に幅があるし、枠が少なくなっても関係ない。奏ちゃんがやったことは、無意味に自分のチャンスを棒に振ろうとしたってだけ」

奏の手が、自身の制服の裾を強くつかんでいる。刻まれた皺のくぼみには、浅く影がたまっていた。その手首をつかみ、久美子は奏の身体を引き寄せる。指のなかに収まる彼女の手首は、ぞっとするほど冷たかった。

「自分から憎まれ役を買って、そのくせ相手を傷つけてることに苦しんで。利己的なふりをするのはもうやめなよ」

「ふりなんかじゃ――」

「ここは、奏ちゃんのいた中学校じゃないんだよ。いま奏ちゃんがいるのは、北宇治なの」

ひゅっ、と奏の喉が鳴る。普段は左右対称にセットされているボブヘアも、いまばかりは興奮のせいで乱れている。彼女の額に張りついた前髪を、久美子はそっと指先でかき分けた。

「みんなが上を目指してる。そりゃあもちろん、夏紀先輩と一緒にコンクールに出たいってみんな思ってるよ。でも、だからといって奏ちゃんが落ちろって思う人間は絶対にいないよ。毎日練習で顔を合わせて、毎日演奏する音を聞いて。そうやって過ごしてきて、奏ちゃんのことを頑張ってないって言う人なんているわけがない」

そう、もっと早く口に出して伝えておけばよかった。彼女がときおり垣間見せるもろさに、久美子は確かに気づいていたのに。よかれと思ってかけた台詞が、彼女の心を追い詰めていた。夏紀を好きになってほしい。そう何も考えず言い放った自分は、正真正銘の馬鹿だった。あのときかけるべきだった言葉は、そんなものではなかったのに。

奏の腕を取り、久美子はその双眸をのぞき込む。

「奏ちゃんは、頑張ってるよ」

そう告げた瞬間、奏の目が見開かれた。薄い水面に波紋が広がり、目の縁から一滴の涙が白い皮膚に滑り落ちる。

「久美子先輩……」

ぐす、と奏が鼻を鳴らす。伸ばされた手が、久美子の背中に回された。幼子のように久美子の身体にしがみつき、奏はその肩口に顔をうずめた。揺れる毛先が首筋をくすぐる。普段は饒舌な彼女がこんなときだけ何も言わないのが、ほんの少しだけ可笑しかった。

「なんか、気づいたら久美子にええとこ全部持ってかれたなあ」

そう言って、夏紀はへらりと笑った。先ほどまで剣呑だった目つきは、すっかり毒気が抜かれていた。彼女はわざわざ久美子の背中に回り込むと、いまだに肩口を濡らし続けている奏の頭をぐしゃぐしゃとなで回した。突然の行動に、久美子はぽかんと口を開ける。

「何するんですか」

そう顔を上げた奏の額に、夏紀がデコピンを打ち込んだ。いたい、と気の抜けた悲鳴が上がる。先ほどまで濡れていた両目を微かに細め、奏はむっすりと唇をへの字に曲げた。

「さっきからなんなんです！」

「いやいや、なんなんですとちゃうやろ。ほら、うちになんか言うことは？」

にまにまと口元を緩ませながら、夏紀が耳の後ろに手を添えている。挑発的な態度に奏はキッとそのまなじりを吊り上げたが、その勢いもすぐにしぼんだ。眉根を寄せ、彼女は渋面のまま小さくうめいた。

「……すみませんでした」

よかろう、と夏紀が冗談混じりに応じる。そのやり取りに、久美子も思わず笑ってしまった。奏はぼさぼさになった自身の髪を素早く手櫛で整えると、大げさに肩をすくめてみせた。

「まったく、夏紀先輩のどこがいい人なんですかね」

「ほんとはわかってるくせに」

そう揶揄すると、奏はむくれた様子で頬を膨らませた。じろりとこちらを向くその目元は、いまだに赤く腫れていた。

長かったテスト週間もようやく最終日を迎え、廊下を行き交う生徒たちの表情は解放感に満ちあふれていた。苦戦すると予想していた数学のテストは思ったよりも手応えがあったため、いまから結果が返ってくるのが楽しみだ。課題曲のメロディーを口ずさみながら、久美子は手際よく教科書を鞄のなかに詰めていく。その前方では、葉月がバッグを枕代わりにして机に突っ伏していた。どうやら手応えがよくなかったらしい。

「いやあ、マジでやばい。赤点かも。ほんまやばい」

「だから緑、言うたのに。あの公式は覚えといたほうがええよって」

「覚えんでもいけると思ってんて」

「計算する時間足りひんくなったんとちゃう？」

「うん、マジでやばかった。あー、数学怖い。やばい。面談も怖すぎる」

やばいやばいとつぶやいている葉月だが、テスト期間中に息抜きと称して遊んでばかりいたところを多くの生徒に目撃されていた。自業自得やね、と緑輝が冗談混じりに笑っている。一年生のころは同じ程度の学力だった二人だが、二年生になってから緑輝の成績は上昇傾向にある。志望校の推薦が欲しいから勉強しなあかんねん、というのがその理由であるらしい。

あーあ、と葉月が大きくため息をつく。

「久美子は数学以外はそこそこできるもんなあ。うち、もしかしてマジでピンチ？」

「ちょっとぐらい悪くてもいいとは思うけど、夏休みに特別補習を受けるなんてことになるのはさすがに勘弁してね」

「いや、マジでそれな。シャレにならんわ」

ぶるぶると身を震わせる葉月の横で、緑輝が拳を突き上げる。

「じゃあじゃあ、今度のテストから勉強会しようや。みんなでやれば怖くなーい！」

「テストより、まずは夏休みの課題を片づけるほうが先じゃない？」

「うーん、確かに。じゃ、葉月ちゃんのためにも宿題会をやることは決定やね」

「嫌な名前の会やなあ」

期末テストも終わり、多くの生徒たちの関心はすでに夏休みへと移っている。暦は六月の終盤に差しかかり、待ちに待った大型休暇に向けて生徒たちはさまざまな計画を練っていた。無論、吹奏楽部はそのほとんどの時間を練習に充てることになるのだが。

鞄のファスナーを閉じ、久美子は小さく息を吐く。今日は期末テストの最終日。そして、オーディションの結果発表の日でもあった。

音楽室に集められた、八十九人の部員たち。その人口密度の高さに、久美子は思わず顔をしかめた。暑い日が続いているが、冷房の使用許可はまだ出ていない。備品の扇風機が必死に首を振ってはいるものの、室内の温度は高いままだった。雨じゃないだけましか、と久美子は制服の裾をはたはたと動かす。皮膚と生地のあいだに、熱を含んだ空気が潜り込んだ。

「そろったな」

　正面に立つ美知恵が、室内をぐるりと見回した。その鋭い眼光に、部員たちの背筋が一斉に伸びる。副顧問である彼女の腕に挟まれているのは、黒のバインダーだった。あのなかに、Aメンバーのリストが記載されている。

「では、さっそくAメンバーの発表を行う。今回呼ばれなかった面々は、私の指導のもとB部門に参加することとなる。Bメンバーの部員は、次回の合奏練習から第二視聴覚室に集まるように」

「はい！」

「合格者は全員で五十五人だ。呼ばれた者は、はっきりとした声で返事しろ」

「はい！」

「また、今回の選出に異議を唱えることは許さない。名を呼ばれた者も呼ばれなかった者も、それぞれの果たすべき役割というものがある。たとえ自分にとって不本意な結果だったとしても、そこで腐らず、自分のやるべきことに精一杯打ち込め。わかったな」

「はい！」

　美知恵が言葉を重ねるにつれ、部員たちの声量も大きくなる。美知恵が口をつぐむと、室内には異様な沈黙が落ちた。キリキリと張り詰める空気が、久美子の皮膚を圧迫する。満ちた緊張に、知らず知らずのうちに喉が鳴る。誰かが身じろぎするたびに、かさりと衣ずれの音が響いた。

「では、これより発表を行う。まずはトランペットパートから」

美知恵の手が、リストをめくる。今年のトランペットパートは、友恵を除いて九人いる。そのうち、三年生が二人、二年生が三人、一年生が四人だ。どう考えても、その半数ほどはメンバーから漏れることとなる。麗奈、と久美子は口内で親友の名を呼ぶ。彼女が落ちるなんて心配は、露ほどもしていないけれど。

「三年、吉川優子」

「はい！」

「三年、滝野《たきの》純一《じゆんいち》」

「はい！」

「二年、高坂麗奈」

「はい！」

「二年、吉沢秋子《よしざわあきこ》」

「はい！」

「一年、小日向夢」

「は、はいぃ！」

最後の返事は、盛大に声が裏返っていた。思わずそちらに目を向けると、夢が真っ赤な顔でうつむいていた。普段ならば笑いが起きていたところだろうが、さすがにこの空気のなかで笑みを見せる猛者《もさ》はいなかった。コホン、と美知恵が咳払いする。

「以上、五名がトランペットパートだ。次にホルンパートのメンバーを発表する。三年――」

次々に名が呼ばれ、編成の全貌が明らかになっていく。名を呼ばれる部員のほとんどが三年生、二年生部員だったが、久美子が指導中に目をつけていたような優秀な一年生部員は軒並みAメンバー入りを果たしていた。

名を呼ばれ、安堵のあまり脱力する部員。メンバーから漏れ、泣き出す部員。喜びと悲しみが錯綜《さくそう》し、漂う雰囲気は混沌《こんとん》としている。

「次、トロンボーンパート」

読み上げられた名前のなかには、秀一ももちろん含まれていた。心配はしていなかった。それでも、名前を聞いた瞬間にほっとした。列の端で、秀一が密かにガッツポーズしたのが見えた。その隣で、三年生部員がいまにも泣き出しそうな顔をしていたのも。

去年Aメンバーだったからといって、今年もそうなれるとは限らない。実力とは、つねに変化するものだ。誰かが成長を続ける限り、部内の序列も変動し続ける。

「次に低音パート。まずはユーフォニアムから」

どくん、と心臓が大きく跳ねる。隣に立つ夏紀が、ぎゅっと拳を強く握る。祈るように、奏が手を組んでいる。あのあとの再オーディションで、彼女は完璧な演奏を顧問二人の前で披露していた。それがいったい、どのような結果をもたらすのか。久美子は固唾《かたず》を呑んで、二人の様子を見守った。

「三年、中川夏紀」

その名が美知恵の口から発せられた瞬間、夏紀の両目が大きく見開かれた。はい、と応える声が震えている。美知恵はさらに点呼を続けた。

「二年、黄前久美子」

「はい！」

「一年、久石奏」

「はい！」

「以上、三人がユーフォニアムだ」

奏が信じられないものを見るような目でこちらを見た。強張っていた頬が安堵によって音もなくほどける。へにゃりと眉尻を下げ、奏はその瞳を潤ませた。よかった。漏れた吐息とともに聞こえた声は、彼女の本音に違いなかった。

「次、チューバ」

美知恵がさらにリストをめくる。

「三年、後藤卓也」

「はい！」

「三年、長瀬梨子」

「はい！」

「一年、鈴木美玲」

　名を呼ばれた瞬間、普段はしなやかに伸びている美玲の背中が、申し訳なさそうに丸まった。その一方で、隣に立つ葉月が美玲の背を軽く叩く。やったやん、とその唇が動いたのが見えた。美玲がうつむく。震えた声で、それでも美玲は絞り出すように声を発した。

「……はい」

　不自然な形で下げられた美玲の腕に、さつきが軽く触れる。丸みを帯びた小さな指が、たどたどしい手つきでその皮膚をなでた。

「次、コントラバス。二年、川島緑輝」

「はい！」

「一年、月永求」

「はい」

「低音パートは以上だ。次に、木管——」

ユーフォに続き、コントラバスも全員の名前が呼ばれた。緑輝も求も、相当の自信があったのだろう。名を呼ばれても平然とした態度を貫いている。

「――以上、五十五名がAメンバーとなる」

Aメンバーの名前をすべて呼び終わり、美知恵はそこでようやくひと息ついた。名を呼ばれた五十五人の部員たちが、今年の夏をともにするメンバーだ。教室の端に立っていた友恵はメモを取る手を動かし、無表情のままマネージャーとしての仕事を全うしていた。

皺の刻まれた指が、バインダーを静かに閉じる。これですべての発表が終わったということだろう。喜怒哀楽の感情をすべて吸い込んだ室内は、異様な熱気に包まれていた。深緑色の黒板に書かれた、コンクールまでのカウントダウン。その上に堂々と書き添えられた、『全国大会金賞』の文字。逸《はや》る心を鎮めるように、久美子は自身の胸を押さえた。興奮で、指の表面がムズムズする。耳が、口が、全身が。五感を司《つかさど》るすべてが、早く楽器を吹きたいと訴えていた。

「京都大会まで残り一カ月、悔いのないように過ごせ。いいな」

「はい！」

美知恵の力強い言葉が、狭い空間に反響する。応える部員たちの声は、寸分の狂いなくそろっていた。透明なガラス越しに広がる空は、どこまでも晴れ渡っている。薄い海色のなかを泳ぐように、太陽が白く燃えていた。放射状に伸びる光がまばゆく、久美子は思わず目をすがめる。濃い夏の気配が、すぐそこまで迫っていた。

エピローグ

「突然呼び出してごめんなさいね」

みぞれの視界の端で、純白のシフォンスカートが春風のように翻る。パステルピンクのカーディガンの袖口からは、彼女のほっそりとした手首がのぞいていた。巻きつけられているのは、シャンパンゴールドのチェーンブレスレット。ローズピンクの唇に触れる爪先は、ヌードカラーのマニキュアで上品に彩られている。緩く螺旋を描くハニーブラウンの髪に、微笑むたびに耳元で揺れるパールホワイト。目の前に立つ女性は、あふれんばかりの色をその身にまとっていた。

「どうしても鎧塚さんとお話がしたくて」

ころころと弾むような声音が、みぞれの鼓膜を優しくなでる。なんと応えていいかわからず、みぞれは無言のままうなずいた。ふふ、と彼女が笑う。進路相談室には二人以外には誰もおらず、その事実がみぞれの人見知りぶりにますますの拍車をかけていた。

新山聡美《にいやまさとみ》。目の前に立つ美女の名前を、みぞれはちゃんと覚えている。顧問である滝の知り合いで、フルート奏者。去年から北宇治高校には何度も足を運んでくれている、木管指導のスペシャリスト。そんな彼女が、いったいどうして自分なんかを呼び出したのだろう。状況がつかめず、みぞれはただ黙って首を傾げた。

「あのね、鎧塚さんは進路ってもう決めてるかしら」

「……進路？」

「ええ。この高校を卒業したあと、どうするか考えてる？」

まったく何も考えていなかったので、みぞれは素直に首を横に振った。そういえば、四月末に提出を強いられた進路調査票も、白紙のまま教師に渡した。いまから一週間ほど前の話だ。未来、将来。そんなものは、みぞれにはよくわからない。まるで興味が持てないから。高校だって、希美がここを受けると言ったから決めただけ。先を歩く希美の足跡を必死に追い続けた、その結果がいまのみぞれだ。

「これは無理強いとかじゃなくて、単なる提案なんだけどね」

そう言って、新山は鞄からクリアファイルを取り出した。そこに挟まっていたのは、関西にある音楽大学のパンフレットだった。

「もし鎧塚さんが音大に興味があるなら、バックアップしたいと思っているの。オーボエの指導者なら紹介できるし、音楽理論なんかは滝先生から習えばいい。どう？　興味はないかしら」

「……なぜ？」

「なぜって何が？」

「なぜ、私？　そこまでしてもらえるようなこと、してない……です」

みぞれはただただ困惑していた。確かに新山にはソロの指導でお世話になった。だが、二人のあいだの接点はただそれだけだ。特段親しくなったわけでもない。そんなみぞれに対し、相手が尽くすメリットがない。

みぞれの問いに、新山は薄く微笑んだ。

「可能性を感じたの。鎧塚さんの演奏に」

「……可能性」

「もちろん、音大というのはそう簡単に選び難い選択肢だと思うわ。とくに、プロを目指すのは大変ですもの。でもね、もしもこれといってやりたいことがないのなら、思い切って飛び込んでみるのもありなんじゃないかって思うの。あなたのその才能がここで終わるのは、あまりにももったいない」

新山の言っていることが、みぞれにはよくわからない。自分には才能なんてない。音楽にかける情熱も、音楽を続けている理由も、新山とはまるで違う。みぞれはただ、希美とともにいることを許されたいだけなのだ。だから、音大に行ったって意味がない。そこに、希美がいなければ。

押し黙ったみぞれに何を思ったのか、新山がパンフレットを差し出してくる。仕方なしにそれを受け取れば、彼女はその双眸を弓なりにしならせた。

「家に帰ってからでもいいから、とりあえず目でも通してみて。もし鎧塚さんに興味があるなら、ほかの学校のパンフレットも取り寄せるから」

「ありがとうございます？」

「いいのよ、そんなにかしこまらなくて。私はただ、好きでやってるだけだから」

「……そう、ですか」

新山の考えは相変わらず理解できないが、とりあえずみぞれは軽く頭を下げた。忙しい新山がわざわざみぞれに会うために平日の学校に来てくれたのだ。その点に関してだけでも感謝はせねばならない。そう思った。


新山と別れたあと、みぞれはまっすぐにパート練習室に向かった。ダブルリードパートに新しく入ってきた後輩二人は、どちらもなかなかに優秀だった。口数の少ない自分とともにいて退屈でないかだけが心配だが、一年生同士で仲良くやっているようだからとくに気にする必要もないのかもしれない。

「お、みぞれ？」

廊下の端から、人影が駆け寄ってきた。軽やかな足音。太陽のような明るい笑顔。こちらに手を振っている少女の名は、傘木希美。みぞれの唯一の友達だ。

「どうしたん？　みぞれが部活遅れるなんて珍しいなあ」

フルートを手にしているところを見るに、練習中だったのだろう。こんなところで出会えるなんて、とみぞれは無意識のうちにその口元を綻ばせた。

「あれ、それ何？」

「これ？　パンフレット」

「いや、それはわかるけど、なんのかなーって。見てもいい？」

「うん」

みぞれは躊躇なくその冊子を希美に手渡す。もともと音楽の道に関心の強い希美は、すぐにその内容に夢中になった。まるで新しいおもちゃを手にした子供のように、彼女の全身から好奇の感情が垂れ流されている。きらきらと喜びにきらめく横顔を見ていると、みぞれも自分のことのようにうれしくなった。希美の幸せは、みぞれの幸せだ。

「音大のパンフかあ。みぞれ受けるん？」

「新山先生がくれた。興味ある？　って」

「……ふうん？」

新山の名を口にした瞬間、パンフレットをめくる希美の手が止まった。垂れた前髪がその輪郭に不穏な影を落としている。不安になり、みぞれは思わず彼女の名を呼ぶ。

「希美?」

はたと我に返ったように、希美の目が見開かれた。並んだふたつの目はゆるゆると細められ、やがていつもの明るい笑顔へと変化した。

「うち、ここの音大受けよっかな」

告げられた台詞に、みぞれはぱちりとひとつ瞬きを落とした。まあ確定とちゃうけど、と彼女は軽い口調でパンフレットを指で叩く。古めかしい校舎の外壁は、赤茶色のタイルで構成されていた。希美なら、この校舎に自然と溶け込めるだろうと思った。束ねた黒髪を揺らし、フルートを手にキャンパスを歩く希美。その姿があまりに容易に想像できて、みぞれはひどく興奮した。その隣を歩きたい。一緒にいたい。オーボエを続けていれば、その夢を叶《かな》えることができるだろうか。

「じゃあ、私も」

「え?」

みぞれの言葉に、希美がきょとんと目を丸くした。パンフレットの端を握り締め、みぞれはうっそりとつぶやいた。

「希美が受けるなら、私も」

みぞれが音楽の道を志した理由は、本当にただそれだけだった。

北宇治高校吹奏楽部、
波乱の第二楽章
コンクールに向けて、
演奏にも熱が入る北宇治吹部の面々。
一年生部員たちもようやく部になじみ、
一丸となって練習に励むなか、
新たな問題が勃発し……!?

Sound! Euphonium
響け！ユーフォニアム
宝島社文庫
後編
武田綾乃
『リズと青い鳥』の、
本当の意味とは……？

この物語はフィクションです。作中に同一の名称があった場合でも、
実在する人物、団体とは一切関係ありません。

本書は書き下ろしです。

武田綾乃（たけだ・あやの）

1992年、京都府生まれ。
2013年、第8回日本ラブストーリー大賞隠し玉作品『今日、きみと息をする。』（宝島社文庫）でデビュー。他の著書に「響け！ユーフォニアム」シリーズ（宝島社文庫）、『石黒くんに春は来ない』（イースト・プレス）がある。

宝島社
文庫

響け！ユーフォニアム
北宇治高校吹奏楽部、波乱の第二楽章
前編
（ひびけ！ゆーふぉにあむ　きたうじこうこうすいそうがくぶ、はらんのだいにがくしょう　ぜんぺん）

2017年9月9日　第1刷発行
2024年9月17日　第5刷発行

著者　武田綾乃
発行人　関川 誠
発行所　株式会社 宝島社
〒102-8388　東京都千代田区一番町25番地
電話：営業 03(3234)4621／編集 03(3239)0599
https://tkj.jp
印刷・製本　株式会社広済堂ネクスト

ISBN978-4-8002-7489-2